Christian Limmer

Saubär

Christian Limmer

Saubär

Kriminalroman

DROEMER

Besuchen Sie uns im Internet:
www.droemer.de

Papier aus verantwortungsvollen Quellen
FSC® C013736

Ein Unternehmen der Droemerschen Verlagsanstalt
Th. Knaur Nachf. GmbH & Co. KG, München

Redaktion: Maria Hochsieder
Umschlaggestaltung: ZERO Werbeagentur, München
Umschlagabbildung: Gettyimages / George Doyle
Satz: Adobe InDesign im Verlag
Druck und Bindung: Kösel, Krugzell
Printed in Germany
ISBN 978-3-426-22636-0

2 4 5 3 1

In der wolkenverhangenen Neumondnacht hob sich der Tannenwald links und rechts der schnurgeraden Landstraße wie ein Scherenbild ab. Der scharfe Novemberwind spielte mit den Bäumen, sie wiegten sich im Tanz hin und her. Hohl klang das Bellen eines großen Hundes aus einiger Entfernung herüber.

Zwischen den Bäumen tauchte ein schwacher Schimmer auf. Ein alter Kombi schoss die Straße heran. Vertrocknete Tannennadeln wirbelten auf. Die rechte Seite des Wagens befand sich auf dem Grünstreifen, so dass die Begrenzungspfosten vom Kotflügel mit einem rhythmischen Plopp-Plopp-Plopp aus der Erde gerissen und durch die Luft geschleudert wurden. Für einen Moment schien es, als würde der Kombi sich in den Wald verabschieden, aber er folgte dem Straßenverlauf wie an der Schnur gezogen. Ein Schild kündigte eine Doppelkurve an, doch der Kombi raste unbeirrt mit hoher Geschwindigkeit weiter. Die scharfe Linkskurve tauchte auf und wurde von dem Wagen ignoriert. Kurz holperte er über den Entwässerungsgraben, pflügte eine Schneise durch die Bäume, bevor er frontal gegen einen dicken alten Tannenbaum krachte. Der Aufprall klang wie ein Schuss in der Stille. Die Motorhaube faltete sich zusammen, Wasserdampf stieg aus dem zerborstenen Kühler. Aus dem Inneren des Wagens war aufgeregtes Quieken und Grunzen zu hören. Dunkler Rauch mischte sich mit dem weißen Dampf. Im Motorraum hatte ein Kurzschluss einen Kabelbrand ausgelöst, der sich innerhalb weniger Sekunden auf die gesamte Front des Kombis ausbreitete. Ein Feuerzünglein erwischte das auslaufende Benzin und vereinigte sich mit ihm. Die gesamte Fahrgastzelle

ging in Flammen auf. Es knisterte und knackte, die Glasscheiben schmolzen in der Hitze, und das Quieken und Grunzen steigerte sich ins Infernalische.
Eine dunkle Gestalt trat zwischen den Bäumen hervor und verfolgte aus sicherer Entfernung das Ausbrennen des Kombis. Im Schein des Feuers war der unförmige Kopf der Gestalt mit den borstigen Haaren gut zu erkennen. Das Quieken und Grunzen erstarb. Die Gestalt verharrte noch einen Augenblick, dann verschwand sie lautlos im Wald.

Der Kombi brannte noch zwei Stunden. Am frühen Morgen entdeckte ihn ein Bauer, der mit einer Ladung Kürbisse unterwegs zum Wochenmarkt nach Straubing war. Um 8 Uhr 32 stand Polizeihauptmeisterin Gisela Wegmeyer von der Dienststelle Niedernussdorf vor dem ausgebrannten Wrack. Gisela war eine gestandene Frau Anfang fünfzig, gewohnt zuzupacken, wenn es nötig war. In ihrer Begleitung waren Polizeiobermeister Georg »Schorsch« Kramer und sein ranggleicher Kollege Erwin Huber. Der eine sehr stämmig, der andere sehr untersetzt. Alle drei lugten durch die geschmolzenen Scheiben ins Innere des Kombis.
Der Bauer mit den Kürbissen hockte in seinem X3 und wärmte sich an der Standheizung. Er ließ die Polizisten nicht aus dem Blick.
»Vier«, murmelte Erwin.
»Fünf«, sagte Gisela. Sie deutete auf den Fußraum vor der Rückbank, auf der zwei Körper zu einem schwarzen Haufen verschmolzen waren. »Da unten.«

Erwin trat neben Gisela. »Das ist aber klein«, hauchte er.
»Wahrscheinlich ein Kind.« Ihre Stimme zitterte.
Schorsch war auf der anderen Seite des Wagens. Seine Nase kräuselte sich, er schnupperte.
»Findet ihr nicht, dass das wie Ripperl riecht?«
Gisela und Erwin schauten Schorsch entsetzt an. »Hast du überhaupt keinen Respekt?«, fuhr Erwin ihn an.
Schorsch zog entschuldigend die breiten Schultern seines massigen Körpers bis zu den Ohrläppchen. »Wenn's doch wahr ist.«
Gisela sog den scharfen Geruch tief ein. »Er hat recht.«
Erwin streckte den Kopf weiter vor, seine Nasenflügel weiteten sich prüfend.
Schorsch runzelte die Stirn. »Das sind Schweine.«
»Sag einmal, kannst du nicht mal im Angesicht des Todes deine blöde Klappe halten?«, sagte Erwin.
Schorsch ignorierte seinen Kollegen, deutete auf den Körper im Beifahrersitz.
»Der hat zu viele Rippen.«
Gisela folgte Schorschs Finger. Sie betrachtete die Überreste des Brustkorbs. Zählte sechzehn Rippenpaare. Sie wusste nicht, wie viele Rippen ein Mensch hatte, aber sie vertraute Schorsch, er war schließlich Sohn eines Metzgers.
»Bist du sicher?«, fragte sie.
»Absolut.«
Erwin tippte sich an die Stirn. »Ein Schwein als Beifahrer, dir geht wohl die Fantasie ein bisschen durch.«
Schorsch begegnete dem Blick Erwins kühl. »Ich glaub, ich hab in meinem Leben schon mehr Schweine gesehen als du.«

»Nicht nur das, manchmal bist auch eins. Vom Ausschauen mag ich gar nicht reden.«
»Wenn's danach ging, bist du bei den Wühlmäusen aufgewachsen. Die sind auch nicht die Intelligentesten.«
Gisela schlich um den Wagen herum, während Schorsch und Erwin sich stritten. Ihr Handy bimmelte. Polizeiobermeister Richard Hafenrichters müdes Gesicht erschien auf dem Display. Als Gisela vor ein paar Jahren die Telefonnummern ihrer Mitarbeiter mit deren Fotos verknüpft hatte, hatte Richie sich ernsthaft Mühe gegeben, einen ordnungsgemäßen Eindruck zu machen. Aber all die Jahre Kiffen hatten ihre Spuren hinterlassen, und das war nicht nur an den stets halbgeschlossenen Augen zu erkennen, sondern auch an der Langsamkeit, mit der sein Gehirn arbeitete.
»Ja?«, fragte sie. Richies krächzende Morgenstimme quälte sich aus dem Apparat.
»Halter des Wagens ist der Hias.«
»Der rote Hias?«, fragte Gisela überrascht nach.
»Ja.«
»Hast du bei ihm angerufen?«
Stille. Sie sah Richie vor sich, mit seinen selbstgehäckselten Haaren, die immer kreuz und quer vom Kopf abstanden, als wäre er gerade aus dem Bett gefallen. Am liebsten hätte sie daran gezogen, um die Antwort zu beschleunigen.
»Logisch. Da geht aber keiner hin.«
Sie schaute auf die Leichen im Wagen. Schorsch und Erwin hatten ihren Disput beendet, als der Name Hias gefallen war. Gisela steckte das Handy weg. Sie fragte sich, wer von den Toten der rothaarige Saubauer war. Vermutlich

der schwarze Klumpen im Fahrersitz. Ein eiskalter Schauder durchfuhr sie, und sie zog unwillkürlich den Reißverschluss ihrer Daunenjacke bis zum Anschlag hoch.
»Schorsch, nimm mal das Protokoll auf.« Mit dem Kinn wies sie auf den X3. Schorsch setzte sich gehorsam in Bewegung.
»Ich ruf die Feuerwehr an, damit die hier aufräumen«, sagte Erwin und ging ein paar Schritte zur Seite. Er war froh, dem Anblick und dem Gestank zu entkommen.
Gisela bemerkte ein faustgroßes Loch im Kofferraumdeckel. Es sah aus wie ein Einschussloch. Das Blech war allerdings nach außen gebogen, als sei der Schuss von innen gekommen.
Ihre Finger fuhren über die Perforierung. An den Fingerspitzen blieb Ruß zurück. Sie zögerte einen Moment, drückte dann den Knopf der Verriegelung.
Der Kofferraumdeckel quietschte, als er mit einem leisen Schnappen aufsprang. Der Ripperlduft wurde intensiver. Jeder Muskel in Giselas Körper war angespannt in schauriger Erwartung. Sie holte tief Luft, hielt den Atem an, hob den Kofferraumdeckel. Auf den ersten Blick sah das schwarze Etwas aus wie ein absurd großer Maulwurfshügel, bis sie erkannte, dass die Leiche sich zu einer Kugel zusammengerollt hatte und so verbrannt war. Neben ihr lag eine doppelläufige Schrotflinte, die das Feuer relativ unbeschadet überstanden hatte.
»Die sind in zehn Minuten da«, rief Erwin herüber. Gisela schaute auf. Ihr Blick flackerte.
»Soll ich mal beim Hias vorbeifahren?«, fragte Erwin.
Gisela schüttelte den Kopf. »Ich glaub, das braucht's nicht.«

Schorsch und Erwin leiteten den spärlichen Verkehr an der Unfallstelle vorbei, als Kriminalhauptkommissar Karl Lederer von der Mordkommission Straubing mit den Kriminaltechnikern die Unfallstelle eine knappe Stunde später erreichte.

Der Blondschopf mit dem Pornoschnauzer und dem abgewetzten Ledermantel nickte bei seiner Ankunft kurz in die Runde und besah sich ohne ein weiteres Wort das Autowrack. Seine Männer warteten geduldig im Hintergrund, bis er alle Eindrücke aufgenommen hatte. Sie wussten, dass er in diesen Momenten nicht gestört werden mochte.

»'tschuldigung, guten Morgen erst mal«, sagte Gisela.

Lederer betrachtete die Insassen der Fahrgastzelle, ohne zu reagieren. Seine Arroganz ärgerte Gisela.

»In Anstand hat's wohl keine Fortbildungsmaßnahme gegeben, was?«

Lederer schaute über die Schulter, musterte Gisela, als hätte sie Mundgeruch.

»Ich bin hier, um zu arbeiten, nicht um einen Benimmkurs zu absolvieren.«

»Wenn Sie ein kleines guten Morgen schon als Benimmkurs betrachten, dann ist Ihnen eh nicht mehr zu helfen.«

Lederer zog seine Mundwinkel nach oben und bleckte die blendend weißen Zähne. »Guten Morgen.«

Das Lächeln rutschte wie auf Glatteis weg. Er widmete sich wieder dem Wrack.

Gisela biss die Zähne zusammen, dass es knirschte. Normalerweise war sie die Ruhe in Person, aber Lederer schaffte es immer wieder, sie bis aufs Blut zu reizen.

Auch wenn Gisela von ihrem letzten Aufeinandertreffen wusste, dass er durchaus menschliche Qualitäten besaß, so zeigte er die selten. Zu selten für ihren Geschmack.

Lederer hob den Kofferraumdeckel, verharrte. Gisela suchte in seinem Gesicht nach einer Gefühlsregung. Außer einem leichten Zucken seiner Schnurrbartspitzen nahm sie nichts wahr.

»Wie gut kennen Sie diesen Hias denn?« Seine blauen Augen richteten sich fragend auf Gisela.

»War nicht sehr gesellig oder gesprächig. Fast so wie Sie.«

Gisela schaute ihn herausfordernd an. Lederer hatte eine spitze Antwort bereits auf der Zunge, schluckte sie jedoch hinunter. Er hatte nicht vor, sich auf das Niveau dieser Landpomeranze zu begeben. Er winkte seinen Männern, machte mit einer kreiselnden Bewegung seiner Hand deutlich, dass sie mit dem Sicherungsangriff beginnen konnten.

»Fünf Schweine und ein toter Saubauer, was denken Sie, ist da passiert?«, fragte Gisela.

»Für Spekulationen jeglicher Art ist es viel zu früh, Frau Wegmeyer. Was wir aber definitiv ausschließen können, ist, dass die Schweine den Mann in den Kofferraum gesperrt und dann gemeinschaftlichen Selbstmord begangen haben.«

»Und wieso?«

Lederer blinzelte irritiert. »Was, wieso?«

»Wieso können wir das ausschließen?«

Lederer glotzte Gisela an, als hätte sie rückwärts gesprochen.

»War bloß ein Witz.« Sie grinste schief. Es gab ja das Gerücht, dass Chirurgen während einer Operation Witze machten, um die Anspannung abzubauen. Genauso fühlte sich Gisela im Moment. »Fahren wir?«

Lederer sammelte sich, blinzelte noch einmal.

»Äh, wohin?«

»Zum Hias seinem Hof. Vielleicht finden wir da Anhaltspunkte, was passiert ist.«

Lederer entfuhr ein leiser Lacher. »Das machen wir schon.«

»Sag ich doch«, sagte Gisela.

»Nein, ich meine, das machen wir, meine Männer und ich, schon.«

»Und was machen wir, meine Männer und ich?«, fragte Gisela.

»Sie warten auf meinen Zuruf.«

Gisela spürte eine sengende Hitze von ihrem Herzen aus aufsteigen.

»Das glauben Sie doch wohl selber nicht, oder?«

»Haben Sie damit ein Problem, Frau Kollegin?«

»Ein gewaltiges. Jedes Mal, wenn Sie zu uns kommen, stehen wir da wie die Deppen.«

Lederer verkniff sich den Kommentar, dass er Gisela und ihre Truppe genau dafür hielt – einen Haufen Deppen.

»Die Leute hier im Dorf werden mir Fragen stellen, und ich will in der Lage sein, Antworten zu geben«, fuhr sie fort.

»Ihre einzige Antwort auf irgendwelche Fragen hat zu sein, dass Sie keine Auskunft geben dürfen. Alle Ermittlungsergebnisse sind vertraulich zu behandeln. In der Vergangenheit ist das weder von Ihnen noch Ihren Männern eingehalten worden.«

»Weil's in einem Dorf anders läuft, als Sie das von der Stadt her kennen. Wenn man hier keine Auskunft gibt, entstehen erstens Gerüchte und zweitens der Widerwille zu helfen. Und wir wissen nie, ob man nicht doch mal die Mithilfe der Bevölkerung braucht, oder?«

Gisela schaute Lederer offen an. Sie suchte keinen Streit, sie wollte nur, dass er nicht wieder wie eine Planierraupe alles und jeden plattmachte. Sie kannte ihre Niedernussdorfer und wusste, dass sie für den Schaden geradestehen müsste. Das war letztes Jahr im Fall der rumänischen Prostituierten so gewesen, und das würde auch diesmal wieder so sein, wenn sie nicht Vorsorge träfe.

»Außerdem zeigen Sie mir doch gern, was Sie alles draufhaben.«

Lederer stutzte kurz, dann gluckste er. Er wendete sich an den Leiter der Spurensicherung, einen massigen Kahlkopf, in dessen Mundwinkel ein Lolli klebte.

»Ich fahr mit der Kollegin zum Hof des Toten.«

Erwin und Schorsch horchten auf.

»Bleibst du lang weg?«, fragte Schorsch.

»Weiß ich noch nicht«, sagte Gisela.

»Müssen wir mit denen allein bleiben?« Erwin nickte vielsagend zu den Kriminaltechnikern, die in professioneller Ruhe ihrer Arbeit nachgingen.

»Die tun euch nichts«, sagte Gisela.

Erwin verzog säuerlich den Mund. Auch Schorschs Miene war alles andere als erfreut.

»Du hast keine Ahnung. Sobald du weg bist, reden die über uns und machen blöde Witze«, sagte er.

Gisela warf einen Blick auf die vier Männer in den weißen Schutzanzügen.

»Kommen Sie?« Lederer war bereits bei seinem Mercedes. Sein Blick drängelte.
»Mit denen werdet ihr schon fertig«, sagte Gisela zu Erwin und Schorsch. »Ihr seid's doch gestandene Mannsbilder.«
Sie stieg zu Lederer in den Wagen und schenkte ihren Männern im Vorbeifahren einen ermutigenden Blick. Schorsch hob zaghaft die Hand zum Abschied. Kaum war der Mercedes zwischen den Bäumen verschwunden, sahen er und Erwin besorgt zu den Kriminaltechnikern. Der Glatzkopf sagte irgendetwas zu seinen Kollegen, die daraufhin auflachten. Einer von ihnen, ein bebrillter Wichtigtuer, warf einen kurzen Blick auf Erwin und Schorsch, machte eine leise Bemerkung. Wieder lachten alle.
»Wenn noch mal einer lacht, dann geh ich rüber«, knurrte Erwin. Schorsch brummte zustimmend.

Der Mercedes ereichte nach zehn Minuten Fahrt den Einsiedlerhof des Saubauern. Er lag auf einer Anhöhe, etwa drei Kilometer außerhalb Niedernussdorfs. Ringsherum waren karge Ackerflächen, die von den kalten Temperaturen hart und trocken waren.
Der Hof selbst war baufällig. Überall blätterte der Putz ab, an manchen Stellen zeigten sich die Ziegelsteine, aus denen das Hauptgebäude gebaut worden war. Die Westseite war von Wind und Wetter besonders mitgenommen. Dreckwasser vom Dach hatte die Fassade dort grau eingefärbt. Die kaputten Scheiben zweier Fenster im ersten Stock waren mit Pappe ausgebessert worden.

Gisela und Lederer stiegen aus dem Wagen. Während der Kommissar sich umschaute, legte Gisela den Kopf leicht schief. Alles, was sie hörte, war leises Hühnergegacker. Sie steuerte auf den Schweinestall zu, der mehr aus morschen als aus intakten Brettern zu bestehen schien.
»Was ist?«, fragte Lederer.
»Ist so ruhig«, sagte Gisela.
Sie zog die windschiefe Stalltür auf. Ein scharfer Geruch schlug ihr entgegen. Er war nicht bitter und beißend wie Ammoniak, sondern süßlich und schwer wie Balsamico-Essig. Er erinnerte sie schwach an den Geruch im Pflegeheim, in dem ihr Vater seit einigen Monaten wohnte.
Gisela zog ihren Schal über Mund und Nase. Noch bevor sich ihre Augen an das Halbdunkel gewöhnt hatten, wusste sie, dass hier der Tod wohnte.
Eine Bewegung hinter ihr schreckte sie auf. Lederer stand in der Stalltür. Er hielt sich schützend einen Arm vor die Nase. Sein Blick glitt über die dreißig Schweine, die in ihrem geronnenen Blut lagen.
»Da hat jemand ganze Arbeit geleistet.« Seine Stimme klang gedämpft und nasal. Giselas Blick fiel auf ein Ferkel, dessen Kopf zerplatzt war. Jemand hatte es mit gewaltiger Wucht erschlagen.
»Der muss eine Sauwut gehabt haben«, sagte Gisela.
»Gibt's hier noch jemanden auf dem Hof?«, fragte Lederer.
Gisela schüttelte den Kopf.
»Der hat hier seit Jahren schon allein gewohnt.«
Die Haustür war nicht verschlossen. Gisela drückte sie auf. Ihr ganzer Körper war angespannt, sie erwartete auch hier den Geruch des Todes. Holziger Weihrauchduft

empfing sie und Lederer. Der schmale Gang, von dem links und rechts Türen wegführten, glich einem Schlachtfeld. Überall lagen Kleidungsstücke: Mäntel, Jacken, Mützen, Schuhe. Sämtliche Schubladen einer Kommode waren herausgezogen. Nur die altmodischen Fotos aus früheren Zeiten hingen unversehrt an den Wänden.

Gisela und Lederer tasteten sich vorsichtig vorwärts. Unter ihren Schuhen knirschte das Glas kaputter Türfenster. Die erste Tür rechts stand halb offen. Gisela lugte hinein. Chaos. Bettzeug auf dem Boden, das Bett selbst nur noch ein Haufen zersplittertes Holz, der Kleiderschrank umgeworfen. Es schien, als hätte hier ein Untier gewütet.

Sie folgte Lederer, der die Tür am Ende des Ganges ansteuerte. Farbiges Mosaikglas säumte nur noch in scharfen Zacken das Loch in der Tür, der Rest zierte den groben Dielenboden. Hinter dem zerbrochenen Türfenster konnte Gisela den Küchentisch ausmachen, in dessen Mitte eine Schale mit drei Räucherstäbchen und einem Teelicht stand. Schmale Fähnchen kräuselten sich nach oben und trugen den Weihrauchduft durch das Haus.

Lederer schlug den Ledermantel zurück, legte seine rechte Hand auf die Waffe in seinem Holster.

Giselas Herzschlag beschleunigte sich. Glaubte er wirklich, das Untier befand sich noch im Haus? Sie hatte in ihrem ganzen Leben ihre Pistole nie außerhalb des Schießstandes eingesetzt, und der Gedanke, das hier und jetzt zu tun, erschien ihr lächerlich. Bis ein Geräusch von der Kellertür sie aufschreckte. Ohne nachzudenken, zog sie die Pistole, den Blick fest auf die abgeblätterte Tür gerichtet. Es war ein Kratzen, schnell und hektisch.

Gisela wollte sich mit Lederer verständigen, doch der Straubinger war bereits in der Küche. Gisela unterdrückte einen Ruf, um ihn auf die Geräusche hinter der Kellertür aufmerksam zu machen. Sie hatte Angst, das unbekannte Wesen aufzuschrecken.

Sie näherte sich der Kellertür, streckte die Hand nach der Klinke aus. In dem Moment brachen die Kratzgeräusche ab. Gisela lauschte einen Moment. Nichts. Langsam drückte sie die Klinke nach unten, schob die Tür einen Spaltbreit auf. Im gleichen Augenblick zwängte sich ein kleines schwarzes Tier durch, lief den Gang entlang zur Haustür und verschwand nach draußen.

Gisela atmete erleichtert aus. Das war Seppl, der Niedernussdorfer Rauhhaardackel gewesen, der aus unerfindlichen Gründen im Keller eingesperrt gewesen sein musste.

Gisela zog die Tür wieder zu, balancierte über die farbigen Glassplitter zu Lederer. Der sah sich in der einfachen Küche um.

Die Hängeschränke waren vollständig ausgeräumt, die Scherben des Geschirrs bedeckten den Boden wie Hagelzucker. Neben dem Tisch lag eine tote Sau. In der Stirn ein Loch von einem Bolzenschussgerät. Eine kleine Lache Blut hatte sich unter dem Tier gesammelt, das meiste davon war bereits vom Holzboden aufgesogen worden.

»Da hat sich jemand wirklich bemüht, seine Spuren zu verwischen«, sagte Lederer. Obwohl er leise sprach, klang seine Stimme in Giselas Ohren zu laut.

»Meinen Sie, der ist noch hier?«, flüsterte sie.

»Ich denke nicht.«

»Sollen wir uns nicht doch umschauen?«

»Zu zweit macht das keinen Sinn. Wir postieren uns draußen, um dem Täter die Flucht nicht zu ermöglichen. Wenn meine Männer hier sind, nehmen wir das gesamte Areal genauestens unter die Lupe. Kommen Sie.«

Zurück beim Mercedes versuchte Lederer vergeblich, über Handy Kontakt mit seinen Leuten aufzunehmen. Überall schaltete sich nur die Mailbox ein. Lederer hinterließ die Nachricht, sich nach Abschluss des Sicherungsangriffs zum Hof des Opfers zu begeben.

»Auch das noch«, murmelte er. »Schauen Sie doch mal, ob Ihre Männer meinen Leuten Bescheid geben können.«

Gisela wählte erst Schorsch, dann Erwin an. Auch hier erreichte sie nur die Mailbox.

»Hoffentlich ist da nichts passiert«, sagte sie.

»Was soll denn passiert sein? Die haben keinen Empfang. Funklöcher sind hier draußen ja nichts Außergewöhnliches.«

Gisela beließ es dabei. In ihrem Kopf jedoch spukte eine Geschichte herum, die sie als Kind von ihrem Vater gehört hatte. Die Geschichte vom unheimlichen Saubären, einem bärengroßen Zwitterwesen, das durch die Lande zog und wahllos Menschen und Tiere tötete. Natürlich hatte sie es ab einem bestimmten Alter als Legende abgetan, und der Verstand sagte ihr, dass so ein Untier reiner Unfug war. Trotzdem riefen die mysteriösen Umstände des Autounfalls und die heillose Zerstörung auf dem Hof Bilder hervor, die Lederer lächerlich gefunden hätte. In ihrer Fantasie sah sie den Saubären mit blutverschmiertem Maul die Leichen von Schorsch, Erwin und Lederers Männern zerreißen. Die unheimliche Stille rund um den Hof tat ihr Übriges. Gisela war froh, Lederer in der Nähe zu haben. Der behielt aufmerksam das Hauptgebäude und den Stall im Auge.

»Ich geh mal auf die andere Seite, Sie bleiben hier«, sagte er. »Ich möchte sichergehen, dass niemand hinten raus kann.«

Ohne auf Giselas Antwort zu warten, stiefelte er los und verschwand um die Ecke. Gisela hielt die Luft an, wartete auf einen Todesschrei des Straubingers. Sie hörte nur ein weit entferntes Bellen, gefolgt von dem Krächzen mehrerer Krähen.

Das Handy bimmelte. Gisela zuckte zusammen, ihr Herz machte einen Satz quer durch den Brustkorb. Mit zitternden Fingern zog sie das Telefon heraus. Auf dem Display war Erwins Gesicht zu sehen. Erleichterung durchströmte warm ihren Körper.

»Erwin, Gott sei Dank.«

»Was gibt's, Chefin?«

»Ich bin mit dem Lederer beim Hias. Seine Männer sollen herkommen, wenn sie mit der Arbeit fertig sind.«

Es rauschte und knisterte in der Leitung.

»Hast du mich gehört, Erwin?«

»Ja, schon.«

»Aber?«

»Ich weiß nicht, ob das so schnell geht.«

»Richt's auf jeden Fall aus, die sollen ihren Obermacker dann einfach selber anrufen und das klären.«

»Mhm.«

Erwin war zwar immer etwas brummig und maulfaul,

aber Gisela hatte im Lauf der Jahre gelernt, die unterschiedlichen Tonlagen seiner Stimme zu interpretieren.
»Was ist los?«, fragte sie.
Rauschen und Knistern.
»Sag.«
»Mei, wir hatten einen kleinen Disput.«
»Wer wir?«
»Der Schorsch und ich mit den Kasperln vom Lederer.«
Gisela atmete tief durch. Sie ahnte bereits den nächsten Satz.
»Die wollten unbedingt eine aufs Maul haben«, sagte Erwin.
Ein Knurren entfuhr Giselas Kehle.
»Wir haben nicht angefangen, ehrlich«, ergänzte Erwin hastig. »Die machen sich einen Spaß mit uns, und du meinst, das lassen wir uns gefallen?«
»Sind die noch einsatzfähig?«, fragte Gisela.
»Schon.« Er zögerte kurz. »Bis auf einen, den hat's ein bisschen schlimmer erwischt. Ist mit dem Kopf gegen einen Baum gerannt. Der hat ziemlich Schädelweh.«
Erwin gluckste.
»Ich sag dir jetzt was – wenn ich während der Ermittlungen noch ein Mal Beschwerden von den Straubingern hör, dann zieh ich Konsequenzen. Ich hab's satt, euer kindisches Verhalten immer und immer wieder zu rechtfertigen. Ist das rübergekommen?«
»Ja«, tönte es kleinlaut aus dem Hörer. »Aber wir haben echt nicht angefangen.«
Gisela ersparte sich jeden weiteren Kommentar und drückte Erwin ohne viel Federlesen weg.

Eine knappe Stunde später waren die Kriminaltechniker vor Ort. Erwin fuhr mit dem Streifenwagen voraus. Lederer bemerkte überrascht, dass seine Männer nur zu dritt und ziemlich lädiert waren. Ein Blick auf Erwins blaues Auge verwandelte die Überraschung in Erkenntnis. Er schaute schnell zu Gisela, die entschuldigend die Schultern hob und ein zerknirschtes Gesicht machte.
Lederer seufzte. Er wies Erwin und Gisela an, mögliche Fluchtwege aus dem Gebäude im Auge zu behalten, während er mit seiner Truppe das Haus durchsuchte.
Gisela entdeckte Seppl, der in der Tür des Schweinestalls hockte und zu ihr blickte. Er winselte leise. Sie marschierte hinüber, ging vor ihm in die Hocke und streichelte seinen Kopf. Der kleine Hund rutschte näher an sie heran, sein ganzer Körper zitterte.
»Hast Angst, hm?« Mitfühlend schaute sie ihm in die wässrigen Augen. »Ich wünscht, du könntest mir sagen, was du gesehen hast.«
»Was wird das denn?« Lederers Stimme hallte über den Hof. Gisela erhob sich, als der Straubinger mit weit ausholenden Schritten auf sie zukam.
»Nennen Sie das aufpassen?«, fuhr er sie an.
»'tschuldigung, war blöd, ich weiß.«
Lederer schenkte Seppl einen kurzen Blick.
»Gehört der hierher?«
»Der gehört zum Dorf«, erwiderte Gisela. »Keiner weiß, wo der eigentlich herkommt, der ist schon seit Jahren das Niedernussdorfer Maskottchen.« Gisela nickte zum Haus. »Ist keiner mehr drin?«
Lederer schüttelte den Kopf.
»Das obere Stockwerk sieht ebenso wüst aus wie das

Erdgeschoss. Ich vermute, hier waren mehrere Täter am Werk.«
»Kann's auch was anderes gewesen sein?« Gisela biss sich auf die Zunge, kaum war das letzte Wort ausgesprochen. Lederer sah sie fragend an.
»An was denken Sie da?«
Gisela wich seinem Blick aus. Kurz drängte ihre abergläubische Vermutung nach oben, aber die Angst, sich lächerlich zu machen, hielt sie zurück.
»Keine Ahnung. Sie sagen doch immer, man muss jede Eventualität in Betracht ziehen, solange es keine gesicherten Erkenntnisse gibt.«
Lederer musterte Gisela. Er spürte, dass sie etwas zurückhielt, bohrte aber nicht nach.
»Wenn Sie einen Verdacht haben, in welche Richtung auch immer, Sie finden bei mir jederzeit ein offenes Ohr«, sagte er nur. Gisela nickte. Einen Moment lang ruhte sein Blick auf ihr, dann wendete er sich um und ging zu seinem Mercedes. Er verständigte die Rechtsmedizin, dass die Leiche aus dem Kofferraum heute noch obduziert werden müsse.

Es dauerte den ganzen Tag, bis die Kriminaltechniker alle kleineren und größeren Spuren gesichert hatten. Gisela und Erwin, die die ganze Zeit über bibbernd in der Kälte stehen mussten, wärmten sich am Abend im Wirtshaus »Zum Wilden Bock« bei einem Tee, respektive einem dunklen Weißbier auf.
Schorsch und Richie hockten den beiden gegenüber. Schorsch trug einen Ohrverband. Einer der Kriminal-

techniker hatte ihn aus purer Verzweiflung gebissen, um dem Erstickungstod zu entgehen.
Richie, der immer so wirkte, als würde er jeden Moment einschlafen, hatte sich die Geschichte um die Schlägerei stoisch angehört. Zwischendurch hatte er sich am Kinnbart gekratzt oder war sich durch die punkige Frisur gefahren, insgesamt aber widmete er seinem Weißbier mehr Aufmerksamkeit als seinen Kollegen. Selbst Giselas Bericht von der unglaublichen Verwüstung entrang ihm nur ein Gähnen.
»Also, was du da erzählst, das klingt ja echt nach einem Monster«, meinte Schorsch zu Gisela. Er blinzelte aufgeregt. »Das erinnert mich an eine Geschichte, die mir mein Opa früher immer erzählt hat. Von dem Saubären, der sich zwischen Erntedank und Weihnachten seine Opfer von den Höfen holt.«
Erwin lachte auf. »Du glaubst auch noch ans Christkind, was?«
»Mein Opa hat den schon mal gesehen«, zischte Schorsch. »Das Viech war über zwei Meter groß, hatte einen riesigen haarigen Schädel mit zwei Hauern im Unterkiefer, und seine Augen haben rot geglüht.«
»Dein Opa war ein alter Säufer«, sagte Erwin, trank sein Bier aus und orderte mit einem auffordernden Blick zum Wirt gleich das nächste.
»Ich hab den auch schon mal gesehen«, brummte Richie in sein Glas hinein. Bei ihm wusste man oft nicht, sprach er mit den anderen oder mit sich selbst. »Und er hat genauso ausgesehen, wie der Schorsch ihn beschrieben hat.«
»Du hast den Saubären gesehen?«, fragte Gisela. »Wann?«

Richie hob den Kopf und richtete die rotgeäderten Augen auf seine Kollegen.
»Ich war achtzehn und auf dem Rückweg von einem Iron Maiden Konzert. Arschkalt war's auf dem Moped, aber davon hab ich nichts gespürt. Innerlich hab ich geglüht, ich war voll aufgeheizt von der Musik. Kennt ihr den Riff aus 666 – Number of the Beast? Der brennt.«
Richie griff zur Luftgitarre. Knarrende Laute drangen aus seinem Mund, während seine Hände die Gitarre bearbeiteten und sein Kopf rhythmisch vor und zurück zuckte.
»Erzähl weiter«, forderte Schorsch und stupste ihn an.
Richie ließ von der Gitarre ab, schaute in die Runde.
»Ich bin grad am Schallerhof vorbei in den Wald rein, als das Viech vor mir über die Straße läuft.«
Seine rechte Hand stieß vor, begleitet von einem Zischlaut.
»Ich reiß den Lenker herum, brems, und bevor ich schau, lieg ich im Graben.«
»Und der Saubär?«, fragte Schorsch atemlos.
»Der war längst zwischen den Bäumen verschwunden, als ich mich aufgerappelt hab«, sagte Richie. Zum Zeichen, dass die Geschichte zu Ende war, trank er sein Bier aus und hielt das leere Glas dem Wirt hin, der gerade Erwins Nachschub an den Tisch brachte.
»Mir auch noch eins«, sagte Richie. Der Wirt nickte und kehrte zum Tresen zurück.
»Und das ging ratzfatz?«, fragte Erwin.
»Ratzfatz«, bestätigte Richie.
»Und da hast du ganz genau gesehen, wie das Viech ausgeschaut hat?« Erwins Kopf lag leicht schräg, sein Blick versuchte Richie zu durchleuchten.

Der beugte sich vor. »Weißt du eigentlich, dass sich in den Momenten des Todes die Zeit bis ins Unendliche dehnt und sich jedes Detail in dein Gehirn einfräst?« Er tippte sich mit zwei Fingern an die Schläfe. »Da drin sind Bilder, die wünsch ich meinem ärgsten Feind nicht.«

»Also, wenn der Richie das sagt, dann wird's ja wohl stimmen. Oder willst du sagen, er ist auch ein alter Säufer?« Schorsch blickte Erwin herausfordernd an.

Der Wirt stellte das frische Weißbier vor Richie ab.

»Ich sag bloß, ich glaub weder ans Christkind oder den Osterhasen oder an sonst einen Schmarrn«, sagte Erwin. »Wenn es wirklich der Saubär war, dann werden die im Hias seinem Haus bestimmt Spuren finden.« Er hob sein Glas. »Prost.«

Die anderen folgten seinem Beispiel, stießen klingend miteinander an.

Gisela hob ihre Tasse nur anstandshalber, sie war in Gedanken. In ihr rumorte der Gedanke an ein riesiges Untier, obwohl ihr Verstand sich mit aller Macht dagegen wehrte. Sie wollte nicht auf Lederers Ermittlungsergebnisse warten, sie musste selbst herausfinden, was passiert war.

Weihrauch passte gar nicht zu Hias. Der Saubauer war im Dorf als stinkender Einzelgänger verschrien, der sich mit seinen Schweinen im Dreck suhlte, mit ihnen schmuste und sonst allerlei Dinge mit ihnen anstellte. Den Gerüchten lag, zumindest was das Stinken anging, ein wahrer Kern zugrunde. Im Wirtshaus »Zum Wilden Bock« mied es jeder, in seiner Nähe zu sitzen.

Für Gisela war klar, dass die Räucherstäbchen nicht von Hias stammten, sondern von seinem Besuch.

Telefonklingeln schreckte sie auf. Ludwig lag neben Gisela mit halb offenem Mund im Tiefschlaf und rührte sich nicht, als sie sich aus der Bettdecke schälte und ins Wohnzimmer hastete. Es war kurz nach Mitternacht, und ein Anruf um diese Uhrzeit konnte nur eine schlechte Nachricht bedeuten.

»Wegmeyer«, meldete sie sich.

»Hier ist Doris«, klang es aus dem Hörer. Eine heiße Welle durchfuhr Gisela. Doris war Schwester in dem Pflegeheim, in dem ihr Vater wohnte.

»Der Jakob ist vor einer halben Stunde eingeschlafen«, sagte Doris.

Gisela hörte den Satz, aber es dauerte ein paar Sekunden, bis sie seine Bedeutung verstanden hatte. Ein Stich fuhr ihr durchs Herz, gleichzeitig drückte es ihr die Kehle zu.

»Es tut mir leid, dass du keine Möglichkeit mehr hattest, dich zu verabschieden«, hörte sie Doris wie aus weiter Ferne sagen.

Das Atmen fiel ihr schwer.

»Ja. Ich komm morgen früh vorbei, geht das?« Ihre Stimme klang dünn wie Reispapier.

Sie hörte Doris' Antwort nicht mehr, ein Rauschen in den Ohren übertönte alles andere. Kurz wurde ihr schwarz vor den Augen.

Als das Licht zurückkam, hielt Ludwig sie in seinen Armen. Er war durch ein Krachen aufgeweckt worden und hatte Gisela ohnmächtig im Wohnzimmer vorgefunden. Einige Minuten lang saßen die beiden in enger Umarmung auf dem Teppichboden, bevor sie ins Schlafzimmer zurückkehrten. An Schlaf war jedoch nicht zu denken, und nachdem sie kurz vor Sonnenaufgang die Hühner gefüttert hatte, fuhr Gisela in das dreißig Kilometer entfernte Bad Reibach.

Schwester Doris, eine bodenständige Frau Anfang vierzig, übergab ihr den Totenschein, führte sie dann zu Jakobs Zimmer. Giselas Vater lag in seinem Bett, die Augen geschlossen, die Bettdecke bis zum Kinn hochgezogen. Gisela betrachtete ihn lange, es war ihr, als würde sie sein Gesicht zum ersten Mal sehen. Seine Haut wirkte glatter als sonst, die Falten nicht mehr so tief, um seine Mundwinkel lag ein kleines Lächeln, als hätte er einen angenehmen Traum.

Gisela fuhr ihm über die lichten Haare, küsste seine Stirn und verließ das abgedunkelte Zimmer. Sie verständigte sich mit Doris auf ein Bestattungsinstitut, zu dem Jakob überführt werden sollte. Alle Unterlagen hatte sie dabei, seit Monaten war sie für diesen Fall gerüstet. Und doch traf es sie jetzt unvorbereitet.

Auf der Rückfahrt nach Niedernussdorf wurde Gisela von Bildern aus der Vergangenheit überschwemmt. Vor allem erinnerte sie sich an ihre Kindheit, als Jakob abends immer an ihrem Bett gesessen und vorgelesen hatte. So hatte er ihr die Sagen von Knecht Ruprecht, den Nibelungen oder Rübezahl nähergebracht. Und die Legende vom Saubären. Der Saubär. Kurz fröstelte es Gisela. Es mussten Menschen gewesen sein, die Hias umgebracht hatten. Skrupellose Menschen. Aber wozu der

Weihrauch? Weihrauch wurde verwendet, um den Leib Christi zu ehren. Die Heiden verwendeten Weihrauch auch, um den Tod von ihrer Schwelle zu verbannen. Beides schien Gisela in diesem Fall sehr unwahrscheinlich.

Sie bremste abrupt. Ohne es zu merken, war sie zu Hias' Hof gefahren und stand jetzt vor dem Haupthaus. Es lag im harten Licht der kalten Mittagssonne und machte einen abweisenden Eindruck. Die großteils morschen Fensterläden waren geschlossen, an allen Zugängen waren Polizeisiegel angebracht.

Ein heulender Motor hinter dem Haus ließ Gisela aufhorchen. Dort war der Schweinestall.

Ein kleiner Bagger rollte aus dem flachen Gebäude, in der Schaufel zwei Schweinekadaver. Der Bagger fuhr an die Ladefläche eines modernen Lastwagens heran, der aus Edelstahl zu bestehen schien, und kippte die toten Tiere hinein.

Der Baggerführer, ein aufgedunsener Bleichling mit Sicherheitsbrille und Atemschutzmaske, verschwand mit dem bulligen Gefährt wieder im Stall, ohne Gisela zu bemerken.

Der Leichengeruch verursachte ihr leichte Übelkeit und einen dumpfen Kopfschmerz, als sie den Stall betrat. Feinstaub erfüllte den Raum mit bräunlichem Nebel. Der Bagger schob seine gezahnte Schaufel mit Wucht unter zwei weitere Schweinekörper, hob sie hoch. Nur die Hufe lugten über den Rand.

Der Bagger machte eine halbe Drehung, schoss auf Gisela zu, die in der Tür stand. Er bremste scharf, die Schaufel

schaukelte, der Motor blubberte vor sich hin. Der Bleichling lehnte sich aus der Kabine.
»Wollen Sie überfahren werden? Was machen Sie überhaupt hier? Das ist Sperrgebiet.«
Gisela wurde bewusst, dass sie in Zivil war.
»Ich bin von der Polizei.«
Der Bleichling beäugte sie skeptisch. Ihr schien, als glotze der Tod persönlich sie an.
»Hat die Mordkommission die Aufräumarbeiten in Auftrag gegeben?«
»Wer denn sonst? Kann ich weitermachen? Ich werd nicht fürs Rumstehen bezahlt.«
Gisela trat einen Schritt beiseite. Der Baggermotor heulte auf, das bullige Gefährt rollte an ihr vorbei zum Lastwagen. Sie machte ein paar Schritte in den Stall hinein. Es gab mehrere hüfthohe brüchige Mauern, die insgesamt vier Koben voneinander abtrennten. Drei waren schon freigeräumt, im letzten lagen noch fünf tote Schweine. Getrocknetes Blut in Augen und Ohren ließ darauf schließen, dass ihnen allen die Schädel eingeschlagen worden waren. Dreißig Schweine zu erschlagen, das war eine Mordsarbeit. Ein Hupen schreckte Gisela auf. Der Bagger röhrte heran. Seine Schaufel senkte sich, rutschte mit einem hässlichen Quietschen über den Steinboden und schob sich vehement unter die nächsten Schweinekörper. Die breiten Zähne der Schaufel durchbohrten eine Sau und spießten sie wie mit der Gabel auf.
Gisela wendete den Kopf ab. Magenflüssigkeit stieg in die Speiseröhre hoch. Sie schluckte den bitteren Saft hinunter und rannte ins Freie.
Ihre Nase brannte, als sie ein paarmal die kalte Luft tief

einatmete. Hinter ihr lud der Bagger die Kadaver ab. Gisela hörte die toten Schweine dumpf auf die Körper ihrer Artgenossen aufprallen.

Nachdem der Bleichling seine Arbeit getan hatte und mit dem Lastwagen verschwunden war, machte sich Gisela an die Arbeit. Sie brach das Siegel an der Tür auf und betrat das Haus.

Zögernd schob sie sich in den düsteren Hausflur mit den gerahmten alten Fotos, die die Geschichte des Hofes über drei Generationen erzählte. Hias war der Letzte der Familie gewesen.

Gisela drehte den Lichtschalter. Zwei Lampen flammten auf, erhellten den düsteren Gang. Gleich fühlte Gisela sich etwas wohler, auch wenn der Novemberwind heulend durch die Ritzen des Hauses fuhr und ihre Schritte musikalisch begleitete.

Das Chaos empfing sie unverändert, der Geruch des Todes hing noch in der Luft. Glassplitter knirschten unter Giselas Schuhen. Ihr Ziel war die Küche. Alle ihre Sinne richteten sich auf den Raum hinter der verschlossenen Tür am Ende des Gangs.

Ein leises Scharren.

Gisela hielt inne, die Nerven zum Zerreißen gespannt.

Ratten, schoss es ihr durch den Kopf. Das mussten Ratten sein. Kein Wunder, die fühlten sich auf dem vergammelten Hof sicher ausgesprochen wohl.

Sie tastete sich weiter zur Küche vor, drückte vorsichtig die Tür auf. Rascheln und Scharren empfingen sie, als zwei Ratten sich schleunigst aus dem Staub machten. Sie huschten hinter den Kühlschrank, und bald darauf war von ihnen nichts mehr zu hören.

Gisela schaute sich um und schnupperte. Der Weihrauchduft war nur noch zu erahnen. Sie durchquerte die Küche, ihre Nasenflügel pumpten wie die eines Bluthundes. In der hintersten Ecke wurde der Geruch intensiver. Dort stand eine verstaubte Yucca, in der Erde steckten zwei abgebrannte Räucherstäbchen.
Gisela zog eines heraus, steckte es in ihre Jackentasche. Die Dinger glommen immer in der Wohnung des Pfarrers. Gisela war sich sogar ziemlich sicher, dass es die gleiche Sorte war, der Stiel nicht aus Draht, sondern aus Bambus. Oft hatte sie den Geruch ertragen müssen, wenn sie wegen ihres Vaters beim Pfarrer saß und er sie auf die letzte Reise Jakobs vorbereitete. Wie um ihren Verstand zu vernebeln, zündete er immer drei davon in ihrem Gesichtsfeld an. Um sie zu beruhigen, meinte er mit einem Lächeln. In Wahrheit konnte er so seinem Hang zu Flatulenzen frönen, ohne dass die Sprechstunde davon beeinträchtigt würde.
Giselas Handy brummte durch die Jackentasche.
»Wegmeyer.«
»Lederer. Stör ich?«
»Nein, gar nicht.«
»Ich hab den Bericht der KT vorliegen. Er ist alles etwas merkwürdig.«
Gisela spürte, wie sich ihre Muskeln anspannten.
»Inwiefern?«, fragte sie.
»Man hat die Leiche im Kofferraum identifiziert, es ist, wie erwartet, Matthias Berger. Alle anderen Insassen waren Schweine. Der Täter hat das Schwein auf dem Fahrersitz so drapiert, dass der Fuß am Gaspedal befestigt werden konnte. Das spricht alles für eine ungeheure kri-

minelle Energie. Aber es gibt keinerlei Hinweise darauf, wer die Schweine und Herrn Berger in das Auto gesteckt hat. Erste Auswertungen deuten darauf hin, dass sich ein Tier in den Räumen des Bauernhauses aufgehalten haben muss, das von beachtlicher Größe war.«

Gisela sog die Luft ein. »Von was für einem Tier sprechen Sie?«

»Nun ja«, kurz verliehen atmosphärische Störungen der Stimme des Hauptkommissars einen metallischen Klang, »es sieht so aus, als wäre ein Bär, genauer gesagt, ein Europäischer Braunbär, zugegen gewesen.«

»Wollen Sie damit sagen, ein Bär hat die Schweine ins Auto gesetzt, den Hias in den Kofferraum gesperrt und alle Tiere im Stall umgebracht?«

Ein Räuspern drang an Giselas Ohr.

»Ich sage ja, die vorliegenden Fakten sind sehr merkwürdig. Wir dürfen uns von diesem Humbug nicht ablenken lassen. Es müssen ein oder mehrere Täter gewesen sein.«

Gisela hörte sich den nächsten Satz sagen, ohne etwas dagegen tun zu können.

»Haben Sie auch Spuren gefunden, die auf ein Schwein hinweisen?«

Kurz war es still am anderen Ende.

»Die KT hat jede Menge Schweinespuren gefunden, Sie haben die Sau in der Küche ja selbst gesehen.«

»Ich meine, der Bär, hat der irgendwas von einer Sau an sich?«

Sie wartete gespannt auf die Antwort.

»Wie kommen Sie darauf, Frau Kollegin?«

»Ähm, ich weiß nicht – weibliche Intuition vielleicht.«

Sie kam sich absolut dämlich vor und hörte schon die sarkastische Antwort Lederers, dass es ganz offensichtlich zwei Täter waren, nämlich ein Bär und eine Sau.
»Tatsächlich hat die KT am Türrahmen nicht nur Haare des besagten Braunbären gefunden, sondern auch Kratzspuren eines Schweinehufes.« Lederer machte eine kurze Pause. »Allerdings ist sich das Labor nicht sicher, ob die nicht von dem Schwein stammen, das in der Küche ablebte.«
»Ich denk, dass die ganz sicher von der Sau sind. Anders könnt ich mir das auch gar nicht erklären«, sagte Gisela mit etwas schwacher Brust. Natürlich entging dem hellhörigen Lederer das nicht. Er war halt doch ein guter Polizist.
»Wenn Sie es sich aber anders erklären müssten, wie würden Sie das tun?«, fragte er.
Gisela trat von einem Fuß auf den anderen, das zersplitterte Porzellan unter ihren Sohlen knirschte hässlich.
»Manche sagen, zwischen Erntedank und Weihnachten geht der Saubär in der Gegend um und tötet wahllos Mensch und Vieh«, sagte sie. »Das ist eine uralte Legende, die nur die harten Winter symbolisiert, die die Leut hier in früheren Jahrhunderten mitgemacht haben«, fügte sie schnell hinzu.
»Sie glauben doch nicht allen Ernstes an ein Fabelwesen als möglichen Täter?«
»Ich? Natürlich nicht. Ich mein doch nur, manche sagen das.« Gut, dass Lederer ihr nicht gegenüberstand und sah, wie sich ihr Gesicht lügenrot färbte. »Ich wollt's nur erwähnt haben.«
»Und wer sagt so was?«

»Mei, die Leute halt.«

»Welche Leute? Ich meine, der Laborbericht ist noch druckwarm und trotzdem fantasiert man in Ihrem Dorf schon über ein Untier, das für diese Taten verantwortlich ist. Haben Sie oder Ihre Untergebenen über die Ermittlungen etwas verlauten lassen?«

»Nein, natürlich nicht.«

»Dann spekulieren also Ihre Männer über diesen Saubären?«

Gisela fühlte sich in die Enge getrieben und blieb eine Antwort schuldig.

»Frau Kollegin, sorgen Sie bitte frühzeitig dafür, dass Ihre Männer diesmal keine Dummheiten anstellen, respektive keine Sagengeschichten in die Welt setzen, die uns alle nur lächerlich machen.«

»Keine Angst, das war nur blöd dahergeredet. Das ist längst die Donau runter.«

Sie vermeinte ein leises Seufzen zu hören.

»Gut«, sagte Lederer. »Eigentlich wollte ich Sie bitten, sich wegen des Braunbären in der Gegend umzuhören. Vielleicht hat jemand so ein Tier gesehen, oder es ist ein Zirkus in der Nähe, dem er entlaufen ist.«

»Ich werd mich darum kümmern.«

Ihr erster Weg führte Gisela zum Pfarrhaus. Der Pizzabote aus Bad Reibach verließ gerade das kleine weiße Gebäude mit den Schutzheiligen im Garten. Er hatte eine extragroße Calzone mit extra viel Knoblauch geliefert. Höflichkeitshalber bot Pfarrer Meisner ihr ein Stück an, und Gisela lehnte das Angebot ebenso höflich ab.

»Was führt dich denn zu mir?«, fragte er, während er ein paar Weihrauchbrocken in einer Schale ansteckte.
Gisela legte das Räucherstäbchen auf den Tisch.
»Das ist doch so eins, wie Sie benutzen, oder?«
Der Pfarrer setzte sich, nahm das Räucherstäbchen kurz in Augenschein, nickte.
»Das hab ich aus dem Hias seinem Haus«, sagte sie.
Der Pfarrer hob Messer und Gabel. »Stört's dich, wenn ich nebenbei ess?«
»Gar nicht. Wird ja bloß kalt.«
Der Pfarrer bekreuzigte sich, murmelte ein paar Worte und machte sich dann über die Calzone her.
»Hat der Hias die von Ihnen?«
Der Pfarrer kaute mit dicken Backen, schüttelte den Kopf, versuchte schnell den Mund freizukriegen.
»Den Hias, den hab ich seit Jahren schon nicht mehr gesehen«, nuschelte er und spülte mit einem alkoholfreien Weißbier die Teigreste hinunter. »Das letzte Mal war bei der Beerdigung seiner Mutter.«
Das Wort Beerdigung schoss wie Eiswasser durch Giselas Adern. Sie musste für ihren Vater alles in die Wege leiten. Kurz war sie versucht, Pfarrer Meisner darauf anzusprechen, ließ es dann doch. Im Grunde ihres Herzens war sie froh, dem Thema erst einmal aus dem Weg gehen zu können.
»Wo kriegt man die her?«, fragte sie.
»Ich kenn da einen Laden in Straubing, der beliefert mich damit.«
Kurz hob der Pfarrer zwischen zwei Bissen die linke Pohälfte. Auch wenn er es so unauffällig wie möglich machte, wusste Gisela doch, was es bedeutete. Ein

schwacher Geruch von faulen Eiern rang mit dem Weihrauch um die Zimmerhoheit. Der Weihrauch setzte sich durch. Gisela lehnte sich etwas zurück.
»Die sind schon was Besonderes, die kriegst du nicht an jeder Ecke«, fuhr er fort.
»Verteilen Sie die manchmal an Leute aus dem Dorf?«
»Du meinst, wenn ich Sprechstunde hab?«
Gisela nickte leicht.
»Wenn mich jemand darum bittet, natürlich«, sagte er.
»Hat Sie in letzter Zeit jemand darum gebeten?«
Der Pfarrer runzelte nachdenklich die Stirn.
»Also, die Letzte war die Brunner Anne, das war vor knapp drei Wochen, und vor ihr die Schleckinger Rosi.« Er grübelte weiter, während er sich dem Ende der Riesencalzone näherte. Noch nie hatte Gisela einen Menschen so schnell so viel essen gesehen.
»Mehr fallen mir im Moment nicht ein.«
»Immerhin«, meinte Gisela. Zwei Namen, das war zwar mager, aber besser als nichts. Pfarrer Meisner lüpfte wieder eine Pobacke. Gisela dachte, dass der Weihrauch früher oder später gegen die faulen Eier verlieren würde.
»Was denkst du?«, fragte der Pfarrer.
»Äh, dass … dass der Hias Besuch von jemandem hatte, der die Räucherstäbchen mitgebracht hat.«
»Der Täter?«
»Nicht unbedingt. Das Labor in Straubing ist da noch dran.« Sie brach ab. »Aber ich darf da drüber gar nicht reden, Herr Pfarrer, tut mir leid.«
Mehr gab es sowieso nicht zu fragen.
»Sollen wir einen Termin wegen deinem Vater machen?«, fragte er.

Gisela schaute ihn überrascht an. Pfarrer Meisner legte Messer und Gabel ordentlich auf den leeren Teller, nahm sein Bierglas zur Hand, schwenkte es, um den Rest Hefe zu verteilen.

»Die Doris hat mich vor einer Stunde angerufen, sie meint, ich sollt mit dir reden«, sagte er und trank die Neige aus.

Gisela zuckte mit den Schultern.

»Mir geht's eigentlich ganz gut«, murmelte sie.

»Ich kenn niemanden, dem es nach dem Tod eines nahen Angehörigen gutgeht«, sagte er. Sein Blick ruhte lange auf Gisela, die weiter ihre rissigen Hände betrachtete. »Und dir schon gleich gar nicht«, ergänzte er sanft.

Giselas Augen begannen von innen heraus zu brennen. Sie sog die Luft ein, erhob sich.

»Ich meld mich bei Ihnen«, sagte sie und schüttelte ihm die Hand. Er hielt sie fest, legte die Linke drauf. Seine Hände fühlten sich wohlig warm an.

»Wart nicht zu lang.« Es hatte etwas Tröstliches, mit diesen Worten verabschiedet zu werden. Gisela wusste, Pfarrer Meisner würde sie jederzeit empfangen und ihr zuhören.

Anne Brunner war eine lebenslustige Frau Mitte vierzig, großgewachsen, mit modischer Kurzhaarfrisur. Sie wohnte im kleinen Neubaugebiet von Niedernussdorf, zusammen mit ihrem achtzehnjährigen Sohn Jonathan und der fünfzehnjährigen Tochter Angelika. Sie war seit acht Jahren alleinerziehend, ihren Mann hatte sie in den Wind geschossen, als herauskam, dass er seine Überstunden als Logistikchef einer Brauerei mit seiner Sekretärin abfeierte. Während Anne sich um den Haushalt und die beiden Kinder gekümmert hatte, war ihr Gatte mit der drallen Rothaarigen zur Erholung in ein Meditationszentrum im Bayerischen Wald gefahren. Kein Wunder, dass er nach dieser Woche total entspannt zurückgekommen war.

Anne hatte sich durch die Scheidung die Laune nicht vermiesen lassen, im Gegenteil. Sie nutzte den neuen Freiraum, um versäumte Abenteuer nachzuholen. Die fünfzehn Jahre Ehe kamen ihr im Rückblick wie ein schwarzes Loch vor, das jegliche Energie geschluckt hatte. Tagsüber arbeitete sie nun im örtlichen Frisiersalon, abends chattete sie im Internet, und bisweilen blieb sie über Nacht weg, wenn der virtuelle Partner sich als anständig und vertrauenswürdig erwies.

In jener Nacht, als Saubauer Hias in seinem Wagen verbrannte, war sie bei einem Herrn aus der Maschinenbaubranche gewesen und erst gegen acht Uhr morgens nach Hause zurückgekehrt.

»Ich hab Sie auch gar nicht verdächtigt, dass Sie was damit zu tun haben«, sagte Gisela. »Ich wollte nur bestätigt haben, was Pfarrer Meisner ausgesagt hat.«

Gisela und Anne Brunner saßen in der kleinen Küche des schmalen Reihenmittelhauses und tranken Tee.

»Na, Gott sei Dank, wenn die Polizei auftaucht, dann denkt man ja, man steht schon mit einem Bein im Kittchen«, sagte Anne und schob Gisela einen Teller mit selbstgebackenen Keksen hin. Gisela winkte dankend ab.

»Es muss auch gar nichts mit dem Ereignis zu tun haben«, sagte Gisela.

»Ich denk schon«, überraschte Anne sie. »Der Hias, der war ja überhaupt kein Typ für so Firlefanz wie Räucherstäbchen.«
»Wie kommen Sie darauf?«
Anne grinste wie ein Schulmädchen.
»Ich hab mich mit dem mal verabredet, das war so vor fünf Jahren.«
»Mit dem Hias?«
Gisela konnte sich die flotte Frau mit dem behäbigen Saubauern gar nicht vorstellen.
»Ich war da grad in der Experimentierphase, und der hat schon immer ein Auge auf mich gehabt, wenn der zum Haareschneiden gekommen ist, hat der mich über den Spiegel immer so angeglotzt. Da hab ich mir gedacht, schauen wir mal.«
»Und?«
Anne zuckte mit den Schultern.
»Ich war zweimal bei ihm. Beim ersten Mal hat er für mich gekocht, das ging gar nicht, das war irgendein Fleisch, Schwein, Rind, Emu, keine Ahnung, war jedenfalls total zäh. Das zweite Mal haben wir uns was vom Pizzaservice bringen lassen und Rotwein dazu getrunken. Nach der ersten Flasche wurde er zutraulich, nach der zweiten zudringlich, und nach der dritten bin ich gegangen. Da war der tatsächlich kurz aufs Klo und nur mit der Unterhose zurückgekommen. Und die hatte er in der Hand. Nein, stimmt nicht, seine Socken hatte er noch an.«
»Gab's jemanden, der ihn nicht mochte? Haben Sie Streit mitbekommen oder Ärger mit jemandem?«
»So richtig gemocht hat den Hias doch sowieso keiner,

dafür war der zu verschroben. Hat ja 's Maul kaum aufgebracht, wenn du ihn was gefragt hast.« Sie überlegte kurz, schüttelte den Kopf. »Nein, da fällt mir nichts ein.«

Die Haustür war zu hören, und wenig später schlurfte Jonathan in die Küche. Die Haare hingen dem schlaksigen Jungen fast bis zur Nasenspitze, er trug eine modisch bedruckte Jeansjacke, und die Hose hing ihm so auf der Hüfte, dass die rote Unterhose fast vollständig zu sehen war. Er bedachte seine Mutter und Gisela mit einem kurzen Blick. Im Vorbeigehen grabschte er sich eine Handvoll Kekse und verließ die Küche durch die gegenüberliegende Tür wieder.

»Tut mir leid, wenn der ein bisschen unhöflich wirkt, aber der macht grad eine schwere Phase durch. Sucht seit über einem Jahr eine Lehrstelle, und dann hat letzten Monat auch noch seine Freundin mit ihm Schluss gemacht. Hat gemeint, er sei ihr zu schluffig.«

Sie beugte sich vor. »Also, verstehen kann ich sie schon. Kommt halt ganz nach seinem Vater.«

»Wann haben Sie denn das letzte Mal mit dem Hias gesprochen?« Gisela nippte an ihrem Tee.

»Vor zwei Wochen war er wieder bei uns. Hat sich sogar rasieren lassen.«

»Hat er das sonst nicht gemacht?«

»Nein. Immer nur Waschen, Schneiden, Föhnen. Ich glaub, dass er jemanden kennengelernt hatte. Als wir uns damals getroffen haben, da war er auch immer rasiert. Sonst nie.«

Gisela richtete sich neugierig auf. »Hat er in der Richtung was gesagt?«

Anne schüttelte den Kopf. »Also zu mir jedenfalls nicht. Und, soweit ich weiß, zu den anderen auch nicht.«
Gisela pustete gedankenverloren in ihren Tee, der nur noch lauwarm war.
»Er hat nur gesagt, dass es sein kann, dass wir uns zum letzten Mal sehen.«
Erstaunt blickte Gisela auf.
»Also, dass er möglicherweise bald wegzieht, so hat er das gemeint.«
»Wegziehen? Der hat doch nicht mal Urlaub gemacht«, sagte Gisela.
»Ja, das hat mich auch etwas gewundert. Aber richtig Gedanken hab ich mir da keine gemacht.«
Sie rieb sich mit der rechten Hand die linke Schulter, als würde sie frieren.
»Da hatte der anscheinend große Pläne, und jetzt ist er tot. Schon grausam«, raunte sie.
Gisela nickte. Beide Frauen nippten an ihrem Tee und hingen ihren Gedanken nach.
Zweiundvierzig Jahre lang lebt Hias ein Leben reiner Routine, zwei Wochen vor seinem Tod macht es den Anschein, als würde sich daran etwas ändern, und wenig später ist er nur mehr verbranntes Fleisch. Da lag ein Zusammenhang nahe.
Gisela bedankte sich für den Tee und verabschiedete sich. Anne brachte sie zur Tür. Im selben Augenblick sperrte Angelika die Haustür auf. Anne stieß einen leisen Schrei aus, als sie die geschwollene Nase und das Piercing darin sah.
»Oh Gott.«
»Das ist normal, Mama«, näselte das hochgewachsene

Mädchen. Ihre Haare sahen wüst aus, als hätte sie sie selbst mit der Nagelschere geschnitten. »Das klingt nach ein paar Tagen wieder ab.«

»Ich hab dir doch verboten, dass du das machen lässt.«

»Das hast du nicht. Du hast nur gesagt, du fändest es nicht gut, das ist was total anderes.«

Gisela machte sich schleunigst aus dem Staub, sie wollte nicht in den Streit zwischen Mutter und Tochter hineingezogen werden. Früher oder später würde Anne sie fragen, was sie davon hielte.

Bei Roswitha Schleckinger, einer drallen Bäuerin, bekam sie gelben Tee serviert. Für den Besuch nur das Allerbeste, wie ihr Mann Michael anmerkte. Gisela spürte die Spannung zwischen dem Ehepaar körperlich. Die verbalen Spitzen, mit denen sie sich gegenseitig piesackten, trafen bisweilen auch sie. Konfliktscheu war Gisela beileibe nicht, aber die Risse in dieser Ehe erzeugten ein dumpfes Unbehagen bei ihr. Die Leute durften sich streiten, sooft und so heftig sie wollten, aber es vor Publikum auszutragen widersprach Giselas Vorstellungen von gutem Benehmen.

»Das ist kein normaler Tee, das ist ein Huoshan Huangya, der kommt direkt aus einem buddhistischen Kloster«, sagte Roswitha.

»Deswegen kosten hundert Gramm auch fünfunddreißig Euro«, sagte Michael. »Da krieg ich zwei Kasten Wiesnbier und hab danach keinen Durst mehr.«

»Aber Kopfweh«, erwiderte Roswitha.

»Da weiß ich wenigstens, wo's hingegangen ist.«

»Schmecken tut er«, sagte Gisela, die einen Schluck genommen hatte.
Roswitha schenkte ihrem Mann einen triumphierenden Blick. Der stand auf und holte Butter und Wurst aus dem Kühlschrank.
»Sie bleiben schon zum Essen, oder?«, fragte er Gisela. Sie schüttelte den Kopf.
»Nein danke, ich muss gleich weiter. Deswegen mach ich auch schnell.« Sie wendete sich Roswitha zu. »Kennen Sie Matthias Berger?«
Roswitha schüttelte den Kopf.
»Wer soll denn das sein?«
»Das ist das Opfer des gestrigen Unfalls«, sagte Gisela.
»Ist der nicht von einem Monster umgebracht worden?«
Die Brotschneidemaschine schnurrte. Michael legte drei Scheiben in einen Brotkorb.
»Wer sagt denn so was?«, fragte Gisela in der schwachen Hoffnung, dass es niemand von ihren Männern war.
»Dem Schorsch sein Vater.« Michael setzte sich wieder an den Küchentisch. »Ich hab heut Mittag Wurst eingekauft, und da hat er mir das erzählt.«
Michael schaute Gisela neugierig an, während er sich ein Wurstbrot machte. »Stimmt das?«
»So ein Schmarrn«, grätschte Roswitha dazwischen. »Wo soll denn hier bei uns ein Monster herkommen? Der hat dich verarscht, und du fällst auch noch drauf rein.«
Sie schüttelte verächtlich den Kopf.
»Hat mich der Franz verarscht?«, fragte Michael Gisela.
»Franz Kramer ist mit den Ermittlungen nicht betraut, insofern hat er keinerlei Einblick in diese Angelegenheit.«

»Aber sein Sohn, der Schorsch, der arbeitet doch bei Ihnen, oder?« Gisela wusste, dass der Mann hartnäckig bleiben würde, bis er eine zufriedenstellende Antwort erhalten hätte.
»Glauben Sie an ein Monster?«
»Ich glaub, dass es mehr Dinge zwischen Himmel und Erde gibt, als man sich vorstellen kann«, antwortete Michael.
»Ja, es soll auch Männer geben, die mal den Müll raustragen oder staubsaugen«, sagte Roswitha mit theatralisch aufgerissenen Kulleraugen. »Aber ich glaub, das sind nur Fabelwesen.«
»Ich mein das nicht lustig«, donnerte Michael. Roswitha schaute ihn erstaunt an. So kannte sie ihn gar nicht. Ihr Mann war eher behäbig und gemütlich, wenn er mal schrie, dann war er wirklich angefressen.
Sein Blick wurde eindringlich, als er sich zu Gisela beugte. »Letztes Jahr um dieselbe Zeit, da sind dem Willi seine Hühner verreckt. Alle in einer Nacht. Er hat's mir gezeigt. Jedem einzelnen war die Kehle durchgebissen worden, dreißig Stück, das muss ratzfatz gegangen sein, weil der Willi hat keinen Ton gehört. Normalerweise reagiert der auf jeden Piep von seinen Viechern wie ein EKG, aber da – kein Geräusch.«
Am Ende war seine Stimme immer leiser und rauher geworden, und die Zimmertemperatur schien um mehrere Grad gefallen zu sein.
Wenig später war Gisela auf dem Heimweg. Es war eine klare und frostige Nacht, die Sterne waren zum Greifen nahe. Straßenlaternen warfen in regelmäßigen Abständen ihr grelles Licht auf den Boden. Ein ungemütlicher

Westwind pfiff zwischen den Häusern. Kein Mensch war zu sehen, alle hatten es sich drinnen gemütlich gemacht, wie die zahlreichen erleuchteten Fenster bewiesen. An einem Sonntagabend brannte Niedernussdorf ohnehin nicht gerade vor Betriebsamkeit. Auch Gisela zog es nach Hause zu ihrem Verlobten Ludwig, der bestimmt schon mit seinem abendlichen Weißbier vor dem Kachelofen in der Stube saß und Zeitung las. Die Füße hochgelegt, den Kopf entspannt in der Nackenstütze zurückgelegt, das leise Rascheln der Zeitungsseiten beim Umblättern, das Knacken der Holzscheite im Ofen.
Das Ruckeln ihres Smarts, das Stottern des Motors, das hässliche Knirschen, bevor alle roten Lämpchen auf dem Armaturenbrett aufleuchteten und der Wagen stehen blieb. Mitten auf der Landstraße in einem Waldstück, nicht weit weg vom Unfallort.
Gisela drehte mehrmals den Zündschlüssel, aber nur ein Klacken antwortete. Fluchend holte sie ihr Handy aus der dicken Daunenjacke. Sie drückte die Eins, auf der Ludwigs Nummer als Kurzwahl abgespeichert war.
Tot. Kein Freizeichen. Kein Netz.
Es waren knapp zwei Kilometer zum Wegmeyerhof und drei zurück zum Dorf. Gisela wusste, dass es gescheiter war, nach Hause zu gehen, als auf einen vorbeifahrenden Wagen zu hoffen.
Der Wind, der sie beim Aussteigen empfing, war kalt und schneidend. Die Dunkelheit um sie herum wurde von keinem Licht angetastet, es war ein reines Schwarz, unterbrochen nur von dem magersüchtigen Weiß der Begrenzungspfosten.
Gisela vergrub ihre Hände tief in den Jackentaschen und

setzte sich in Bewegung. Vorschriftsmäßig marschierte sie auf der linken Straßenseite. Bei ihrem flotten Tempo säße auch sie in einer guten halben Stunde vor dem Kachelofen. Der Gedanke daran wärmte sie.
Ein Knacken im Wald ritt auf dem Wind an Gisela vorbei. Reflexartig ruckte ihr Kopf in die Richtung, aus der das Geräusch gekommen war. Ihr Schritt verlangsamte sich unmerklich, während sie versuchte, zwischen den Bäumen, die nicht mehr als Schatten waren, etwas auszumachen.
Ein erneutes Knacken, diesmal kam es von der anderen Straßenseite. Giselas Hand schob den Anorak rechts etwas hoch und löste das kleine Lederband, das ihre Pistole im Holster hielt. Ihr Körper war vom Adrenalin erhitzt, das durch die Adern schoss und alles auf den Überlebensmodus schaltete. Ihre Sinne nahmen den Wind und das leise Rauschen der Fichten überdeutlich wahr. Sie wartete auf das nächste Knacken, auf einen Angriff.
Sie erhöhte ihr Tempo. Zwei Kurven noch, dann würde sie den Wald verlassen, eine leichte Anhöhe hinauf, und von der Kuppe aus könnte sie bereits den Wegmeyerhof sehen. Zuvor müsste sie jedoch an der Unfallstelle vorbei, die in der zweiten Kurve lag.
Ein Heulen ließ sie zusammenzucken. Wahrscheinlich ein Waldkauz. Zwischen den Bäumen zur Linken bewegte sich etwas, ein leiser Grunzlaut war zu hören. Gedämpfte Schritte auf dem weichen Waldboden.
Gisela zog ihre Waffe. Sie blieb stehen, zielte auf den Schatten, der etwa zehn Meter von ihr entfernt dahineilte. Die Gestalt entfernte sich, verschwand schließlich tiefer im Wald. Von rechts schoss ein massiges Tier aus dem

Wald über die Straße. Den Umrissen nach handelte es sich um ein Wildschwein. Unglaublich schnell jagte es seinem Kollegen hinterher. Wenige Augenblicke später war auch von diesem Tier nichts mehr zu sehen.
Gisela starrte noch eine Zeitlang mit weit aufgerissenen Augen in die Dunkelheit, bis sie ihre Pistole mit zitternden Fingern wieder in den Holster schob. Das kleine Lederband schloss sie noch nicht. Sicherheitshalber.
Sie durchschritt die erste Kurve. Von dem Tier, oder was immer es war, keine Spur. Trotzdem blieb sie wachsam. Die sanfte Biegung ging in eine kurze Gerade über, bevor die zweite Kurve auftauchte.
Es waren nicht mehr als hundert Meter bis zum Ende des Waldstücks. Gisela wurde langsamer, als sie am Scheitelpunkt der Kurve anlangte und den beschädigten Baum vor sich sah. Sie meinte, den Geruch verbrannten Fleisches zu riechen, wenn auch nur schwach.
Sie blieb stehen und faltete die Hände wie zum Gebet. Die Dunkelheit gab ihrem inneren Auge den Raum, sich den tödlichen Unfall in allen schrecklichen Details vorzustellen. In ihren Ohren klang das schrille Quieken der Schweine, während sie langsam verbrannten. Sie spürte im Magen das Wummern von Hias' Fäusten gegen die Innenseite des Kofferraumdeckels. Die Hitze der Flammen brachte die kalte Winterluft zum Flirren, der Geruch von schmelzendem Kunststoff stieg ihr beißend in die Nase. Es war ein Monster, das für den Tod des Saubauern und seiner Schweine verantwortlich war. Ein menschliches Monster. Wer sonst käme auf so eine bizarre Idee.
Wut und Tränen stiegen in Gisela hoch, als sie sich vor-

stellte, dass der Täter den Unfall möglicherweise beobachtet hatte. Er wollte sicher seinen Spaß an dieser grausamen Inszenierung haben. Womöglich hatte er sich gefreut, weil es wie am Schnürchen klappte, und als der Wagen lichterloh brannte, hatte er sich wahrscheinlich ein Freudentänzchen nicht verkneifen können.

Jemandem das Leben nehmen. Es klang, als wäre es nicht mehr als ein Diebstahl. Belanglos. Vor allem bei einem Menschen wie dem Hias, der keinerlei Familie oder engere Bindungen im Dorf hatte. Den umzubringen tat ja niemandem weh. Zusammen mit ein paar Schweinen.

Gisela heulte los. Die Wut auf das Monster vermischte sich mit dem Schmerz über den Verlust ihres Vaters. Ihr ganzer Körper bebte, und sie schwor sich, das Untier zu fangen und zur Verantwortung zu ziehen. Wenn sie schon nicht den Tod ihres Vaters rückgängig machen konnte, wollte sie zumindest den Mord an Hias aufklären.

Dieser Entschluss wirkte tröstlich auf Gisela. Sie spürte, wie ihre Seele ruhiger wurde und die Dunkelheit heller. So hell sogar, dass Gisela zunächst glaubte, sie hätte eine Erscheinung. Bis die Hupe erklang und das Rutschen eines Wagens.

Die Scheinwerfer streiften Gisela, als der Golf auf der glatten Fahrbahn eine elegante Pirouette hinlegte und mit dem Heck voran gegen einen Baum prallte.

Erschrocken eilte Gisela zu dem Wagen, dem Doris entstieg.

»Kruzefix, was machst du denn mitten auf der Straße«, fluchte Doris.

»Ist dir was passiert?«, erkundigte sich Gisela besorgt.
»Nur ein bisschen Herzklopfen«, winkte Doris ab.
Gisela atmete erleichtert aus. Das hätte zu all ihrem Unglück gerade noch gefehlt.
Doris musterte Gisela im Licht der Scheinwerfer. Ihr fielen die rotgeweinten Augen auf.
»Soll ich dich heimfahren?«
»Wenn dein Karren noch anspringt«, meinte Gisela.
»Der ist unverwüstlich.«
Tatsächlich war der Golf so verschrammt und verbeult, als habe er in der Vergangenheit schon mehrfach an einem Crash-Car-Rennen teilgenommen.
Auf der kurzen Fahrt zum Wegmeyerhof begann Gisela über den Tod ihres Vaters zu sprechen. Die Pflegeschwester hatte in den letzten Monaten mehr mit ihm zu tun gehabt als Gisela selbst. Doris' Äußerungen zeichneten das Bild eines alten Mannes, der in seiner Erinnerung lebte und mit der Gegenwart nichts mehr zu tun hatte. Am Ende wusste er nicht einmal mehr, wie man sich die Schnürsenkel bindet. Trotz allem war er ein sehr sanfter Mensch, der viele Freunde unter den anderen Heimbewohnern und dem Pflegepersonal hatte. Seine sporadischen Wutausbrüche machten ihm selbst mehr zu schaffen als den anderen. Danach zog er sich sofort auf sein Zimmer zurück, so als wolle er sich selbst mit Arrest bestrafen.
»Er war ein herzensguter Mensch«, sagte Doris. »So wie du.«
Sie legte ihre Hand zum Abschied auf Giselas Arm.
Die lächelte. »Danke«, sagte sie und stieg aus.
Sie winkte Doris zum Abschied nach. Im Haus empfing

sie die Wärme des Kachelofens und Ludwigs Umarmung. Ohne ein Wort zu sagen, kuschelte sie sich an ihn. Er verstand, dass sie nicht reden wollte und konnte, weil ihr so viel durch den Kopf ging, dass sie gar nicht wusste, wo sie anfangen sollte. Alles, was sie jetzt brauchte, war Nähe und gemeinsames Schweigen. So drückte er sie an sich und las weiter in seiner Zeitung. Gisela dankte es ihm mit einem sanften Kuss.

Am nächsten Morgen hielt Gisela eine Teambesprechung ab, um die Aufgaben bei den Ermittlungen zu verteilen.
»Moment, Moment.« Erwin hob die Hand. »Wieso sollen wir in dem Fall ermitteln? Was bildet sich der Straubinger überhaupt ein, uns den ganzen Scheiß machen zu lassen.«
»Der Lederer weiß davon nichts. Ich will, dass wir den Täter so schnell wie möglich fangen«, erwiderte Gisela.
Ihre drei Mitarbeiter schauten sie mit großen Augen an.
»Das dürfen wir gar nicht«, flüsterte Schorsch, als befürchte er, die Wände hätten Ohren. »Wir sind weisungsgebunden, eigenständig dürfen wir gar nichts machen.«
»Da hat er recht«, unterstützte Erwin seinen stämmigen Kollegen, was er sonst nie tat. Die beiden verband seit der Grundschulzeit eine Hassliebe. Schorsch war auf einer stinknormalen Grundschule, Erwin auf der benachbarten Förderschule gewesen. Auf dem gemeinsamen Weg ließ Schorsch den Kleineren und Jüngeren immer spüren, dass er was Besseres war.
»Genau«, krächzte Richie und spülte den Whiskeygeschmack von letzter Nacht mit einer Tasse Kaffee runter.

Er hatte schon genug mit seinem Privatleben zu tun, da brauchte er nicht noch zusätzliche Sorgen.

»Wenn ihr wirklich glaubt, ich wart, bis mir jemand von oben was in der Sache anschafft, dann habt ihr euch gewaltig geschnitten«, donnerte Gisela. Bisweilen reizte sie die Faulheit der Polizeiobermeister Schorsch Kramer, Erwin Huber und Richie Hafenrichter zur Weißglut. Als wären sie Polizeibeamte geworden, um sich den Arsch bis zur Pension platt zu sitzen.

»Die haben die Labore und das theoretische Wissen, aber wir haben Ortskenntnis und können mit den Menschen anders reden als die aus Straubing.« Ihre flammenden Worte riefen bei Richie ein herzhaftes Gähnen hervor. Geschlafen hatte er auch nicht viel, nachdem er die meiste Zeit über der Kloschüssel verbracht hatte. Schorsch und Erwin schauten sich unbehaglich an. Beide dachten dasselbe.

»Wir haben doch gar keine Ausbildung, um einen Mord aufzuklären«, wagte Schorsch anzumerken. Giselas feuriger Blick ließ ihn schnell die Augen niederschlagen. Er stellte fest, dass seine Fingernägel brüchig waren, er sollte mehr Milch trinken.

»Wir schauen uns dem Hias seine Biographie an, reden mit den Menschen, die Umgang mit ihm hatten, und vor allem will ich wissen, wen er kurz vor seinem Tod kennengelernt hat«, sagte Gisela schneidend. »Ich will wissen, wer ein Motiv gehabt haben könnte, ihn umzubringen.«

»Dann ist der Saubär draußen, oder wie?« Richies Blick spiegelte Verwirrung wider.

»Der Saubär war noch nie drin«, sagte Gisela.

»Wieso auf einmal?« Richie legte den Kopf leicht schief. Ihm gefiel gar nicht, dass das Monster als Tatverdächtiger ausschied. Wenn sich die Hinweise gegen ihn verdichtet hätten, wäre das ein Fall für die Ghostbusters gewesen. Oder für das Tierheim. Nicht aber für die Niedernussdorfer Polizei.

»Das muss ich jetzt nicht wirklich erklären, oder?«

Gisela und Richie starrten sich an. Er blinzelte zuerst, sie nickte zufrieden.

Gisela versuchte mehrmals, Lederer telefonisch zu erreichen, um zu erfahren, ob es neue Informationen gab. Immer meldete sich nur die weiche Frauenstimme, die wissen ließ, dass der Teilnehmer zurzeit nicht zu erreichen sei. Ihr ging der Gedanke durch den Kopf, dass es nur zwei Motive gab, warum jemand einen anderen umbrachte. Entweder handelte es sich um eine Tat aus Leidenschaft, oder es ging um Geld. Im ersten Fall musste man abwarten, was die Recherchen in Hias' Umfeld erbrachten, für den zweiten war die örtliche Sparkasse zuständig.

Filialleiter Hans-Günther Bruckmann, dem Erscheinungsbild und Auftreten nach eine in Milch getunkte Kaisersemmel, wurde nervös, als Gisela sich höflich erkundigte, ob er ihr Auskunft über die Vermögensverhältnisse des Saubauern geben könnte.

»Prinzipiell nicht, weil wegen dem Bankgeheimnis und dem Datenschutz«, wand er sich in seinem abgewetzten Ledersessel. »Sie verstehen.« Sein schmales Lächeln beeindruckte Gisela in keinster Weise.

»Prinzipiell versteh ich das schon, aber hier geht es um Mord.«

»So tragisch die Umstände auch sein mögen, das ändert

nichts an den Ziffern 1 und 3 unserer AGB, in denen unsere Verschwiegenheitspflicht geregelt ist.«

»Sie wollen mir also auf diesem Weg nicht helfen?«

»Ich würde ja gerne, aber mir sind die Hände gebunden. Leider.«

Bruckmann zuckte bedauernd mit den Schultern. Gisela begegnete seinem unsteten Blick mit stoischer Ruhe.

»Hab ich mir schon gedacht.«

Bruckmann erhob sich, um Gisela zur Tür zu bringen. »Im Rahmen der Strafverfolgung sind wir natürlich gerne bereit, mit der Staatsanwaltschaft zu sprechen, vorerst aber …«

Er brach verwundert ab, als er feststellte, dass Gisela auf ihrem Stuhl sitzen blieb.

»Ich hab mich gefragt, wieso Sie von der Hauptgeschäftsstelle in Passau hierher versetzt worden sind«, sagte sie und nippte an ihrem Wasserglas. »Aber als ich mich dann dort erkundigt habe, hat mich das gar nicht verwundert.«

Bruckmann schoss zurück auf seinen Platz. »Wie … das … das dürfen Sie nicht.«

Giselas Augenbrauen rutschten hoch. »Was darf ich nicht?«

Bruckmanns Hände wedelten durch die Luft. »Erkundigungen über mich einziehen.«

»Ich habe Ihrem ehemaligen Chef nur ein paar Fragen gestellt, und er hatte keine Probleme, sie mir zu beantworten. Ich hatte sogar das Gefühl, er war recht froh, über diesen delikaten Vorfall reden zu können.«

Der Filialleiter verschränkte seine Finger fest ineinander, als könnte er dadurch ihrem Zittern Herr werden.

»Ich war das Opfer, nicht der Täter. Mein Chef hat die Tatsachen vollkommen verdreht, seit meinem ersten Tag hat er versucht, mich loszuwerden, und natürlich hat er diesen unglücklichen Umstand zu seinem Vorteil benutzt«, raunte er.

Gisela lehnte sich entspannt zurück, schüttelte zweifelnd den Kopf.

»Bitte, Sie müssen mir glauben. Nicht ich war es, der die Kundin sexuell belästigt hat, sondern umgekehrt.«

Schweiß hatte sich auf Bruckmanns Oberlippe gesammelt, den er wie eine Echse wegzulecken versuchte.

»Ehrlich gesagt, ist mir das wurscht«, sagte Gisela. »Ich werd das auch nicht weitertragen, das wär Ihnen und Ihrer Frau gegenüber nicht fair.«

Ihr Stuhl knarzte leise, als sie nach vorne an die Kante rutschte.

»Ich weiß, wann ich meinen Mund zu halten habe, und das gilt auch, wenn Sie mir Einblicke in das Konto vom Hias verschaffen. Das bleibt zwischen uns.«

Bruckmann ließ den Kopf hängen.

»Wenn das rauskommt, dann muss ich hier auch noch weg,« sagte er mit gepresster Stimme. Er schaute auf. »Wo soll ich denn dann noch hin?«

»Haben Sie die Daten des Kontos schon der Erbschaftsstelle des Finanzamtes gemeldet?«

»Noch nicht. Ich warte noch auf den Totenschein, der ist mir aber für heute avisiert worden.«

»Wie wär's, wenn Sie das jetzt gleich machen würden?«

Bruckmann schaute Gisela verwirrt an.

»Sie glauben doch, dass der Hias tot ist, oder?«

Bruckmann nickte zögernd.

»Dann tun Sie jetzt doch so, als würd der Totenschein vor Ihnen auf dem Tisch liegen.«

Unwillkürlich senkte der Filialleiter die Augen auf die Tischplatte. Außer seinen verknoteten Händen lag da nur eine grüne Schreibunterlage. Schließlich entwirrten sich seine Finger und huschten wenig später über die Tastatur des Computers, um die Daten zu Hias' Konto aufzurufen.

Etwas benommen stakste Gisela kurz darauf aus der Sparkasse, in ihrem Kopf wirbelte eine Zahl wie ein Kreisel herum. 212 000.

So viel hatte Hias an Vermögen in seinem Aktiendepot. Eröffnet hatte er es vor zwei Jahren mit knapp 180 000 Euro beim damaligen, inzwischen verstorbenen Filialleiter. Das Girokonto dagegen war im Minus. Angesichts der Krise in der Landwirtschaft war das nicht überraschend, Gisela wusste, dass Hias Subventionen vom Staat erhielt, die ihm das Überleben sichern sollten. Er hatte im Wirtshaus oft gejammert, dass es zum Leben zu viel und zum Sterben zu wenig wäre. Die sechsstellige Summe war bestimmt nicht durch das Ansparen staatlicher Fördergelder zusammengekommen. Für Gisela gab es nur eine Erklärung – Hias musste noch ein anderes Geschäft neben seiner Schweinezucht betrieben haben. Ein Geschäft, das es ihm erlaubt hätte, seinen verfallenen Hof zu renovieren oder ganz aufzugeben. Wenn es legal gewesen wäre, hätte es sich in Niedernussdorf sicher längst herumgesprochen. Hias' Vermögen stammte demzufolge mit ziemlicher Sicherheit aus einer illegalen Quelle. Die Möglichkeiten in und um Niedernussdorf waren allerdings sehr beschränkt, um nicht zu sagen, so

gut wie nicht vorhanden. Vor nicht allzu langer Zeit war ein Autohändler im Nachbarort Grünharding aufgeflogen, der mit frisierten Kilometerzählern überhöhte Preise verlangt und im Laufe von fünf Jahren gute 50 000 Euro zusätzlich verdient hatte. Hias hatte ganz offensichtlich in einer anderen Liga gespielt.
Nach dem dreimaligen Tuten erwartete Gisela, erneut nur Lederers Mailbox zu hören, und war für einen Moment überrascht, als seine geschmeidige Stimme erklang.
»Frau Wegmeyer, was wollen Sie denn dauernd?«
»Heut Morgen wollt ich mich nach dem Stand der Dinge erkundigen, aber jetzt hab ich selbst was Hochinteressantes rausgefunden.«
»Ah ja, soso, was haben Sie herausgefunden?«
Der süffisante Ton entging Gisela, sie wollte unbedingt ihre große Neuigkeit loswerden.
»Der Hias, der war in irgendwelche kriminellen Machenschaften verstrickt, irgendwas Größeres, vielleicht können Sie da mal reinschauen.«
»Gerne. Aber das wird etwas warten müssen, auf meiner Prioritätenliste ist im Augenblick wenig Platz.«
»Aber das wär wichtig für die Ermittlungen.«
»Aha. Dann schießen Sie mal los.«
Gisela fasste knapp und präzise zusammen, was sie in der vergangenen halben Stunde in Erfahrung gebracht hatte, samt Schlussfolgerung, dass der Mord in Zusammenhang mit den illegalen Geschäften stehen könnte. Es kam selten vor, dass Gisela sich beim Reden fast selbst überholte, doch ihre glasklare Erkenntnis der Zusammenhänge trug sie wie auf einer riesigen Welle der Euphorie weiter. Wie jede Welle brach auch die sich auf

dem höchsten Punkt und bescherte Gisela eine harte Landung.
»Ich werd das weitergeben«, sagte Lederer.
»Weitergeben? An wen?«, war Giselas verdutzte Reaktion.
»An die Finanzbehörden. Die kümmern sich um solche Sachen.«
»Solche Sachen? Möglicherweise steckt hinter diesen Summen ein Motiv, und Sie schieben das ans Finanzamt ab?«
Gisela bekam kaum Luft vor Empörung.
»Ein Saubauer hat vor zwei Jahren einen größeren Geldbetrag eingezahlt, den er geerbt oder gewonnen haben kann. Nicht alles, was nach einer strafbaren Handlung aussieht, muss auch eine sein. Zudem, sollte hinter dem Mord wirklich ein finanzielles Motiv stecken, wird der Mörder früher oder später versuchen, des Betrages habhaft zu werden. Möglicherweise handelt es sich dabei um einen Bevollmächtigten, der Zugriff auf das Depot hat. All das, liebe Frau Wegmeyer, ist Sache der Finanzbehörde, ergo werde ich Ihre Beobachtung dort zur Kenntnis bringen, damit man sich darum kümmert.«
Mit jedem geschraubten Satz verstärkte sich ein Pfeifen in Giselas Ohren, das von einer Hitzewelle begleitet wurde, die sich in ihrem Gesicht bis zu den Ohrläppchen ausbreitete.
»Wann mit konkreten Resultaten gerechnet werden kann, ist natürlich unmöglich zu sagen, ich denke, ein bisschen Geduld werden Sie wohl aufbringen müssen«, fuhr Lederer fort. Sein arrogantes Lächeln schlängelte sich mit den Worten durch die Leitung. Die Hitzewelle erreichte ihren Siedepunkt.

»Sie denken wohl, ich bin ein Volldepp, was? Sie sind der Superbulle von der Mordkommission und ich die kleine Grüne aus dem Kuhdorf, die man nicht ernst nehmen muss. Jedem Hinweis aus der Bevölkerung müssen Sie nachgehen, ob Sie wollen oder nicht, aber wenn eine Kollegin daherkommt, dann ist das lästig und wird schnell abgebogen. Und ich dachte immer, wir ziehen an einem Strang.«

»Ich gehe Ihrem Hinweis doch nach, da haben Sie anscheinend nicht richtig zugehört.«

»Ich hab gehört, dass es Sie einen feuchten Kehricht interessiert, was ich zu den Ermittlungen beitrage, sonst würden Sie schon längst hier auf der Matte stehen und Ihren Zinken wie ein Trüffelschwein in diese Spur stecken.«

»Sie nennen das eine Spur? Ihre haltlosen Vermutungen ohne die geringste Untermauerung? Wenn einer meiner Männer mit so einem dürren Verdacht bei mir aufgetaucht wäre, den hätt ich links liegenlassen wie einen toten Hund. Sie sind eine Mimose, Frau Wegmeyer, und nehmen das alles zu persönlich.«

»Ja, da haben Sie recht, ich nehm das persönlich, sehr persönlich sogar.«

Langsam ebbte die Hitzewelle ab, und Giselas Atmung normalisierte sich.

»Sie sind nicht der einzige Polizist in Niederbayern, der einen Mord aufklären kann«, knurrte sie.

»Aber der beste«, erwiderte Lederer.

»Das werden wir sehen.«

»Was wollen Sie damit andeuten?«

»Dass ich diesen Fall ohne Sie aufklären werde.«

Das Schweigen am anderen Ende der Leitung zeigte Gisela, dass sie einen Treffer gelandet hatte. »Wir sehen uns im Ziel wieder.«
Sie drückte Lederer weg und atmete zufrieden durch. Diesem Schönling mit dem Pornoschnauzer würde sie es zeigen, und wenn es das Letzte wäre, was sie tat. Als ihr Handy klingelte und Lederers Name aufleuchtete, leitete sie ihn an die Mailbox weiter.

Schorsch, Erwin und Richie machten Brotzeit in der Metzgerei von Franz Kramer, Schorschs Vater. Den ganzen Vormittag hatten sie mit Menschen gesprochen, die in mehr oder weniger enger Beziehung zu Hias standen. Erwin hatte die Schlachterei aufgesucht, mit der Hias in geschäftlicher Beziehung stand. Der Saubauer war allen dort als wortkarger und griesgrämiger Kerl in Erinnerung, der keinerlei Interesse an persönlichen Gesprächen hatte.
Richie war seiner Mission im Wirtshaus nachgekommen, wo er bei zwei Weißbier dem Wirt und den Männern vom Stammtisch Informationen über Hias entlocken wollte. Die Aussagen waren dürftig und bestätigten nur das Bild, das Erwin sich schon gemacht hatte. Niemand kannte den Hias wirklich, für alle war er nur ein grober Klotz, der allenfalls zum Kartenspielen und Sauzüchten taugte.
Die beiden Polizisten kauten nachdenklich auf ihrem Leberkäs herum, während Schorsch ein iPad vor sich liegen hatte, über das er eifrig wischte und drückte. Er ignorierte den Teller mit Spareribs und Kartoffelsalat, den seine Mutter vor ihm abstellte.

»Jetzt tu mal das Ding weg, das gibt's doch gar nicht«, schimpfte Martha.
»Ich arbeite«, erwiderte Schorsch.
»Für zehn Minuten kannst wohl aufhören, Essen ist wichtiger als das Internet.«
»Gleich.«
Schorsch wischte schnell über den Touchscreen.
»Gleich, gleich, gleich. Wenn ich das schon hör«, brummte sie und kehrte hinter die Theke zurück.
»Das ist halt die heutige Mediengeneration«, sagte Franz. »Die wachsen ganz anders auf.«
»Der Bub ist vierunddreißig, der ist schon ausgewachsen«, erwiderte Martha. »Und von mir hat er das nicht.« Der finstere Blick auf ihren Mann bezichtigte ihn der Fehler in der Erziehung.
»Ohne Technik geht heut gar nichts mehr«, rechtfertigte sich Franz und reichte einer älteren Dame die eingewickelten Wiener. »Darf's sonst noch was sein?«
»Ha, endlich!«
Alle Blicke richteten sich auf Schorsch, der mit geballter Faust und glänzenden Augen vom iPad aufsah.
»Der Hias hat mit Mokosch06 und Venusbergerl eine Beziehung gehabt. Er selber heißt Powerbauer.«
Verwirrung schlug ihm entgegen. Schorsch sah sich zu einer Erklärung genötigt.
»Also, ich hab dem Hias seine Facebook-Seite durchgecheckt und hab gesehen, dass der ein like bei Second Life gelassen hat. Außerdem hat er unter Veranstaltungen regelmäßig zu Treffen in Second Life eingeladen. Dort heißt er Darkbauer.«
»Ich denk, Powerbauer?«, hakte Erwin nach.

»Das ist bei Twitter«, sagte Schorsch. »In Second Life hat er eine andere Identität, da lebt er auf einer Insel, wo hauptsächlich Sadomasospielchen ablaufen. Und da sind anscheinend Comtesse de Roissy und Analstütchen enge Freundinnen von ihm.«
Martha warf Franz einen vorwurfsvollen Blick zu. »Dein Sohn.«
»Mama, das ist doch alles nur virtuell, das sind in echt wahrscheinlich harmlose Bürotanten, die in der Kaffeepause ein bisschen rumfantasieren.«
»Das Analstütchen würd mich ja schon interessieren«, kicherte Richie.
»Soll ich ein Treffen arrangieren?«, fragte Schorsch.
»Kannst du das?«, fragte Richie verdutzt.
Schorsch grinste überlegen. »Das Analstütchen heißt bei Twitter Venusbergerl, und vor ein paar Tagen haben die beiden was für heute Abend ausgemacht.«
»Virtuell?«, fragte Erwin.
»Real«, sagte Schorsch.
»Ich denk, die fantasieren nur rum?«, sagte seine Mutter.
»Ja, im Second Life, weil da hast einen Avatar, das ist fast wie echt.«
Martha schüttelte resigniert den Kopf und nahm sich ein Rippenstück vor, um es mit dem Beil in Koteletts zu zerhacken.
»Ich versteh das alles nicht mehr«, murmelte sie vor sich hin.
»Und was ist mit dem Mokka06?«, wollte die ältere Dame wissen.
»Mokosch06«, korrigierte Schorsch sie. »Das ist eine von seinen Followern, die scheint Slawin zu sein.«

Erwin öffnete den Mund, um zu fragen, woher er das wisse, aber Schorsch war schneller.
»Bei Wikipedia steht, dass Mokosch die slawische Göttin der Fruchtbarkeit ist, deshalb.«
Er deutete auf das iPad, schaute zu seiner Mutter. »Ohne das hätt ich das nie rausgefunden«, sagte er. Martha stieß einen missmutigen Zischlaut aus.
»Und wo treffen die sich?«, wollte Richie wissen. Schorsch blickte ihn fragend an.
»Na, das Venusbergerl und der Hias.«
»Beim Grenzberger Weiher. Um acht.«
»Dann wissen wir mehr«, sagte Erwin. »Wenn die kommt, weiß sie nicht, dass der Hias tot ist, dann hat sie mit dem Mord nichts zu tun.«
Stolz auf diese Schlussfolgerung schaute er seine beiden Kollegen an.
»Und wenn sie nicht kommt, dann ist sie schon mal verdächtig.«
Erwin biss zufrieden von seinem Leberkäs ab.
»Wenn s' nicht kommt, dann finden wir sie auch nicht, weil wie die in echt heißt, weiß ich nicht«, sagte Schorsch.
»Kannst das mit deinem Zeug da nicht rausfinden?«, meinte Martha spitz und nickte zum iPad.
Schorsch ersparte sich eine Antwort.
»So, und jetzt iss, sonst kannst dir nächstes Mal beim Edeka eine Wurstsemmel kaufen, von mir kriegst nichts mehr«, fügte sie hinzu.
Seufzend langte Schorsch zu Messer und Gabel.

»Wir sagen dem Straubinger nichts«, erklärte Gisela, als ihr die drei Polizisten Bericht erstatteten. Erwin, Richie und Schorsch sahen sich erstaunt an.
»Das machen wir allein.«
Giselas Tonfall ließ keinen Widerspruch zu, und niemand verlangte eine Erklärung. Die Chefin würde schon ihre Gründe haben.
Es war eine der kältesten Novembernächte in der Geschichte Niederbayerns. Dick eingemummelt in polizeigrüner Thermokleidung hockten Gisela und ihre drei Mitarbeiter bei gefühlten minus zehn Grad zwischen den Fichtenbäumen am Rand des Grenzberger Weihers. Dicke weiße Atemwolken stiegen aus den halb zugefrorenen Nasen des Quartetts. Keiner wagte sich zu bewegen, damit die Wärme nicht aus der Kleidung entwich. Zu allem Überfluss fing es kurz vor acht Uhr auch noch an zu schneien. Die Schneeflocken waren groß wie Daunenfedern und begrenzten die Sichtweite auf wenige Meter. Nach einer halben Stunde hatte sich so viel Schnee auf den Polizisten gesammelt, dass sie wie Schneemänner aussahen.
Schorsch hob schwerfällig den Arm, um auf die Uhr zu sehen. Eine kleine Lawine löste sich von seinem Ärmel.
»Halb neun«, stellte er fest. Er wendete sich zu Gisela. »Meinst, die kommt noch?«
»Viertelstunde warten wir noch, dann brechen wir ab«, sagte sie.
Ein leises Schlürfgeräusch war zu hören. Gisela richtete sich leicht auf, hielt den Atem an. Das Geräusch kam von links, ganz aus der Nähe, genau genommen von dort, wo Richie unbeweglich saß. Sie beugte sich zu ihm. Unter

der Skimaske, die er trug, konnte sie einen dünnen gelben Strohhalm entdecken, durch den er eine Flüssigkeit aufsog.

»Was trinkst du denn da?«, fragte sie.

Richies Augäpfel rollten Richtung Gisela.

»Wodkaschorle, damit ich nicht einfrier.«

»Du bist fei im Dienst«, sagte Schorsch.

»Bist neidisch, weil du selber nicht dran gedacht hast, was?«, verteidigte Erwin seinen Freund.

»Es gibt auch andere Methoden, um sich warm zu halten«, erwiderte Schorsch.

»Jetzt wird's dreckig«, sagte Erwin grinsend zu Richie. Der hatte ausgetrunken und ließ die leere Flasche unter seiner Thermojacke herausrutschen und in den weichen Neuschnee plumpsen. Danach schlüpften seine Arme wieder in die Ärmel, die leer an der Seite gebaumelt hatten.

»Dreckig wird's beim Schorsch nie, dafür fehlt ihm die Fantasie«, sagte Richie. »Beim Venusbergerl denkt der wahrscheinlich an irgendein Ausflugsziel in den Alpen.« Er und Erwin kicherten.

»Du hast wohl grad deinen letzten Rest Hirn versoffen, was?«, schnauzte Schorsch.

»Alkohol konserviert«, entgegnete Richie. »Und vertreibt die Kälte.«

»Wer fett ist«, sagte Erwin, »dem wird nie kalt. Du brauchst doch eigentlich gar keine Thermoklamotten.«

Schorsch knirschte mit den Zähnen und verpasste Erwin einen Schlag auf den Oberarm, dass der Schnee stob.

»Hey!«, zischte Gisela ihre Männer an. Ihr scharfer Blick ließ Schorsch und Erwin wieder in die Ausgangsstellung zurücksinken.

»Wann ist denn die Viertelstund vorbei?«, fragte Richie.
Gisela schaute auf ihre Uhr. »In zehn Minuten.«
Richie stöhnte auf. »Bis dahin bin ich eingefroren. Ich spür schon, wie das Blut kalt wird.«
»Solltest vielleicht nächstes Mal Frostschutzmittel saugen«, raunzte Schorsch.
Bevor Richie etwas erwidern konnte, packte Erwin ihn am Ärmel. Sein Blick war wachsam ins Schneegestöber gerichtet.
»Da.«
Alle lauschten. Nur das feine Rieseln des Schnees auf die vier Polizisten war zu vernehmen. Dann das leise Quietschen von Schuhen auf Neuschnee. Zu sehen war allerdings nichts. Der Weiher war nur als dunkler Fleck zu erahnen. Das Quietschen verstummte.
Gisela schmerzten nach wenigen Sekunden die Augen, so sehr konzentrierte sie sich auf diesen dunklen Fleck. Kurz blinzelte sie kräftig, um die Muskeln zu entspannen. Als sie die Augen wieder öffnete, meinte sie einen Schatten am Weiher stehen zu sehen.
Sie richtete sich auf, sackte aber mit einem leisen Stöhnen zusammen. Sie hatte keine Beine mehr. Zumindest fühlte es sich so an. Das starre Sitzen hatten die Blutzufuhr abgeschnürt, und die Kälte hatte verhindert, dass das übliche Kribbeln Gisela wissen ließ, dass ihre Beine eingeschlafen waren.
Die drei Mitarbeiter schauten erschrocken zu ihr. Giselas Blick ruckte zu dem Schatten am Weiher. Der Schemen eilte davon, das hektische Quietschen klang wie eine schlecht geölte Fahrradkette.
»Schnappt sie euch«, presste Gisela hervor und schlug

Schorschs helfende Hand aus. »Die ist jetzt wichtiger als ich.«
Die Schneemänner sprangen mehr oder weniger elegant auf und jagten zu dem Fleck, wo der Schatten zuletzt gestanden hatte. Inzwischen war er im dichten Schneetreiben nicht mehr zu sehen.
Mit großen Schritten und weit ausholenden Armbewegungen hetzten Schorsch, Erwin und Richie davon. Gisela stemmte sich mühsam hoch, machte ein paar ungelenke Kniebeugen, um die Blutzirkulation wieder anzuregen. Aus den Augenwinkeln bemerkte sie eine Bewegung. Instinktiv drehte sie ihren Kopf. Der Schatten hüpfte nicht weit von Gisela durch den Neuschnee. In die entgegengesetzte Richtung ihrer Männer.
Gisela setzte sich sofort in Bewegung, der knöchelhohe Neuschnee erschwerte das Laufen, im dichten Schneefall verschwand der Schatten immer wieder kurz, bevor er an anderer Stelle auftauchte. Schließlich blieb er verschwunden.
Schwer atmend stoppte Gisela, stützte ihre Hände auf den Oberschenkeln ab, während ihre Augen das Weiß zu durchdringen versuchten. Ihr Keuchen war das einzige Geräusch. Das musste bedeuten, dass der Schatten stehen geblieben war. Wahrscheinlich versteckte er sich und wartete einen günstigen Zeitpunkt ab, um vollends zu verschwinden.
Das Stechen von tausend kleinen Nadeln in ihrer Lunge und das Blei in den Füßen wollten Gisela dazu drängen, sich in den Schnee zu setzen und zu erholen. Sie widerstand der Versuchung und tastete sich langsam vorwärts. Ihr Blick war auf den Boden gerichtet. Es dauerte nicht

lange und sie stieß auf Fußspuren. Auch wenn man in Betracht zog, dass es Winterstiefel waren, handelte es sich mindestens um Schuhgröße 46. Gisela war klar, dass Venusbergerl keine Frau, sondern ein Mann war.
Sie hielt sich nicht mit Gedanken über die Konsequenzen dieser Erkenntnis auf, sondern folgte den Spuren zu einem kleinen Schuppen der Wasserwacht. Vor der Tür endeten sie. Venusbergerl musste in dem Holzbau sein.
Gisela legte ihre behandschuhte Hand auf die Klinke und drückte sie vorsichtig nach unten. Die Tür war verschlossen. Natürlich. Das bedeutete, dass Venusbergerl in seinen eigenen Spuren rückwärtsgegangen war und irgendwo hinter ihr …
Gisela fuhr herum und sah etwas Dunkles auf ihr Gesicht zuschießen. Bevor sie ausweichen konnte, traf der Ast sie mit voller Wucht an der Stirn und ließ alles schwarz werden.

Die ganze Welt bestand aus einem gewaltigen Pochen, das sein Zentrum in der Stirn hatte und den Schmerz rhythmisch bis in den hintersten Winkel von Giselas Kopf trieb.
Erwins zugefrorene Nasenlöcher waren das Erste, was Gisela sah. Dann seine angstvoll aufgerissenen Augen und die blauen Lippen. Sein Mund bewegte sich, aber sie hörte nichts. Es musste an dem hohen Pfeifen in ihren Ohren liegen.
»…is … pas… hö… …cht«
»Was sagst?«, krächzte sie.
»Hörst mich jetzt wieder?«, fragte Erwin.

»Ja.« Sie wollte sich aufstützen, doch kaum drückte sie den Oberkörper hoch, wurde ihr schwindlig, und sie legte sich sofort zurück in den Schnee. Die herabwirbelnden Schneeflocken tanzten wie kleine Derwische auf Giselas Gesicht herab und verstärkten die Übelkeit, die sich von ihrem Magen die Speiseröhre hocharbeitete. Sie schloss die Augen und konzentrierte sich auf die Atmung.

»Ich ruf einen Sanka«, hörte sie Erwin sagen.

»Schmarrn, es geht gleich wieder.«

Die Kälte half ihr, die Übelkeit zurückzudrängen, und kurz darauf hörte die Erde auf, sich zu drehen.

»Das muss aber genäht werden.« Erwins Stimme klang sehr besorgt, was bei Gisela ein Lächeln hervorrief. Es war schön, wenn sich jemand um einen kümmerte.

»Was grinst du denn so?«, fragte Erwin.

»Ist gleich vorbei.«

»Wegen mir musst nicht aufhören. Weiß ich wenigstens, dass es dir gutgeht.«

Gisela öffnete die Augen. »Gib mir deine Hand«, sagte sie. Erwin reichte ihr die Hand, zog Gisela langsam hoch. Einen Moment blieb sie sitzen, wartete auf Schwindel oder Übelkeit, beides blieb jedoch aus.

Gisela ließ sich auf dem Weg zum Streifenwagen nicht stützen. Erwin folgte ihr in ständiger Bereitschaft, sie aufzufangen, sollte sie umfallen. Über das Handy gab er Richie Bescheid, die Jagd abzubrechen und zum Wagen zurückzukommen. Schorsch konnte er nicht erreichen. Der hatte sein Handy abgeschaltet, um das Venusbergerl nicht durch einen blöden Anruf zu verschrecken.

Gisela schilderte Erwin und Richie, was passiert war,

während die beiden sich mit vereinten Kräften um die Platzwunde an ihrer Stirn kümmerten.
Sie warteten eine halbe Stunde, aber Schorsch blieb verschwunden und meldete sich auch nicht. Die Heizung im Wagen lief auf Hochtouren und legte die Erschöpfung in Giselas Körper frei, die sich unter der Kälte verborgen hatte. Müde bat sie Erwin, sie heimzufahren, während Richie vor Ort auf Schorsch warten sollte. Dem passte das gar nicht. Er lamentierte, dass Schorsch selber schuld sei, hätte er bloß sein Handy nicht abgeschaltet, und überhaupt sei das ein erwachsener Mensch und könne für sich selber sorgen und seit wann sei er das Kindermädchen vom Schorsch. Mit jedem Satz war Richies Stimme in Giselas Wahrnehmung leiser geworden, bis sein Gejammer sich irgendwann im wohlig warmen Nebel des Schlafes verflüchtigte.
Schorsch hingegen war alles andere als wohlig zumute. Schon als Kind hatte er Probleme mit der visuellen Wahrnehmung, die manchmal dazu führten, dass er sich selbst auf dem wohlbekannten Heimweg verlief. Jetzt, im Schneetreiben, war er vollkommen verloren. Verzweifelt schaute er sich nach einem Hinweis darauf um, wo er sich befand. Weiß, weiß, weiß.
Schemen.
Schorsch stutzte kurz, dann bewegte er sich auf die verschwommene Gestalt zu. Er hoffte, dass es einer der Kollegen war. Beim Näherkommen stellte er allerdings fest, dass die Gestalt groß war, sehr groß. Der Kopf war – sogar proportional zum Körper – riesig. Schorsch blieb stehen, kniff die Augen zusammen, um alles Störende auszublenden. Die Gestalt drehte sich zu ihm um. Schorsch

fuhr der Schreck durch Herz und Glieder. Die Umrisse des Kopfes ähnelten dem eines Schweins.
Er stieß einen Schrei aus und stolperte rückwärts. Die Gestalt vor ihm bückte sich, als wolle sie zum Angriff übergehen. Schorsch wirbelte herum, rannte los. Die Angst vor dem Untier verlieh ihm ungeahnte Kräfte. Blindlings hetzte er davon, hinein in den Schutz des dichten Schneefalls. Den dunklen Schatten, der direkt vor ihm auftauchte, erkannte er zu spät. Schorsch knallte auf die Motorhaube, rutschte die Windschutzscheibe hinauf, machte auf dem Autodach einen Purzelbaum, stürzte mit voller Wucht auf den Kofferraum, von wo er mit einem dumpfen Knall in den Schnee flog.
Im Auto war Erwin erschrocken auf das Bremspedal getreten, der Wagen schlitterte ein paar Meter, dann kam er zum Stehen. Gisela war durch das Wummern des Körpers beim Flug über das Auto aufgewacht.
»Was war das denn?«, fragte sie benommen.
»Das hat ausgesehen wie der Schorsch«, stammelte Erwin schockiert. Richie nickte langsam. Sein Gehirn verarbeitete neue Informationen stark zeitverzögert.
Erwin stürzte aus dem Auto und eilte, so gut es auf dem rutschigen Boden ging, zu dem dicken Haufen, der regungslos im Schnee lag.
»Schorsch! Schorsch!«
Der Haufen rührte sich stöhnend. Mühsam rollte er sich auf den Rücken.
Erwin erreichte seinen Kollegen. »Alles okay bei dir?«
»Ich denk schon. Bin ja gut gepolstert. Hast dir die Nummer von dem Deppen gemerkt? Das ist Fahrerflucht, dafür geht der in den Knast, das sag ich dir.«

Erwin räusperte sich und half Schorsch aufzustehen.
»Der hat nicht mal Licht angehabt, und das bei dem Sauwetter, das ist ja grob fahrlässig. Also, hast du das Kennzeichen?«
Erwin grinste schief, nickte zum Streifenwagen. Schorsch runzelte die Stirn, dann verstand er.
»Na, wenn du das warst, dann geh ich mal von versuchtem Mord aus«, seufzte er.
»Hast was gut«, meinte Erwin und haute Schorsch auf die Schulter. Der stöhnte auf vor Schmerz.
»Ich komm drauf zurück, darauf kannst dich verlassen«, sagte Schorsch.
Auf dem Weg zum Wegmeyerhof berichtete Schorsch von seiner Begegnung mit dem Untier. Gisela sagte dazu nichts, einerseits, weil ihr nicht nach Reden zumute war, andererseits, weil sie die Ammenmärchen satthatte. Richie dagegen stieg sofort auf die Geschichte ein, für ihn war klar, dass es sich bei der Gestalt im Schnee um den Saubären gehandelt hatte. Erwin argumentierte dagegen, traf aber weder bei Richie noch bei Schorsch auf Einsicht. Letzterer ließ es sich nicht nehmen, Erwin des Öfteren den Unfall unter die Nase zu reiben. Nach seinem hinterlistigen Mordanschlag brauche er sich jetzt nicht auch noch in Dinge einzumischen, von denen er nichts verstand. Irgendwann hielt Erwin dann wirklich die Klappe. Ihm fiel nichts mehr ein. Normalerweise ließ er, wenn es so weit war, die Fäuste sprechen. In Giselas Gegenwart traute er sich das allerdings nicht.
Nachdem die drei Polizisten Gisela auf dem Wegmeyerhof abgeliefert hatten, kamen Richie und Schorsch überein, dass sie der Spur des Saubären unbedingt

nachgehen sollten. Erwin sah das ganz anders, was zur Folge hatte, dass seine beiden Kollegen ihn abstellten, Gisela weiter zu unterstützen, während sie hinter dem Rücken der Chefin ihre eigenen Ermittlungen durchzuführen gedachten. Sie würden alle Zweifler Lügen strafen und nebenbei für eine naturwissenschaftliche Sensation sorgen. Wichtig war aber, dass Gisela von alldem nichts erfuhr.

Am nächsten Vormittag löste Gisela vorsichtig die fünf Pflaster, die ihr Erwin und Richie über die Platzwunde geklebt hatten, und tastete vorsichtig die blau-grüne Schwellung über dem rechten Auge ab. Es schmerzte dumpf, der Schädelknochen schien jedoch heil zu sein. Ein anderer dumpfer Schmerz kam aus dem Magen. Sie hatte über zwölf Stunden geschlafen und einen Mordshunger. Ein weiterer Hinweis, dass ihr nichts fehlte.

Während sie Milch für ihre Haferflocken warm machte, kamen die Erinnerungen an den gestrigen Tag und die Fragen hervor, die sich in ihrem Unterbewusstsein über Nacht gebildet hatten.

Venusbergerl war ein Mann, er hatte ein Verhältnis mit Hias. Die beiden hatten schon länger Kontakt, so viel hatte Schorsch herausgefunden, so dass Hias' Aussage im Friseursalon, er werde bald wegziehen, sich vielleicht auf jemand anderen bezog. Möglicherweise auf diese Fruchtbarkeitsgöttin, Mokosch.

Gisela spürte, wie bei diesen Überlegungen die Kopfschmerzen zurückkehrten. Wichtig war jetzt, die Identität des Venusbergerls herauszufinden, um in den Ermittlungen voranzukommen.

Nach dem Frühstück fuhr sie zum Grenzberger Weiher.

Das Wetter zeigte sich von seiner schönsten Seite. Es war zwar immer noch kalt, aber die Sonne schien, und der Pulverschnee glitzerte wie Glitter. Es hatte bis zum frühen Morgen geschneit, und somit waren alle Spuren verschwunden.
Am Schuppen der Wasserwacht stellte Gisela sich noch einmal den Hergang vor. Sie folgte dem Schatten zu dem Häuschen, abgeschlossen, sie drehte sich um, der Ast, alles schwarz. In ihren Erinnerungen tauchte kein Detail auf, das ihr einen Hinweis auf Venusbergerl gegeben hätte. Sie kehrte zu dem Platz zurück, an dem sie mir ihren Männern gesessen hatte. Der Weiher war ein großes Oval mit einem Steg und einer schmalen Zufahrtsstraße. Im Sommer standen überall Autos von Anwohnern aus der Umgebung. Jetzt war alles leer. Bis auf ein zugeschneites Fahrrad, das an einem Busch lehnte.
Gisela durchfuhr es siedend heiß. Als sie ihren Beobachtungsposten bezogen hatten, war das Rad noch nicht da gewesen. Venusbergerl war damit hergekommen und musste es auf seiner überstürzten Flucht zurückgelassen haben. Auf dem Gepäckträger war ein kleiner Korb festgemacht, in dem eine Plastikflasche mit bräunlicher Flüssigkeit lag. Gisela drehte den Verschluss auf, roch daran. Der scharfe Geruch von Waschbenzin stieg ihr in die Nase. Sie schloss die Flasche wieder, wischte den Schnee vom Rahmen. Es war ein modernes Herrenfahrrad mit Elektromotor und einem Spezialaufkleber, der eine polizeiliche Registriernummer enthielt. Im Falle eines Fundes konnte der Halter in der Datenbank leicht ermittelt werden.

Friedrich Bürgers Hof lag etwa zehn Kilometer von Niedernussdorf entfernt auf einer Anhöhe. Von dort hatte man eine wunderbare Aussicht über die verschneite hügelige Landschaft Niederbayerns. Gisela hatte keinen Blick für diese Schönheit, sie konzentrierte sich auf das Treffen mit dem Bauern, von dem sie nur wusste, dass er keinerlei Vorstrafen hatte und niemand aus dem Dorf mit ihm zu tun haben wollte, weil er arrogant und hinterfotzig war. Wer immer mit ihm Geschäfte gemacht hatte, war über den Tisch gezogen worden. Hieß es. Giselas Meinung nach handelte es sich eher um die Hexenjagd auf einen Bauern, der offenbar ein knallharter Geschäftsmann war.

Mais schoss aus dem Silo in einen Hänger, als Gisela auf dem Hof auftauchte. Der Bauer schenkte der Uniformierten nur einen kurzen Blick, dann schloss er den Silo. Bevor er sich auf seine Zugmaschine schwingen konnte, hatte Gisela ihn erreicht.

Friedrich Bürger war Ende fünfzig, wirkte aber wesentlich älter. Er hatte zeitlebens als Rinderbauer gearbeitet. Sein Großvater hatte die Rindermast begründet, sein Vater ausgebaut, und er setzte sie erfolgreich fort. Die schwere Arbeit nahm jeden Tag sechzehn Stunden in Anspruch und forderte den entsprechenden Tribut von seinem Körper. Kettenrauchen und zu viele Chips hatten ihr Übriges getan, um die Haut wie graues Schmirgelpapier wirken zu lassen.

»Grüß Gott.«

»Grüß Gott«, brummte er. Die Zigarette in seinem Mundwinkel wippte kurz.

»Herr Bürger?«, fragte Gisela.

»Ja.«
»Hätten Sie einen Moment Zeit für mich?«
»Eigentlich nicht«, erwiderte Bürger. »Ich muss zu meinen Viechern zurück, die versorgen sich nicht von alleine.«
»Ich fahr mit.«
Gisela kletterte kurz entschlossen auf die Zugmaschine. Dem verdutzten Gesichtsausdruck des Rinderbauern begegnete sie mit einem offenen Lächeln.
»Wir können auch unterwegs reden«, meinte sie.
Bürger rutschte auf seinen Sitz, ließ den Motor an.
»Schön ist's heute, ganz anders als gestern, oder?«, sagte Gisela.
Bürger knurrte.
»Vor allem gestern Abend. Das war ja eine kleine Katastrophe, nicht? Sie waren da sicher zu Hause.«
Bürger biss auf seiner Zigarette herum, nickte. Kein Ton kam über seine Lippen.
Die Zugmaschine bog auf den Hof ein, der von einem langgestreckten Stall dominiert wurde, aus dem hin und wieder das Brüllen eines Tieres drang.
»Respekt«, sagte Gisela beim Anblick des modernen Gehöfts. Auf den Dächern des Stalls und des Wohnhauses glitzerten Solarpanels, ein kleiner Schneepflug stand neben einem Toyota Prius unter dem Dach eines Carports.
»Das ist ja hier alles picobello. Bewirtschaften Sie den mit Ihrer Frau?«, fragte Gisela.
»Alles allein«, erklärte Bürger voller Stolz.
»Ohne jegliche Hilfe?«, staunte Gisela. Bürger nickte.
»Ja, haben Sie da überhaupt noch Zeit für ein Privatleben?«
»Wenig.«

»Der Mensch braucht zwischendurch auch Zwischenmenschliches, nicht nur die Arbeit«, sagte Gisela und beobachtete Bürger ganz genau. Der nahm die Kippe aus dem Mundwinkel und drückte sie in dem kleinen Aschenbecher aus, den er sich an die Seitentür der Zugmaschine hingebastelt hatte.

»Machen Sie sich da mal keine Sorgen«, antwortete er, bevor er den Hänger rückwärts an die Futterzufuhr rangierte.

»Sie wissen nicht, dass der Hias tot ist, oder? Ermordet.«

Bürgers erschrockenem Blick folgte ein Knall. Er hatte vergessen zu bremsen, und der Hänger war gegen die Befestigung der Zufuhr gekracht.

Mit zitternden Fingern stellte er den Motor ab. Kein Ton, keine Bewegung. Gisela wartete ab, sie wollte ihm Zeit geben, die Nachricht zu verarbeiten. Sie sah eine Träne seine Wange hinablaufen. Er schniefte, wischte sich mit der Hand über das Gesicht.

Bürger schaute Gisela mit einem unbeholfenen Lächeln an. Sie spürte, dass er versuchte, weitere Tränen zurückzuhalten.

»Sie waren gestern am Grenzberger Weiher, stimmt's?«, fragte sie sanft. »Ich hab Ihr Fahrrad dort gefunden.«

Bürger nickte, atmete tief durch, deutete auf Giselas Beule. »Tut mir leid.«

Gisela nahm die Entschuldigung mit einem leichten Lächeln zur Kenntnis.

»Wie … wie ist es denn … passiert?«, fragte Bürger mit rauher Stimme.

Gisela schilderte dem Bauern die Umstände von Hias' Tod und die Ermittlungen, die sie zu ihm geführt hatten.

Bürger schwieg, und es schien, als wollte er für immer auf der Zugmaschine sitzen bleiben und schweigen. Ein tiefes Seufzen tönte aus seiner Brust.

»Und wie geht's jetzt weiter?«, fragte er Gisela mit geröteten Augen.

»Also, zuerst müsst ich wissen, in welcher Beziehung Sie zum Hias standen und wie er die letzten Wochen auf Sie gewirkt hat.«

Bürger schluckte und runzelte die Stirn.

»Ja, aber wie geht's weiter?«, fragte er erneut.

Gisela war verdattert, bis sie verstand, was er meinte.

»Ich denk, Sie sollten erst mal weitermachen wie bisher, der Alltag ist die beste Möglichkeit, so einen Schock zu verdauen.«

In Giselas Ohren klang es, als würde sie zu sich selbst sprechen.

»Es ist die Routine, die einem einen Sinn gibt, auch wenn zuerst alles sinnlos scheint.«

Erinnerungsfetzen an ihren Vater drängten sich nach vorne, und zwar so stark, dass Gisela kurz vergaß, was sie sagen wollte. Sie riss sich zusammen.

»Haben Sie jemanden, der Sie da begleiten kann?«

Bürger kratzte sich hinter dem Ohr, schüttelte den Kopf.

»Meine Freunde von damals sind alle weggegangen, da ist keiner mehr da. Der Hias war mein einziger Freund.«

Er holte sein Zigarettenpäckchen aus der Brusttasche, zündete sich eine an.

»Wenn Sie wollen, kann ich Ihnen eine Telefonnummer geben. Die Polizei in Straubing hat Psychologen, die für solche Fälle ausgebildet sind.«

Bürger starrte auf die Glut. Ein kurzer Ruck ging durch

seinen Körper. Er schüttelte den Kopf, deutete zum Stall.

»Für so was hab ich keine Zeit. Und Sie sagen ja selber, Arbeit ist die beste Medizin.«

»Vorerst«, warnte Gisela. »Irgendwann werden Sie sich damit auseinandersetzen müssen.«

»Gut.«

»Und so leid es mir tut, aber ein paar Fragen hätt ich schon noch an Sie«, sagte Gisela.

»Dauert's lang?«

Gisela zuckte mit den Achseln. »Na ja, das kommt drauf an.«

»Na, dann fragen Sie, damit ich weitermachen kann.«

»Wo waren Sie in der Nacht von Freitag auf Samstag?«

»Im Bett. Ohne Zeugen.«

»Hat der Hias irgendwas erzählt, dass er bedroht wird, oder war er anders als sonst?«

Bürger schüttelte den Kopf. »Der war die letzten Wochen eigentlich ziemlich gut drauf«, sagte er mit rauher Stimme. »Ich hab ihn sogar mal gefragt, was los ist, als er nackt in den Weiher gesprungen ist, da hat's schon knapp null Grad gehabt.«

»Und?«

»Er hat gesagt, das sei halt die Liebe.«

Bürger zog an seiner Zigarette, behielt den Rauch lange in der Lunge, schaute zum Horizont.

»Da hat's mir das Herz zerrissen«, sagte er. Kleine Rauchwölkchen kamen aus Mund und Nase. »Ich wusste, dass er nicht mich meint, weil … da wär der ja nie draufgekommen, dass ich … in ihn …«

Er brach ab. Gisela nickte verständnisvoll.

»Sind Sie schon mal von jemandem wirklich geliebt worden? Ich mein, beiderseits.«
»Ja.«
»Wie ist das?«, fragte Bürger.
»Schön. Aber nach einiger Zeit gewöhnt man sich dran. Ich befürchte, man gewöhnt sich an viele Dinge, auch an die, die einzigartig bleiben sollten.«
Kurz dachte sie an Ludwig und ihre Beziehung. Es war immer noch schön mit ihm, aber irgendwie fehlte ihr die letzten Jahre das Feuer. Nicht so sehr die Leidenschaft, eher das Spontane, das immer mehr weggefallen war. Früher hatten sie die verrücktesten Sachen gemacht, ohne lange zu planen. Jetzt kuschelten sie vorwiegend zu Hause, und wenn sie etwas unternahmen, wurde es von langer Hand geplant. Überraschungen gab es keine mehr. Gisela zwang ihre Gedanken zurück zu der vor ihr liegenden Aufgabe. Sie räusperte sich, die nächste Frage war ihr etwas unangenehm.
»Es gibt da noch irgendeine Comtesse. Offensichtlich kannten die beiden sich auch.«
Bürger lachte kurz auf. »Die Comtesse de Roissy, das war nur ein virtueller Zeitvertreib für uns.«
»Was heißt das?«
»Na ja, wir haben uns im Second Life getroffen und dann unsere Session durchgezogen.«
»Session?«
Bürger legte den Kopf schief. »Sie sind nicht oft im Internet unterwegs, oder?«
»Nur wenn sich's nicht vermeiden lässt.«
Der Bauer nahm noch einen tiefen Zug, drückte die Kippe in seinem Aschenbecher aus. »Wir hatten Cybersex.«

»Im Internet?«
Bürger nickte.
»Virtuell?«
Bürger nickte.
»Wie geht denn das?«, wollte Gisela wissen.
»Würd das Ihren Ermittlungen helfen? Wenn Sie's wüssten, mein ich.«
Gisela schüttelte den Kopf und spürte, wie ihre Ohren heiß wurden. Sie war vom Dienstlichen ins Private abgerutscht, und es war ihr peinlich, wenn das passierte.
»Das heißt, Sie kennen diese Comtesse in echt gar nicht?«
Bürger schüttelte den Kopf. Gisela war enttäuscht. Hatte sie doch gehofft, eine weitere Person könnte mehr Licht ins Dunkel bringen. Der Rinderbauer war in ihren Augen unverdächtig, dafür war seine Überraschung über Hias' Tod zu groß gewesen.
»Am Abend seines Todes hatte der Hias noch Besuch. Können Sie sich vorstellen, von wem?«
Bürger richtete sich überrascht auf. »Davon hat er mir gar nichts gesagt. Was ... wegen was war der denn da, der Besuch?«
»Da laufen die Ermittlungen noch.«
Gisela entging die Anspannung nicht, die Bürger im Griff hatte.
»Haben Sie sonst immer gewusst, wenn jemand zu ihm auf den Hof kam?«, setzte sie nach.
»Nein, natürlich nicht, aber an dem Freitag, da ... da haben wir noch gechattet.«
»Wann?«
»So um Mitternacht rum. Und normalerweise erzählt er mir immer alles.«

»Auch wenn jemand anderes anwesend war?«

»Er hat gesagt, er ist allein.«

Es traf Bürger schwer, dass Hias Geheimnisse vor ihm gehabt hatte. Gisela sah es trotz der zusammengekniffenen Augen, mit denen er die Verletzung verbergen wollte.

»Wir gehen davon aus, dass der Besuch in Zusammenhang mit seinem Tod steht«, erklärte Gisela.

»War's eine Frau?«, fragte Bürger.

»Wie gesagt, da laufen die Ermittlungen noch«, sagte Gisela. »Haben Sie einen Grund für diese Frage?«

Bürger wich Giselas Blick aus. Er zog die Oberlippe ein, kaute darauf herum, fast so, als wollte er verhindern, etwas zu sagen.

»Wenn Sie etwas wissen oder auch nur vermuten, würde das uns sicher weiterhelfen«, fügte Gisela hinzu.

Bürger schüttelte den Kopf, holte sich die nächste Zigarette aus dem Pack. »Sie wissen ja, wie's ist mit den Verliebten; die Eifersucht lässt einen nie los.«

Gisela beließ es dabei. Sie wollte Bürger nicht aufs Auge drücken, dass ihr das Gefühl von Eifersucht fremd war. Sie war felsenfest davon überzeugt, dass Ludwig ihr sagen würde, wenn er sich anderweitig betätigen wollte. Oder betätigt hatte. Es gab die unausgesprochene Übereinkunft, einander die Wahrheit zu sagen, auch wenn es weh tat.

»Noch was?«, fragte Bürger.

Gisela wollte den Kopf schütteln, als ihr noch etwas einfiel. »Ah, doch. Weihrauch, hat der Hias das oft benutzt?«

»Weihrauch? Der Hias? Kann ich mir nicht vorstellen.

Vielleicht hat was so gestunken, dass er's nicht mehr ausgehalten hat. Ist mal passiert, als eine Ratte ewig tot hinter der Kommode gelegen hatte.«

Kurz huschte der Gedanke an den Saubären durch Giselas Kopf, den sie schnell verdrängte. Lächerlich.

»Das war's vorerst. Ich meld mich, wenn ich noch Fragen haben sollte«, sagte Gisela. Gemeinsam stiegen sie von der Zugmaschine.

Ein wummernder Bass näherte sich rasch dem Hof. Bald erkannte Gisela einen Hit aus den siebziger Jahren, »Ma Baker« von Boney M. Der silberne Mercedes von Hauptkommissar Lederer driftete mit hohem Tempo auf den verschneiten Hof. Mit einer eleganten halben Drehung kam die Limousine zum Stehen. Der wummernde Bass erstarb, die Fahrertür schwang auf, und der schönste Polizist Niederbayerns kletterte heraus. Die verspiegelte Pilotenbrille und der pelzgesäumte Ledermantel verliehen ihm die Aura eines Relikts aus Zeiten, in denen alles besser war, in denen Männer wie er noch Kerle genannt wurden und im Stehen pinkeln konnten.

Sein Blick glitt über den Hof und blieb an Bürger hängen. Und an Gisela. Kurz rutschte sein Unterkiefer nach vorne.

Er schritt auf die beiden zu, die Hände in den Manteltaschen vergraben, seine maßgefertigten Cowboystiefel aus Straußenleder knarzten auf dem Schnee. Gisela und Bürger erwarteten ihn mit schmalen Augen. Die Sonne in Lederers Rücken stach grell vom Himmel und blendete sie.

»Aha«, begrüßte er Bürger und Gisela. Sollte heißen: Guten Tag, Frau Kollegin, ich bin überrascht, Sie hier zu sehen.

»Mei«, erwiderte Gisela. Sollte heißen: Ich kann ja nichts dafür, wenn Sie zu so einem ungünstigen Zeitpunkt auftauchen.

Lederer wendete sich Bürger zu. »Hauptkommissar Lederer, Mordkommission Straubing. Herr Bürger?«

Der Rinderbauer nickte. Er sah sich selbst in den Gläsern von Lederers Sonnenbrille und war von seiner verzerrten Figur wie hypnotisiert.

»Könnte ich Sie unter vier Augen sprechen?«

Bürger nickte über die Schulter zum Stall, von wo das drängende Brüllen der Rinder zu hören war. »Ich muss zu den Viechern.«

»Ich hab nur ein paar Fragen. Das geht ratzfatz, ruck, zuck.«

Bürger schaute zu Gisela.

»Mei«, sagte sie. Sollte heißen: Ratzfatz geht das bestimmt, aber es wird unangenehm, weil der Typ immer unangenehm ist.

»Ich muss«, sagte Bürger zu Lederer und verschwand im Stall.

Gisela glaubte Lederers Zähne knirschen zu hören, aber wahrscheinlich war es nur der Schnee unter seinen Sohlen, als es sich zu ihr drehte.

»Was wird denn das?«, fragte er mit aufgesetzter Höflichkeit.

»Hm?« Gisela war die Unschuld in Person. Lederer knarzte einen Schritt näher. Sie konnte den Pfefferminzgeschmack seines Mundsprays riechen.

»Wer hat angeordnet, dass Sie hierherfahren?«

»Niemand.«

»Und was machen Sie dann hier?«

»Ich bin ein bisschen spazieren gefahren, und da dacht ich, schau ich mir mal den Hof an. Der ist doch wirklich schön, oder?«

Sie strahlte in Einklang mit der Sonne. Lederers Schnauzer zuckte nervös.

»Legen Sie sich nicht mit mir an, das würde Ihnen gar nicht gut bekommen.«

Drohungen lösten bei Gisela einen sofortigen Beißreflex aus. Ihre Stimme bekam einen metallischen Klang.

»Wir sind im selben Verein, nur haben Sie für sich beschlossen, den Ball nicht abzugeben. Da dürfen Sie es mir nicht übelnehmen, wenn ich auch alleine spiel.«

»Wir spielen nicht im selben Verein, wir spielen nicht mal in derselben Liga. Von mir aus können Sie machen, was Sie wollen, aber wenn Sie ermittlungsrelevante Hinweise unterschlagen, dann schick ich Sie auf die Ersatzbank. Lebenslang.«

Die Nasenspitzen der beiden berührten sich fast, als Gisela sich angriffslustig vorbeugte.

»Wer hier wem was unterschlägt, liegt ja wohl auf der Hand. Sie halten es nicht mal für nötig zurückzurufen, wenn man Ihnen auf die Mailbox spricht.«

»Ich bin Ihnen gegenüber überhaupt nicht auskunftspflichtig, Verehrteste. Umgekehrt verhält sich das ganz anders. Also, wenn Sie Ärger vermeiden wollen, erzählen Sie mir, was der Bauer Ihnen gesagt hat.«

Gisela konnte sich ein Lächeln nicht verkneifen. »Sie wissen ja, wie wir Niederbayern sind, wir reden nicht viel. Und der ist keine Ausnahme. Servus.«

Gisela drückte sich an Lederer vorbei und steuerte auf ihren Wagen zu. Sie glich einem stolzen Matador in Ther-

mokleidung, der nach erfolgreichem Kampf die Arena verlässt. Das konnte der Stier so nicht hinnehmen.
»Wenn ich auch nur einen Fehltritt von Ihnen oder Ihren Männern feststelle, schalte ich die Dienstaufsichtsbehörde ein«, rief er ihr nach. Gisela winkte, ohne sich umzudrehen. Sie war guter Dinge, dass das nie passieren würde, sie wandelte auf sicherem Grund.

»Das können wir nicht machen«, meinte Schorsch. »Wenn das rauskommt, sind wir unsere Jobs auf ewig los.«
Richie schaute ihn aus halbgeschlossenen Augen an. Der Hopfen tat bereits seine einschläfernde Wirkung.
»Wieso nicht?«
Statt einer Antwort schaute Schorsch in die Runde. Er und Richie saßen im Wilden Bock mit den sechs Männern vom Stammtisch und brüteten aus, wie man dem Saubären den Garaus machen könnte.
»Wie viele von euch haben eine Waffe?«
Alle Hände hoben sich, nur die von Michael Schleckinger blieb unten.
»Ich kann dir eine leihen«, sagte Franz Kramer. Michael Schleckinger hob daraufhin seine Hand.
»Wie viele haben einen Waffenschein?«
Keine Hand. Schorsch warf Richie einen eindringlichen Blick zu.
»Siehst. Wir können die nicht ungestraft mit einer Waffe rumlaufen lassen.«
»Außer, wir wissen nichts davon«, sagte Richie. Er wendete sich an die Männer.

»Wer von euch hat die Absicht, bei der Jagd nach dem Monster eine Waffe zu benutzen?«

Alle Hände schossen hoch. Schorsch seufzte. Richie blieb stoisch.

»Dann müssten wir euch alle wegen unerlaubten Waffenbesitzes festnehmen. Das gibt dann mit Sicherheit eine Strafanzeige samt Gerichtsverhandlung und Vorstrafe.«

Die Männer wechselten ein paar unbehagliche Blicke.

»Also«, fuhr Richie fort. »Wer von euch will den Saubären mit einer Waffe jagen?«

Keine Hand hob sich. Richie nahm zufrieden einen Schluck Weißbier. Schorsch schüttelte leicht den Kopf.

»Wie sollen wir denn dann das Viech erledigen? Mit den Händen?«

Schorschs Vater schlug seinem Sohn mit der flachen Hand auf die Stirn, dass es klatschte. »Depp.«

Ein eisiger Wind pfiff durch die Stube, und alle schauten zum Eingang. Dort stand Lederer, breitbeinig wie ein Cowboy, und ließ den Blick über die Anwesenden gleiten. Die Gaststube war um diese frühe Mittagsstunde nur spärlich besetzt. Die Männerrunde am Stammtisch sprang Lederer daher sofort ins Auge. Ungefragt nahm er sich einen Stuhl, drehte ihn mit einer Handbewegung und setzte sich rittlings darauf. Seine Sonnenbrille hatte er immer noch auf. Keiner der Männer zuckte auch nur mit der Wimper. Eisiges Schweigen hüllte die Gruppe ein.

»Was darf's sein?«, tönte die Stimme des Wirts hinter Lederer.

»Apfelschorle. Groß.« Lederer machte sich nicht einmal

die Mühe, den Wirt dabei anzusehen. Sein Blick ruhte auf den Männern. Zumindest nahmen die das an, sehen konnten sie hinter den verspiegelten Gläsern nichts.
Schorsch wurde als Erster nervös. Die unangenehme, auf ihn bedrohlich wirkende Situation erzeugte einen heftigen Schweißausbruch am ganzen Körper. Er wischte seine Hände an den Hosenbeinen trocken.
»Wollen Sie mir was sagen?« Lederers Gläser waren auf Schorsch gerichtet. Der schluckte, schüttelte den Kopf.
»Was wollen Sie hier?«, fragte Richie in seiner unnachahmlichen Bräsigkeit. »Nur was trinken oder uns belästigen?«
Lederer brauchte ein paar Sekunden, um zu reagieren. Schließlich nahm er seine Sonnenbrille provozierend lässig ab und fixierte Richie mit seinen preußisch-blauen Augen. Richie zeigte keine Reaktion, er hatte vor nichts und niemandem Angst.
Der Wirt stellte einen Maßkrug vor Lederer ab. Der schaute den Wirt fragend an.
»Groß haben Sie bestellt«, meinte der und verzog sich wieder hinter den Tresen.
Richie zog einen Mundwinkel nach oben. »Ich befürchte, das ist mehr, als Sie händeln können«, griente er.
Lederer nahm den Maßkrug, ohne Richie aus den Augen zu lassen, und setzte an. Alle beobachteten seinen Adamsapfel, der rhythmisch auf- und abhüpfte, als er den Maßkrug in mehreren Zügen leerte. Die Männer wechselten einen anerkennenden Blick untereinander. Aus Richies Kehle drang ein verstimmtes Knurren.
»Kann mir einer der Herren etwas über Friedrich Bürger erzählen?«, fragte Lederer und unterdrückte den Drang

aufzustoßen. Die Kohlensäure arbeitete in seinem Verdauungssystem mit voller Kraft.

»Über wen?« Günther Bernt, ein faltiger Hüne mit Hörgerät, blinzelte ratlos. Bisweilen schob er die Schwerhörigkeit nur vor, um von seiner Begriffsstutzigkeit abzulenken. Schon als Kind hatte er eine etwas längere Leitung als seine Altersgenossen gehabt. Vom Gemüt her war er Kind geblieben, seine sanften Augen zeugten davon.

»Friedrich Bürger.« Lederer sprach den Namen laut und überdeutlich aus, damit ihn auch jeder im Wirtshaus hörte. »Es handelt sich dabei um einen Rinderlandwirt aus«, er konsultierte seinen kleinen Notizblock, »aus Unterwiesbach.«

»Wie?« Franz Kramer schüttelte den Kopf bei dem Ortsnamen. »Gibt's bei uns nicht.«

Lederer hielt dem Metzger den Notizblock vor die Nase. Franz Kramer lehnte sich etwas zurück und kniff die Augen zusammen, um die akkurate Schrift zu entziffern.

»Nie gehört«, sagte er.

»Der Hof ist relativ groß und modern, der Betreiber, Herr Bürger, scheint mir ein Mensch zu sein, der kein Einsiedlerdasein führt. Ich kann mir nicht vorstellen, dass Sie weder ihn noch den Ort kennen.«

»Ich kenn den Bürger«, raunte Kurt Wertinger. »Aber der ist schon lange tot.«

»Und er heißt nicht Friedrich, sondern Johann«, ergänzte Rudi Dassler, ein kleingewachsener Rotschopf, dessen Augen hinter der eulengroßen Brille ständig zuckten und zwinkerten.

»Das war der Vater«, entgegnete Lederer.

Der Wirt tauchte hinter ihm auf. »Darf's noch was sein?« Lederer reichte ihm den Maßkrug.

»Das Gleiche noch mal.«

Anerkennend nickte Schorsch, was ihm sofort einen Rempler von Richie einbrachte.

»Für mich auch«, sagte Richie zum Wirt.

»Und dieser Bürger, was ist mit dem?«, erkundigte sich Schorsch.

»Ich hatte gehofft, dass Sie mir das sagen könnten. Ihre Vorgesetzte habe ich auf seinem Hof angetroffen, und ich gehe davon aus, dass Sie Informationen dazu haben.«

Schorsch schaute überrascht zu Richie. »Davon hat sie uns gar nichts gesagt.«

»Sie ist die Chefin, sie kann machen, was sie will«, sagte Richie. Er hatte keinerlei Lust, dem Straubinger Rede und Antwort zu stehen auf seine dummen Fragen.

»Der Informationsaustausch in Ihrer Dienststelle ist also derart gestört, dass die rechte Hand nicht weiß, was die linke macht.«

»Wir haben schon unsere Anweisungen«, entgegnete Schorsch.

»Wir haben bloß keinen Schießhund, der ständig hinter uns herschnüffelt«, unterstützte Richie seinen Kollegen.

»Und wie lauten Ihre Anweisungen?«, fragte Lederer.

Schorsch und Richie schwiegen. Sie erkannten die Falle, die der Straubinger ihnen stellte.

»Dienstgeheimnis«, platzte es aus Schorsch heraus.

»Herr Kollege«, setzte Lederer an, bevor Richie dazwischengrätschte.

»Es ist natürlich kein Dienstgeheimnis, es ist nur etwas lächerlich.«

Lederers Augenbrauen rutschten hoch. »Inwiefern?«
In Richies betäubtem Gehirn bemühten sich die Synapsen um schnellstmögliche Kontaktaufnahme. Alle Augen waren gespannt auf ihn gerichtet. Glücklicherweise kam der Wirt in dem Augenblick und stellte vor ihm und Lederer jeweils eine Maß Apfelschorle ab.
»Sag einmal, spinnst du?«, fuhr Richie den Wirt an. »Meinst, ich sauf so was?«
»Du hast gesagt, *für mich auch,* als er seins bestellt hat.«
»Schau ich aus wie ein geföhntes Weichei?« Richie schob den Maßkrug angeekelt von sich weg. »Das kannst schön selber saufen.«
Er sprang auf. »Oder hast du das absichtlich gemacht?«
Der Wirt war verdutzt. »Dir geht's wohl zu gut«, entgegnete er.
Richie ballte die Fäuste.
»Herr Polizeiobermeister«, Lederer erhob sich, »jetzt ziehen Sie hier nicht so einen Zirkus ab. Ich habe eine ganz normale Frage gestellt und erwarte eine normale Antwort und kein Schaucatchen zur Ablenkung.«
»Das unterstellen Sie mir?«, fauchte Richie. »Dass ich Ihre Frage nicht beantworten will und dieses Gesöff als Vorwand benutze, um da rauszukommen?«
»Richtig.«
Richie presste die Lippen zusammen, er wollte sich auf Lederer stürzen. Schorsch wusste, was zu tun war. Er packte seinen Kollegen und zog ihn vom Tisch weg.
»Richie, komm, das ist der doch gar nicht wert.«
Mit viel Mühe konnte Schorsch ihn zum Ausgang zerren.
»Wir sprechen uns noch«, schrie Richie in Lederers Richtung. Dann war er draußen, und die Tür fiel zu.

Der Hauptkommissar war zwar beeindruckt von der schauspielerischen Leistung der beiden Streifenpolizisten, gleichzeitig aber verärgert, weil er nichts erfahren hatte. Ein Blick in die abweisenden Gesichter der Stammtischler ließ ihn wissen, dass sein Arbeitstag hier beendet war.

Schorsch und Richie kamen gut gelaunt zur Dienststelle. Jede Menge Glückshormone waren durch die raffinierte Abfertigung des Straubingers ausgeschüttet worden. Die Wolke der Euphorie zerplatzte jedoch sofort, als sie auf Gisela trafen, die wissen wollte, wo sie so lange gewesen waren.

»Der Lederer hat uns aufgehalten«, sagte Schorsch.

Gisela verkrampfte sich kurz. »Und?«

Schorsch und Richie grinsten.

»Nix und. Du hast gesagt, wir sollen nix sagen, also haben wir nix gesagt«, erklärte Richie mit stolzgeschwellter Brust. Erwin schenkte ihm einen schiefen Blick.

Gisela gab sich mit der Antwort zufrieden und nickte Schorsch zu.

»Ich brauch dich. Du musst mir rausfinden, wer die Comtesse ist.«

»Wie soll ich denn das machen?«, jammerte Schorsch.

»Du bist doch so ein IT-Spezi, da wird dir schon was einfallen«, lästerte Erwin.

»Du hast doch auch rausgefunden, dass die sich bei dem Second Hand kennengelernt haben, da gräbst halt noch ein bisschen tiefer«, sagte Gisela.

Schorsch brummte nachgiebig.

»Du warst beim Bürger draußen. Ist das eine Spur?«, fragte Richie. Gisela schaute ihn verwundert an, im selben Augenblick wurde ihr bewusst, dass er diese Information von Lederer haben musste. Sie schüttelte den Kopf und deutete auf Erwin und Richie. »Und ihr zwei kümmert euch weiter um das Umfeld vom Hias. Das kann ja gar nicht sein, dass niemand was weiß.«
Um weiteren Fragen vorzubeugen, verabschiedete sie sich mit dem Hinweis, sie müsse die Beerdigung ihres Vaters vorbereiten.
Kaum war Gisela draußen, wendete sich Erwin an seine Kollegen. »Und? Geht ihr auf Jagd?«
Richie nickte. »Logisch.«
Schorschs Miene war weniger enthusiastisch. »Aber unter Vorbehalt.«
»Was heißt denn unter Vorbehalt?«, fragte Erwin.
Schorsch deutete auf Giselas Büro. »Ich muss arbeiten.« Er verzog sich in das kleine Zimmer und schloss die Tür hinter sich. Erwin schaute Richie fragend an.
»Mei, der hat kurz einen Moralischen gekriegt.« Er winkte ab. »Das geht vorbei.«

Gisela suchte Ludwig in seinem kleinen Versicherungsbüro auf, das in einem biederen Wohnhaus gleich hinter der Kirche lag. Nachdem sie aus der Dienststelle gekommen war, überkam sie tatsächlich das Gefühl, sich um die Belange ihres Vaters kümmern zu müssen. Allerdings wollte sie das nicht alleine machen.
Damals, vor über zehn Jahren, als sie die Nachricht vom Tod ihrer Mutter erhalten hatte, war sie zusammen-

gebrochen. Ihre Eltern waren in Portugal im Urlaub gewesen, und da war die Mutter vom Schwimmen im Meer nicht mehr zurückgekehrt. Dieses Ereignis hatte die Demenz Jakobs verschlimmert, und Gisela hatte oft gerätselt, ob der Geist sich einen Schutzschild geschaffen hatte, um mit dem Trauma fertig zu werden. Bis zu seinem letzten Tag hatte Jakob nie aufgehört, von seiner Frau zu reden. Und zwar so, als würde sie noch leben und gleich um die Ecke wohnen. Auf der einen Seite war das traurig und tragisch, auf der anderen Seite hatte Giselas Erinnerung an ihre Mutter keine Chance zu verblassen. Der Duft ihrer Haare, wenn sie Gisela ins Bett brachte und sich zum Gutenachtkuss über sie beugte, das Geräusch ihrer Filzpantoffeln auf dem Dielenboden, ihre warmen Hände, als sie Gisela zur bestandenen Polizeiprüfung beglückwünscht hatte, und der Klang des rauhen Hustens, wenn sie wieder einmal zu heftig lachte. Und sie hatte viel gelacht in ihrem Leben, sie war eine Frohnatur gewesen, die Wärme und Optimismus ohne Einschränkung verteilt hatte. Jeder Mensch war es wert, ohne Vorurteile betrachtet zu werden, hinter dem Rücken anderer herzuziehen gab es bei ihr nicht. Gisela hatte viel von ihr geerbt.
Ludwig sperrte sein Büro sofort zu und begleitete Gisela zu Pfarrer Meisner, mit dem sie den Ablauf der Trauerfeier durchsprechen wollte. Der Pfarrer hatte schon auf dieses Gespräch gewartet und war bestens vorbereitet. Das machte es Gisela leichter, sich mit dem Unvermeidlichen auseinanderzusetzen, sie musste nicht viele Gedanken an die Auswahl der Bibeltexte, das Liedgut oder die Länge des Trauergottesdienstes verschwenden. Pfarrer Meis-

ner kannte sie und Jakob gut genug und hatte genau das Richtige ausgesucht. Er hatte sogar den passenden Spruch für die Trauerkärtchen gefunden, was Gisela sehr rührte. *Bei voller Kraft steigst du ins Grab, wie man Garben einbringt zu ihrer Zeit.*

Das hätte Jakob gefallen, der trotz seines geistigen Verfalls körperlich fit war und bis zum Ende mit Gisela regelmäßig den kleinen Hügel in der Nähe des Pflegeheims erklommen hatte, von dem aus man einen herrlichen Blick über die sanft geschwungenen Kurven Niederbayerns hatte.

Zu guter Letzt wünschte Gisela sich, dass der Niedernussdorfer Männerchor zum Abschied ein Ständchen sang. Jakob war in früheren Jahren Gründungsmitglied des Chors gewesen und vor zwei Jahren zum Ehrenmitglied ernannt worden.

Nach dem Besuch beim Pfarrer unternahm Gisela zusammen mit Ludwig die Behördengänge. Als erfahrener Versicherungskaufmann wusste er, welche Gesellschaften und Behörden kontaktiert werden mussten. Die Sterbeurkunde wurde beim Standesamt beantragt, der Lebens- und Rentenversicherung wurde Bescheid gegeben, die entsprechenden Formulare von den diversen Homepages heruntergeladen und ausgefüllt.

Gisela tippte alles ordnungsgemäß in die Leerfelder. Für die Daten zog sie den Personalausweis ihres Vaters heran. Und wie sein Foto sie so anlachte, überkam sie eine Welle der Wärme, die ihren ganzen Körper durchströmte. Es war das Glück, einen geliebten Menschen auf dem letzten Weg zu begleiten. Gisela war in Frieden und Harmonie mit ihm auseinandergegangen, ganz anders als bei ihrer Mutter, deren allzu plötzlicher Tod sich immer noch wie ein schwarzer Mühlstein in den Tiefen ihres Herzens drehte.

Am Abend blätterte sie mit Ludwig die Fotoalben durch, die sie in den Keller verfrachtet hatte, als Jakob ins Pflegeheim musste. Zum ersten Mal nahm sie bewusst wahr, dass die Eltern schon vor ihrer Geburt ein gemeinsames Leben gehabt hatten. Die Reise in die Vergangenheit löste in ihr den innigen Wunsch aus, mit Ludwig für immer zusammenzubleiben.

»Ja meinst du, ich find noch eine andere, wenn wir auseinandergehen? In meinem Alter?«, maulte Ludwig. »Außerdem hab ich nicht siebzehn Jahre in deine Erziehung gesteckt, damit ich dann wieder mit einer Neuen von vorne anfangen kann.«

Gisela drückte ihn fest an ihren wogenden Busen und küsste ihn sanft. Wie konnte man diesen Mann nicht lieben.

Während es draußen dunkel wurde und wieder zu schneien anfing, kuschelten Gisela und Ludwig auf der Couch in der Stube, wo der Kachelofen mit seinen knisternden Holzscheiten für gemütliche Wärme sorgte. Und kein Gedanke an Hias und die toten Schweine störte die Idylle.

Das Brüllen der Rinder klang wie das Donnern eines startenden Düsenjets. Friedrich Bürger war sofort hellwach. Er war vor dem Fernseher eingeschlafen, der Abspann des Spätkrimis lief gerade.

Die Schreie der Tiere klangen in seinen Ohren wie die

Hilferufe verängstigter Kinder. Noch nie hatte er die Rinder so panisch brüllen gehört.
Er schlüpfte in seine Gummistiefel, riss im Hinauslaufen seine Winterjacke vom Haken und hetzte zum Stall. Ein Fuchs, war das Erste, was er dachte. Er musste irgendwo ein Loch gefunden haben, um in den Stall zu kommen. Aber das würde die Tiere nicht so erschrecken. Es musste was Größeres sein. Ein Wolf möglicherweise. Oder ein ganzes Rudel. Das müsste ein großes Loch sein.
Dann sah er, dass das Stalltor zur Seite geschoben worden war. Einbrecher! Gleich neben dem Tor stand eine Mistgabel, die hatte er am Nachmittag benutzt, um das Heu in den Boxen zu wenden. Er packte das Werkzeug und drückte den Lichtschalter. Es blieb dunkel. Ein Schatten huschte am anderen Ende des Stalls von links nach rechts.
»Rauskommen«, versuchte Bürger das Brüllen zu übertönen. Er hielt die Mistgabel wie eine Lanze und machte ein paar Schritte vorwärts.
Im fahlen Licht, das durch die Fenster hereinfiel, glitzerte dunkel eine Flüssigkeit in der Abflussrinne vor der ersten Box. In der Box lag eine tote Kuh. Offenbar hatte ihr jemand die Kehle durchgeschnitten, und das Blut war in die Rinne geflossen. Das Tier in der gegenüberliegenden Box war ebenfalls tot.
Bürger packte die Mistgabel fester, die Wut wälzte sich heiß wie Lava durch seinen Körper.
»Ihr Dreckschweine! Kommt sofort raus!«
Er vermeinte, unter all dem Lärm ein grässliches Grunzen zu vernehmen. Es musste nah sein. Hinter ihm.
Bürger drehte sich um. Das Letzte, was er sah, war ein riesiger, behaarter Kopf mit tiefliegenden Augen.

Am frühen Morgen saß Gisela beim Frühstück und erstellte eine Liste aller Freunde und Bekannten, die sie vom Tod ihres Vaters in Kenntnis setzen wollte. Nahe Angehörige gab es keine mehr.
Ihr Handy klingelte. Erstaunt entdeckte Gisela Schorschs Gesicht auf dem Display. Ihr Mitarbeiter war zwar ein Frühaufsteher, aber in seiner zehnjährigen Dienstlaufbahn hatte er es noch nie gewagt, seine Chefin so früh anzurufen.
»Guten Morgen«, meldete sich Gisela.
»Ich hab's, endlich hab ich's«, polterte Schorsch sofort los. Seine Stimme war schrill vor Aufregung. »Die ganze Nacht hab ich gebraucht, bis ich sie gefunden hab.«
»Wen denn?«, bremste Gisela ihn mit ruhiger Stimme.
»Die Comtesse«, erklang seine atemlose Antwort. »Ich hab mir einen Wolf gesucht, alle bekannten Social-Media-Seiten abgeklappert, aber dann hab ich sie bei Quoka entdeckt. Da verkauft sie original Matrjoschkas.«
»Was ist das denn?«
»Das sind diese kleinen Holzfrauen, die man ineinandersteckt und die immer kleiner werden.«
»Babuschkas, meinst du.«
»Die heißen Matrjoschkas, das hab ich gegoogelt. Die gehen auf die japanischen Fukurokuju-Figuren zurück, die …«
»Und wie heißt die Comtesse in echt?«, unterbrach ihn Gisela. Schorsch verstieg sich manchmal in stundenlange, ermüdende Erklärungen, die meist wenig zur Erhellung beitrugen.
»Keine Ahnung.«
Gisela seufzte laut und vernehmlich, was Schorsch ani-

mierte, sich zu erklären. »Aber ich hab der gleich eine Anfrage geschickt, ob ich welche kaufen kann. Und wenn ich dann das Geld überweisen soll, bumm, haben wir ihre Daten.«

Das klang schon besser.

»Und du bist sicher, dass das dieselbe Comtesse ist?«, fragte Gisela nach.

»Hundertpro, die E-Mail-Adresse ist dieselbe wie die von der Comtesse bei Second Life.«

Gisela bekam ein leises Pfeifen im Ohr von all den Fachausdrücken. Ludwig schlurfte verschlafen herein, drückte ihr ein Küsschen auf die Lippen und schenkte sich Kaffee in ein Haferl.

»Du bleibst heut daheim und wartest auf eine Antwort. Ich will so schnell wie möglich mit der Frau reden«, sagte sie.

»Mach ich«, erwiderte Schorsch.

»Gut gemacht«, lobte Gisela ihn, bevor sie auflegte.

Ludwig setzte sich zu ihr, überflog kurz die Namensliste. Es waren etwa dreißig Leute.

»Hab ich irgendjemanden vergessen?«, fragte Gisela.

Ludwig schüttelte den Kopf. Er zog sie an sich.

»Ich bin stolz drauf, wie du das alles machst. Und dein Vater wär's auch.«

Gisela lächelte, drückte Ludwigs Hand.

»Irgendwie hat mir der Fall klargemacht, dass es Menschen gibt, die niemanden mehr haben, auch nach dem Tod nicht. Der Papa hat viele Freunde gehabt, und ich möcht, dass sie alle dabei sind, wenn wir Abschied von ihm nehmen.«

Sie spürte bei diesen Worten eine Ruhe in sich, wie sie sie schon lange nicht mehr erfahren hatte.

Mit der Ruhe war es eine halbe Stunde später vorbei. Gisela zog gerade ihre Uniform an, als Schorsch erneut anrief.
»Die hat mir geantwortet«, platzte er gleich los. »Ich hab fünf Kisten bestellt, und ich soll das Geld per sofortüberweisung.de bezahlen. Das mach ich jetzt, oder?«
»Ja, logisch.«
»Ich hab schon alles ausgefüllt. Ich drück jetzt Enter, oder?«
Schorschs Aufregung übertrug sich auf Gisela. »Und du siehst da dann die Daten der Dame?«
»Zumindest den Namen, weil das geht ja auf ihr Konto.«
»Dann drück Enter.«
Sie hörte ein leises Klicken durch den Hörer. Ungeduld packte sie. »Und?«
»Gleich. Der Zahlungsvorgang wird prozessiert.«
Nach einer gefühlten Ewigkeit schließlich ein Flüstern. »Natascha Bogdanowa. Stadtsparkasse Straubing.«
Gisela flüsterte ebenfalls, ohne es zu merken. »Saugute Arbeit, Schorsch.«
»Danke«, flüsterte es zurück.

Natascha Bogdanowa war achtundzwanzig Jahre alt, in Moskau geboren, wohnte aber seit über zwanzig Jahren in Straubing und arbeitete als Stewardess für die Lufthansa. Laut Zentralregister hatte sie keinerlei Einträge und war vor drei Jahren in Zusammenhang mit einer Schlägerei auf dem Gäubodenfest als Zeugin vernommen worden.
Ein Anruf bei Natascha landete auf dem Anrufbeantwor-

ter. Die Lufthansadame gab auf Anfrage bekannt, dass Frau Bogdanowa am Abend mit der Maschine aus Moskau zurückkommen würde.
Was hatte Hias mit der Stewardess zu schaffen? Gisela konnte sich zwar vorstellen, dass die beiden sich im Netz kennengelernt hatten, aber ein Verhältnis hielt sie für ausgeschlossen. Das Bild der attraktiven Frau, das die Lufthansa ihnen hatte zukommen lassen, verstärkte diesen Zweifel, denn die rothaarige Schönheit mit den grünen Augen und den hohen Wangenknochen würde leicht als Fotomodell durchgehen.
»Die hat beim Hias vielleicht Koteletts eingekauft«, meinte Erwin.
»Ich glaub, da steckt was Größeres dahinter«, murmelte Schorsch. Er konnte seine Augen gar nicht mehr von dem Antlitz Nataschas nehmen. »Ein Geheimnis.«
»Ein Geheimnis wie der Saubär?«, stichelte Erwin. Schorsch und Richie warfen ihm einen missbilligenden Blick zu.
»Jetzt fang nicht wieder mit dem Krampf an«, knurrte Gisela. »Wir sind doch keine Kinder mehr.«
Sie erhob sich. »Ich red noch mal mit Bürger, vielleicht kann mir der doch mehr zu der Comtesse erzählen.«
Auf der Fahrt zu Bürgers Hof machte sich ein dumpfes Gefühl in ihrem Magen breit. Sie hatte es zwar nicht offen gesagt, aber sie glaubte ebenfalls, dass hier ein Geheimnis verborgen lag, und nach dem grausamen Mord an Hias vermutete sie das Schlimmste.
Ihre Befürchtungen wurden bei weitem übertroffen, als sie Bürger im Rinderstall fand. Sein Gesicht war kalkweiß, die Lippen blaugrau, die Augen weit aufgerissen.

Es war, als würde er Gisela vorwurfsvoll anstarren. Seine Kehle war zerfetzt, das Blut zu einem großen braunen Fleck geronnen. Die Jacke war zerrissen, die Daunenfüllung hatte sich rund um ihn verteilt. Fast noch schockierender aber war der Anblick der verendeten Tiere. Mit heraushängenden Zungen und verdrehten Augen lagen sie in ihren Boxen und verbreiteten eine bleierne Stille.

Gisela wankte nach draußen, setzte sich in den Schnee und versuchte die Bilder in ihrem Kopf zu vertreiben. Der Hias, die Kühe, das Blut. Kein anderer Gedanke hatte eine Chance durchzukommen.

Die kalte Luft tat gut, sie schmerzte beim tiefen Einatmen in der Lunge. Sie schaute nach unten, auf ihren Oberschenkel. Etwas haute immer wieder dagegen. Es war ihre Faust. Sie bremste sich, konzentrierte sich auf die Finger, die sich schließlich lösten und entspannten. Es hatte nur einen kurzen Moment gedauert, aber es hatte genügt, um den Anblick im Stall kurzzeitig zu verdrängen.

Giselas Kopf funktionierte wieder vorschriftsmäßig. Und zuallererst rief sie Hauptkommissar Lederer an.

Selbst dem gestandenen Mordermittler drehte es den Magen um, als er eine Stunde später mit der Kriminaltechnik vor Ort eintraf. Er stützte sich am Scheunentor ab, das leicht quietschend bis in die Endstellung fuhr. Lederer wäre gestürzt, hätte Gisela ihn nicht aufgefangen. Sie hatte sich einigermaßen gefasst, vermied es aber, ins Stallinnere zu schauen.

»Geht's? Wollen Sie sich hinlegen?«, fragte sie ihn. Lederer schüttelte den Kopf. Er machte ein paar Schritte weg vom Tatort. Gisela blieb wie eine Klette an ihm dran.

»Sie müssen sich auf was anderes konzentrieren, dann vergeht's langsam«, sagte sie.
Die Kriminaltechniker im Van glotzten den Hauptkommissar mit unverhohlener Überraschung an. Einer von ihnen sagte etwas, die anderen lachten.
»Mir geht's gut«, fuhr er Gisela an. »Ich war nur überrascht von der ... von der Größe der ... der Tiere ...«
Seine Stimme wurde dünn. »Man stellt sich Kühe ja gar nicht so groß vor.«
Gisela brummte zustimmend, blieb weiterhin an seiner Seite.
»Ich denk, Sie sind verlobt?«
Gisela schaute ihn fragend an.
»Ich kann auf Ihren engen körperlichen Kontakt ganz gut verzichten«, sagte er.
Gisela nahm ihre Hände weg, steckte sie in die Manteltaschen. Lederer forderte die Kriminaltechniker mit einem Wink auf, sich um den Tatort zu kümmern.
»Kotztüten mitnehmen«, wies er das Team an, dann wendete er sich an Gisela. »Schießen Sie los.«
Auch wenn sein Ton unfreundlich war, erleichterte es Gisela ungemein, ihm alles über die Freundschaft zwischen Hias und Friedrich Bürger erzählen zu können. Sie sparte auch Natascha Bogdanowa nicht aus und stellte Lederer zu guter Letzt die Frage, die sie sich selbst stellte.
»Um was geht's hier?«
Lederers Blick schweifte über den Hof, er sog die Luft tief ein. Inzwischen ging es ihm wieder bestens. Er hatte die Fähigkeit, schlimme Ereignisse rasend schnell zu verarbeiten. Wie eine Akte in der Schublade wurde die unangenehme Erinnerung abgelegt.

»Das war alles?«, fragte er mit scharfem Blick.

»Ja.«

Lederer schürzte die Lippen, schnalzte wie ein Weinkenner.

»Sie geben also zu, dass Sie diesen kleinen Wettkampf nicht gewinnen können?«

Gisela glaubte, sich verhört zu haben. Wie konnte dieser gefühllose Depp in einem solchen Moment an etwas so Banales denken. Das erschütterte sie zutiefst.

»Ist das jetzt wichtig?«, fragte sie.

»Also ist es so, oder?«

Gisela seufzte. »Ja, Sie sind der Beste und ich ein kleines Licht.«

»So nicht«, war seine Reaktion. »Ich will das Gefühl haben, dass Sie das ernst meinen.«

Gisela hätte ihm am liebsten eine gescheuert. Schon bereute sie, ihm alles erzählt zu haben.

»Es war ein Fehler, aus verletztem Ehrgefühl einen Alleingang zu versuchen.« Sie bemühte sich von ganzem Herzen, einen zerknirschten Eindruck zu machen. In ihrem Leben hatte Gisela so manches Mal Kreide fressen müssen, aber es machte ihr nichts aus, wenn es Frieden brachte. Sollte Lederer ruhig denken, er habe die kleine Dorfpolizistin in die Tasche gesteckt. Seine Meinung war ihr nicht wichtig. Wichtig war, den Mörder zu finden, und sie war schlau genug zu wissen, dass sie das ohne Lederer und den ganzen Apparat hinter ihm nie schaffen würde.

»Es tut mir leid«, fügte sie demütig hinzu und sah seinen Schnauzer erfreut zucken.

»Wissen Sie, Frau Wegmeyer, es reicht nicht, eine Uniform zu tragen und Erfahrung in seinem Revier zu haben, es kommt auch darauf an, seinem Instinkt zu vertrauen, und Instinkt, liebe Frau Kollegin, ist wie ein gutes Parfüm, es ist da, aber man braucht eine gute Nase, um es riechen zu können.«

Er tippte mit dem Zeigefinger ein paarmal an seine Nase.

»Dann arbeiten wir zusammen?«, fragte sie.

Lederer blinzelte irritiert.

»Ich mein, es ist doch sicher in Ihrem Interesse, so schnell wie möglich die Information zu bekommen, sollten sich neue Aspekte ergeben.«

»Welche Aspekte sollen das denn sein?«

»Die Leute im Dorf werden über das hier reden, und da kann's schon sein, dass der ein oder andere was ausplaudert, was er in einer offiziellen Befragung nicht sagen würde. Das muss ja nicht heißen, dass der Mörder von hier ist, aber man weiß ja nie, wohin ein leichtfertiger Satz führt.«

»Meiner Meinung nach kommt der Mörder sehr wahrscheinlich aus Niedernussdorf oder der näheren Umgebung«, sagte Lederer. Das wollte Gisela nicht hören, bisher hatte sie diesen Gedanken erfolgreich verdrängt.

»Darum wär's vielleicht gar nicht dumm, dass Sie und Ihre Männer sich als meine Informanten vor Ort betätigen«, überlegte Lederer laut. »Aber nur unter einer Bedingung.«

Er hob oberlehrerhaft den Zeigefinger.

»Ihre Männer bauen keine Scheiße.«

»Natürlich nicht.«

»Natürlich nicht, reicht nicht. Beim letzten Mal ist das ja ziemlich aus dem Ruder gelaufen.«

Lederer hatte den ganzkörperlichen Einsatz von Schorsch, Erwin und Richie vom letzten Sommer gut in Erinnerung. Bei den Ermittlungen in Zusammenhang mit dem Tod einer rumänischen Prostituierten waren Giselas Männer bisweilen weit übers Ziel hinausgeschossen. Richard Hafenrichter hatte den Hauptverdächtigen sogar mit einem Jagdgewehr zu erschießen gedroht. Die üble Schlägerei der beiden anderen mit dem Sohn des Hauptverdächtigen war dagegen eine Kleinigkeit gewesen.

»Sie garantieren mir das mit persönlichen Konsequenzen, wenn sich etwas Derartiges wieder ereignen sollte. Ich will nicht, dass die Bayerische Polizei als ein Haufen Deppen dasteht.«

»Was meinen Sie mit persönlichen Konsequenzen?«, fragte Gisela. Sie wusste genau, was er meinte, sie wollte es aber aus seinem Mund hören. Klare Ansagen waren ihr zehnmal lieber als hingeworfene Andeutungen.

»Sie und Ihre Männer werden sich bei dem geringfügigsten Vergehen aus dem Dienst verabschieden.«

Seine Augen blitzten bei diesen Worten. In dem Moment wusste Gisela, dass dies der ultimative Sieg für ihn wäre. Er hatte Freude daran, seine Mitarbeiter und Untergebenen wie Leibeigene zu behandeln. Er stellte die Regeln auf, und er ließ diejenigen über die Klinge springen, die sich nicht an diese Regeln hielten. Die meisten ließen sich von diesem Alphatiergehabe sicher beeindrucken, Gisela war aus anderem Holz geschnitzt.

»Gut. Aber das ist keine Einbahnstraße«, versetzte sie.

Eine Stirnfalte erschien zwischen den Augenbrauen Lederers, als er den festen Ton in ihrer Stimme hörte.

»Wenn Sie Scheiß bauen, dann gilt das auch.«
Lederer entfuhr ein entrüsteter Lacher.
»Nicht lustig«, ermahnte Gisela ihn.
Sofort wurde Lederer ernst. Ihm imponierte ihre Unnachgiebigkeit. Mut hatte sie. Er streckte ihr seine Hand hin. Gisela schlug ein.
Das vorläufige Ergebnis der Kriminaltechniker nach sechs Stunden Tätigkeit im Stall war, dass allen Tieren und dem Bauern mit einem scharfen Gerät die Kehlen aufgeschlitzt worden waren. Es musste sich dabei um vier parallel angeordnete Klingen handeln, von denen jede einzelne etwa fünf Millimeter breit war. Zudem waren die Klingen offensichtlich leicht gekrümmt, weil es klare Einstichpunkte gab, von denen aus die Haut und das Fleisch mit einem gewaltigen Ruck aufgerissen worden waren. Die Muster der Wunden wirkten wie der Prankenhieb eines Bären.
»Schon wieder«, meinte Lederer nur, während Gisela die Knie weich wurden.
»Scheint sich um denselben Täter zu handeln«, folgerte er weiter. Sein Blick fiel auf das Wohnhaus. »Schauen wir mal, was wir da drinnen finden.«
Er marschierte los. Gisela zögerte kurz, folgte ihm schließlich.
Das Haus machte innen einen ebenso modernen und sauberen Eindruck wie von außen. Von den abgehängten Decken strahlten LED-Lampen die Einrichtung mit warmem Licht aus. Läufer schluckten die Schritte von Lederer und Gisela. Die Aufteilung der Räume im Erdgeschoss glich dem aller großen Bauernhäuser, es gab ein Wohnzimmer, eine Stube, ein Schlafzimmer, eine Küche

mit danebenliegendem Esszimmer sowie ein Bad mit Regendusche und Massagedüsen. Alles vom Feinsten und picobello in Schuss gehalten.

»Der muss eine Putzfrau gehabt haben«, murmelte Gisela.

»Sehr gut beobachtet, Frau Wegmeyer.« Lederer zollte ihr ehrlichen Respekt. »Kümmern Sie sich bitte um das Auffinden dieser Person.«

Gisela machte sich eine gedankliche Notiz. Im Wohnzimmer fiel ihr ein Bild auf, das über der Eckcouch hing. Es war ein wildes Farbspektakel ohne erkennbare Form. Schon im Hausflur waren ihr mehrere ähnliche Bilder aufgefallen. Allerdings hatten die die Größe eines normalen Zeichenblocks. Dieses hier war drei auf zwei Meter und steckte in einem Alurahmen. Gisela trat näher, fuhr mit dem Finger über das Bild und erkannte jetzt erst, dass es unter einer Glasscheibe lag.

»Museumsglas«, erklärte Lederer. »Spiegelt nicht, so dass das Kunstwerk dahinter voll zur Geltung kommt.«

»Das soll Kunst sein?« Gisela legte den Kopf leicht schief, kniff die Augen etwas zusammen. Es änderte nichts an ihrer Einschätzung, es mit Kinderkrakelei zu tun zu haben.

Lederers Nase rieb fast über den Rahmen, so genau schaute er hin. Er las die Signatur in der unteren Ecke.

»Hm, dieses Stück dürfte eine sechsstellige Summe wert sein.«

»Wieso? Wer steht denn da? Benedikt der Sechzehnte?«

»Fritz Winter.«

Gisela zuckte mit den Achseln.

»Vertreter der deutschen Abstrakten Malerei.«

Gisela fühlte sich dumm und ungebildet, weil ihr der Name absolut nichts sagte. Lederer lächelte nachsichtig. »Ich würd ihn auch nicht kennen, wenn wir auf dem Hof von Matthias Berger nicht zwei Bilder desselben Malers gefunden hätten.«

»Was?« Gisela wollte ihren Ohren nicht trauen.

»Auf dem Dachboden. Entweder wusste der gute Mann nicht, was er da hatte, oder es war ihm egal.«

Nachdenklich betrachtete er das Kunstwerk. »Zumindest war es ein teures Hobby, und ich denke nicht, dass der Hof so viel abwirft«, ergänzte er.

Gisela wunderte sich nicht so sehr über den unvermuteten Reichtum, als über die wertvollen Kunstwerke, die im Besitz der beiden Bauern waren. Über Geld wurde immer gejammert, auch wenn man einiges hatte, aber dass jemand in diesem Landstrich echte Kunst besaß, möglicherweise sogar sammelte, das erstaunte sie maßlos.

»Kunst gilt als Wertanlage«, sagte Lederer, als hätte er Giselas Gedanken erraten. »Nicht, dass ich etwas davon verstünde, aber es heißt, man solle nicht alle Eier in einen Korb legen.«

Gisela verstand kein Wort.

»Diversifizieren, wenn Sie verstehen, was ich meine.«

Tat sie nicht.

»Neben der Putzfrau sollten Sie auch schauen, ob Sie einen Vermögensverwalter ausfindig machen können, der Herrn Bürger beraten hat.«

»Das überlass ich Ihnen. Die Putzfrau muss aus der Umgebung sein, das passt schon, aber ein Vermögensverwalter kann überall sitzen. Der muss ja nichts anlangen, das läuft doch alles übers Internet, also überregional. Das ist eher Ihr Gebiet, würd ich sagen.«

Lederer entgegnete nichts, was Gisela als Einverständnis wertete. So machte die Zusammenarbeit Spaß. Gemeinsam durchsuchten die beiden das restliche Haus, fanden aber außer einer Matrjoschka in einem Zimmer im ersten Stock nichts weiter Auffälliges. Die fünf Zimmer waren alle als Gästezimmer eingerichtet, es gab jeweils ein Doppelbett, einen Kleiderschrank und einen Schreibtisch. Auf den Fensterbänken standen Topfpflanzen, deren guter Zustand auf regelmäßige Pflege schließen ließ. In einem der Zimmer vermeinte Gisela den Geruch von Weihrauch zu bemerken, aber die Wahrnehmung war so schwach, dass es auch Einbildung sein konnte.

Wenngleich das Haus wie aus dem Katalog wirkte, war Gisela froh, wieder draußen zu sein. Es war so perfekt, dass sie eine Gänsehaut davon bekam. Ein normaler Mensch hatte ein gewisses Maß an Unordnung und besaß persönliche Gegenstände. Nicht so Bürger. Es schien, als wäre sein ganzes Leben reine Fassade gewesen.

Je mehr Gisela über Hias und Bürger nachdachte, desto dringender wurde ihr Wunsch, mit Natascha Bogdanowa zu sprechen. Sie hatte zu beiden Männern Kontakt gehabt und konnte vielleicht mit Erklärungen dienen.

Die junge Frau, die Lederer und Gisela am Abend in Straubing nach dem Joggen vor ihrem Wohnhaus abfingen, wirkte aufgekratzt. Sie erklärte es mit den unregelmäßigen Arbeitszeiten, die ihren Biorhythmus selbst nach fünf Jahren noch durcheinanderwirbelten. Außer-

dem erschütterte sie die Nachricht von den zwei Todesfällen.
Wenn sie sprach, hörte man bei den Zischlauten ein Lispeln. An Lederers verzücktem Blick erkannte Gisela, dass ihm dieser kleine Fehler ganz gut gefiel. Und auch sonst schien sie Eindruck auf den Hauptkommissar zu machen. Gisela konnte es ihm nicht verübeln. Natascha war relativ groß, schlank, hatte lange rote Haare und meergrüne Augen, die leicht schräg standen. Selbst im Jogginganzug wirkte sie attraktiv. Ihre Haut war gepflegt, und Gisela nahm einen leichten Maiglöckchenduft wahr.
»Können wir reingehen?«, fragte Gisela.
»Nein.« Natascha sagte das sehr freundlich, aber bestimmt. »Bei mir ist nicht aufgeräumt.«
»In welcher Beziehung standen Sie zu Matthias Berger?«, fragte Lederer, ohne sich lange aufzuhalten.
»Wie meinen Sie das?« Natascha blinzelte verwirrt. Sie wirkte wie ein Schulmädchen. Unterstufe.
»Sie hatten Kontakt über zwei soziale Netzwerke, und meine Frage zielt darauf ab, ob es auch realiter zu einer Zusammenkunft gekommen ist, die den virtuellen Begegnungen ähnelte?«
Nataschas Verwirrung wuchs.
»Im Internet haben Sie Sex mit dem Hias gehabt, war das in echt auch so?«, übersetzte Gisela.
Natascha schwieg, blies die Backen auf, zupfte an ihrem Jogginganzug. Und schüttelte den Kopf.
»Aber Sie haben sich getroffen?« Lederer nahm sie scharf ins Auge, er suchte nach einer Antwort in ihrem Gesicht.
»Nein.« Sie kratzte sich am Oberarm, rückte eine Strähne, die ihr in die Augen hing, wieder an ihren Platz.

Lederer und Gisela wechselten einen kurzen Blick. Beide konnten das nicht glauben.
»Na ja, ein Mal. Aber da lief nichts.«
»Also standen Sie sich in körperlicher Beziehung auf keinste Weise nahe?«, hakte Lederer nach.
»Nein. Er war nicht mein Typ.«
Das glaubte Gisela sofort.
»Bei unserer Friseuse hat er den Eindruck gemacht, als wär er sehr verliebt und glücklich.«
Natascha grinste. »Wahrscheinlich in den Friedrich Bürger.«
»Haben Sie sich mit dem getroffen?«, fragte Lederer.
»Nein. Den kenn ich bloß vom Internet.«
»Er hatte so eine Matrjoschka zu Hause«, fügte Gisela an. »Genauso wie der Hias«, ergänzte Lederer.
»Ich verschick die normal per Post, da muss ich niemanden persönlich treffen. Mir ist das auch lieber so.«
»Um noch einmal auf den Herrn Berger zurückzukommen«, drängte Lederer. »Hat er bei dem Treffen Privates erzählt, ob er sich bedroht fühlte, ob er Streit hatte, irgendwas, das mit dem Mordanschlag zu tun haben könnte?«
Natascha schüttelte den Kopf. »Er hat die Matrjoschkas genommen, mir das Geld gegeben und ist wieder nach Hause gefahren. Er hat gerade mal ein Wiederschaun rausgebracht.«
»Und das, obwohl sie sich im Internet sehr nahegekommen waren?«, fragte Gisela.
»Das Internet ist das Internet, die Realität die Realität. Da war er halt ganz anders.«
»Und Sie? Sind Sie da auch ganz anders?«

Lederers Blick sollte rein professionelles Interesse vermitteln, Gisela vermutete jedoch stark, dass persönliche Neugier dahintersteckte. Der Straubinger stand auf die rassige Stewardess.

»Ich bin immer ich, ich kann mich nicht verstellen«, antwortete sie mit festem Blick. Sie spürte genau wie Gisela Lederers Hormonattacke und ließ es ihn mit einem Funkeln in den Augen wissen.

»Ich denke, das war's vorerst«, sagte Gisela. »Wenn wir noch Fragen haben, melden wir uns.«

»Biorhythmus.« Lederer schüttelte lachend den Kopf, als er und Gisela zum Auto gingen und Natascha in dem Wohnhaus verschwunden war.

»Wieso? Was ist denn da so lustig?«, fragte Gisela.

»Haben Sie das geglaubt?«

Gisela zuckte mit den Schultern. »Warum nicht?«

»Welche Augenfarbe hatte sie?«, fragte Lederer.

»Braun.«

»Grün.« Er machte mit seinem Zeigefinger kleine Kreisbewegungen vor seinem Auge. »Aber die Pupillen waren so geweitet, dass von der echten Augenfarbe nur ein schmaler Rand zu sehen war.«

»Sie meinen, die war auf Drogen?«

»Allerdings.«

Gisela dachte kurz darüber nach. Sie hatte keinerlei Erfahrungen mit Drogenabhängigen, so was kam in ihrem Revier nicht vor.

»Aber die wirkte ganz gepflegt«, äußerte sie ihre Zweifel.

»Es gibt auch Drogenabhängige, die nicht dem klassischen Bild der Junkies entsprechen. Das, was in Ihrem Kopf herumgeistert, entspricht in den wenigsten Fällen der Realität. Heutzutage schmeißt sich schon beinahe jeder zweite Jugendliche Amphetamine ein, um Nächte durchzufeiern oder Schulprüfungen zu bestehen. Das ist für die wie Rauchen oder Trinken. Die altmodischen Drogen sind nicht mehr das Problem, sondern die Designerdrogen.«

Gisela konnte seine Wut und sein Ohnmachtsgefühl bei diesem Thema spüren.

»Und trotzdem haben Sie mit ihr geflirtet«, sagte sie.

Lederer lachte verdutzt auf. »Entschuldigung?«

»Man hat's Ihnen angesehen.«

Lederer knurrte etwas von Einbildung. Er verabschiedete sich schnell von Gisela und ließ sie alleine bei ihrem Wagen zurück.

Einen Moment lang blieb sie dort stehen und versuchte, Ordnung in die Dinge zu bringen, die sie in den letzten Tagen erfahren hatte. Es war mehr passiert als in all den Jahren zuvor. Vor allem ließen sie die Bilder nicht mehr los. Bilder vom Tod. Und zu diesen Bildern gehörte auch das ihres Vaters.

Jakobs Beerdigung fand zwei Tage später, an einem verhältnismäßig warmen Nachmittag statt. Der Schnee schmolz und tropfte von den Dächern. Die Kirche war bis auf den letzten Platz gefüllt. Gisela freute sich über die Anteilnahme der Niedernussdorfer, es zeigte ihr, wie beliebt Jakob gewesen war. Hinter der letzten Reihe entdeckte Gisela sogar Lederer, was sie sehr überraschte. Bevor sie sich fragen konnte, woher er von der Beerdigung wusste, erklang die Orgel, und wenig später kam

Pfarrer Meisner mit zwei Ministranten in den Saal. Gisela hielt während des gesamten Gottesdienstes Ludwigs Hand, und auch bei der Beisetzung ließ sie ihn nicht los. Sie spürte eine so innige Verbindung zu ihm, dass sie das Gefühl hatte, ihre Hände seien miteinander verschmolzen.

Bevor sie sich zum Leichenschmaus in den Wilden Bock aufmachte, fing sie Lederer auf dem Parkplatz des Friedhofs ab.

»Schön, dass Sie gekommen sind«, meinte sie.

»Gerne. Auch wenn ich nicht wegen Ihrem Vater gekommen bin, sondern wegen der Ermittlungen.«

Gisela war leicht enttäuscht, sie hatte tatsächlich gedacht, er hätte menschliche Züge angenommen. Nach der erfolgreichen Versöhnung und der guten Zusammenarbeit hatte sie gehofft, dass sie ein richtiges Team wären. So wie in den Filmen, in denen die beiden ermittelnden Beamten auch mal privat werden und Interesse zeigen, was im Leben des anderen los ist. Das konnte sie sich bei dem Straubinger abschminken, der war nicht gewillt, die berufliche Ebene zu verlassen. Gisela fand das schade. Den Menschen würde sie hinter der Fassade des knallharten Hauptkommissars wohl nicht kennenlernen.

»Ich nehme an, Sie haben zu der Putzfrau noch keine Ergebnisse vorliegen?« Er schaute sie mit leicht schiefgelegtem Kopf an.

»Nein. Meine Männer haben sich zwar umgehört, aber bisher hat uns in dem Punkt niemand weiterhelfen können. Und bei Ihnen? Was macht der Vermögensverwalter?«

Lederers Blick huschte irritiert über Giselas Schulter. Sie folgte seinem Blick. Ludwig und Giselas Männer tauchten hinter ihr auf, in den Händen mehrere Blumensträuße.
Ludwig und Lederer deuteten einen Gruß an. Die Kühle beruhte auf gegenseitiger Verachtung seit dem ersten Zusammentreffen im letzten Jahr. Richie, Schorsch und Erwin beließen es bei finsteren Blicken.
»Kommst du mit?«, fragte Ludwig. »Oder sollen wir schon mal vorgehen?«
»Geht ihr nur vor, ich muss hier noch was Geschäftliches besprechen.«
Lederer deutete auf Ludwig. »Sie können gehen, aber Sie«, sein Finger schwenkte über die drei Polizisten, »Sie bleiben.«
Schorsch zuckte kurz zusammen, bevor er gehorsam strammstand. Richie klimperte zweimal träge mit den Augendeckeln, sonst zeigte er keine Reaktion. Erwin dagegen wollte Lederer fast ins Gesicht springen.
»Ich bin fei nicht Ihr Fiffi«, raunzte er. »Ihren Ton können Sie bei Ihren Leuten anschlagen, aber nicht bei uns.« Er schaute zu seinen Kollegen. »Also, ich geh mit dem Ludwig, wie schaut's bei euch aus?«
»Sie gehen nirgendwohin.« Lederers Stimme war messerscharf. Selbst Gisela erschrak vor dem drohenden Unterton.
»Sie beantworten mir erst ein paar Fragen, und dann wird sich zeigen, ob und wohin Sie gehen.«
Überraschung machte sich bei der Niedernussdorfer Polizeitruppe breit.
Lederer nickte zu Ludwig. »Danke, Ihre Anwesenheit wird nicht mehr benötigt.«

»Noch ist das ein freies Land, ich kann mich hinstellen, wo ich will.« Ludwigs Kiefermuskeln traten reliefartig hervor, sein Oberkörper beugte sich angespannt nach vorne.
»Ludwig, bitte«, warnte Gisela ihn. »Ich will heut echt keinen Ärger.«
Ludwig entspannte sich nur langsam. »Aber vergiss nicht, dass die Leut auf dich warten«, sagte er. Ein letzter kalter Blick zu Lederer, dann marschierte Ludwig davon.
Zufrieden wendete sich der Straubinger den Uniformierten zu, zog dabei mit einer lässigen Bewegung einen Notizblock aus der Manteltasche.
»Gestern Abend um 19 Uhr 35 informierte mich ein männlicher anonymer Anrufer über das Vorhaben, einen sogenannten Saubären zu jagen und zur Strecke zu bringen.«
Seine klaren Augen fixierten Schorsch, Richie und Erwin.
»Dabei wurden dezidiert die Namen von Georg Kramer und Richard Hafenrichter erwähnt. Angeblich stehen Sie beide einem Mob vor, der sich der Jagd nach diesem Saubären verschrieben hat. Dabei sollen auch diverse Waffen zum Einsatz kommen.«
Schorschs Augen flitzten zu Richie. Der erwiderte Lederers Blick ungerührt.
»Anonym, sagen Sie?«, tropfte es aus seinem Mundwinkel.
»Sind die Angaben richtig?«
Das Blickduell zwischen Lederer und Richie ließ Schorsch unruhig werden. »Sie glauben doch nicht alles, was man so im Telefon hört, oder?«, fragte er.

Gisela kannte ihre Männer gut genug, um zu spüren, wo der Hund begraben lag. Aber sie wollte das ohne den Hauptkommissar regeln.

»Ich versteh ja, dass Sie so einem Hinweis nachgehen müssen, Herr Kollege, aber ich leg die Hand für meine Mitarbeiter ins Feuer, dass das alles nur ein billiger Scherz war.« Sie wendete sich an Richie. »Oder?«

Richie nickte träge. »Freilich. Schauen wir so aus, als täten wir so was tolerieren?«

»Wir sind das Gesetz, und das wär ja total dagegen.« Schorsch blinzelte nervös und vermied es, Gisela anzusehen.

Lederer musterte die beiden Polizisten lange. Dann klappte er mit einer schwungvollen Bewegung das Notizbuch zu und steckte es weg.

»Wo kann man hier wohnen?«, fragte er Gisela. Sie war vollkommen überrumpelt.

»Wie? Wo?«

»Ich werde für den Zeitraum der Ermittlungen hier in Niedernussdorf bleiben. Zwei Morde innerhalb kürzester Zeit, ohne verwertbare Spuren, ein möglicher Lynchmob, ich denke, meine Präsenz hier vor Ort ist vonnöten.«

Gisela deutete auf den Dorfplatz. »Im Wilden Bock gibt's Zimmer, ansonsten schaut's finster aus bei uns. Wir sind auf Touristen nicht eingestellt.«

»Ich bin nicht anspruchsvoll«, erwiderte Lederer. Sein Schnauzer verzog sich zu einem Abschiedsgruß.

Kaum war der Hauptkommissar weg, stöhnten Giselas Männer kollektiv auf.

»Da hätt ich lieber Hundescheiße am Schuh als den hier bei uns«, meinte Erwin.

»Warst du das mit dem Anruf?«, schnauzte Richie ihn an.
Erwin riss unschuldig die Augen weit auf. Aber sein Grinsen machte deutlich, dass Richie einen Volltreffer gelandet hatte.
»Feigling«, trat Schorsch nach.
»Was soll denn das mit der Jagd nach dem Saubären?«, fragte Gisela. Ihre Stimme zitterte vor unterdrückter Wut.
Schorsch und Richie schauten sie treuherzig an. Aber Gisela kannte ihre Pappenheimer besser als die sich selber.
»Ihr braucht gar nicht zu schauen wie die Lämmchen. Ich will, dass ihr den Schmarrn lasst und wer auch immer da mitmacht. Zwei Morde reichen, da brauch ich nicht noch ein paar wild gewordene Hanswurste, die auf alles ballern, was sich im Dunkeln bewegt.«
Ihr Zeigefinger stieß wie ein Pfeil nach vorne. Schorsch zuckte unwillkürlich zurück.
»Wenn irgendwas passiert, dann seid ihr dran. Und das mein ich auch so. Ist das klar?«
Schorsch und Richie nickten eingeschüchtert.
»So, und jetzt gehen wir essen«, knurrte Gisela.
Der Wilde Bock war gerammelt voll, das Stimmengewirr ohrenbetäubend. Es war kein Leichenschmaus mit bleischwerer Unterhaltung, sondern ein Fest zu Ehren Jakobs. Es war die Art und Weise der Niedernussdorfer, Abschied von einem der Ihren zu nehmen. Der Laienchor ließ es sich nicht nehmen, ein paar selbstverfasste Gstanzln auf den Verstorbenen darzubringen, die ihn in dieselben Regionen wie den Engel Aloisius hoben. Gisela hatte Tränen der Rührung in den Augen, als die Vorstellung zu Ende ging, und klatschte und jubelte mit am lau-

testen. Lederer, der in einem kleinen Dachzimmer seinen Samsonite-Koffer auspackte, lauschte dem stürmischen Applaus kurz, schüttelte den Kopf. Er würde nie verstehen, wie man seinen Emotionen so freien Lauf lassen konnte. Er freute und ärgerte sich auch bisweilen, aber er fand es lächerlich und peinlich, andere daran teilhaben zu lassen. Wenn seine eigene Welt im Gefühlschaos zu verbrennen drohte, war es sein Verstand, der die Temperatur sofort herunterkühlte. Seinen Trieben ungezügelt nachzugehen war etwas Animalisches. Es war einer der hauptsächlichen Unterschiede zwischen Tier und Mensch. Seine Aufgabe als Polizist bestand darin, diesen Unterschied aufrechtzuerhalten.

Der Leichenschmaus endete nach Einbruch der Dunkelheit. Es hatte leicht zu schneien begonnen, als Gisela und Ludwig Arm in Arm nach Hause spazierten. Sie machten einen Umweg am Friedhof vorbei.

»Servus, Papa!«, rief Gisela zum Himmel hoch. Ihr Gesicht glühte vom Bier, ihre Zunge fühlte sich pelzig und schwer an. Gisela zog Ludwig fest zu sich her, fast wären sie gestolpert.

»Die Feier hat ihm bestimmt gefallen«, sagte sie.

»Ganz sicher sogar«, antwortete Ludwig und lotste Gisela auf den Feldweg, der am Wald vorbei zum Wegmeyerhof führte. Es war ein Fußweg von einer knappen Stunde, doch die beiden gingen gerne zusammen spazieren, und die kalte Luft tat gut. Beim Gehen lehnte Gisela ihren Kopf an Ludwigs Schulter.

»Glaubst du, dass es den Saubären gibt?«, fragte sie.

»So wie's Christkind und den Nikolaus«, erwiderte Ludwig.

»Aber irgendwas ist da, und ich kann mir einfach nicht denken, wer's ist. Das ist alles so brutal, das kann keiner von uns hier sein«, sagte Gisela.

»Warum nicht? Du kannst nicht in jeden Menschen reinschauen.«

»Ich will's einfach nicht glauben. Mir wär's lieber, es wär ein Fabelwesen.«

»Und deshalb spukt's dir im Kopf herum.« Ludwig küsste Gisela auf die nasse Stirn. »Du bist noch nie davongelaufen, wenn's schlimm geworden ist. Fang jetzt nicht damit an.«

»Dann machen wir das jetzt gleich«, flüsterte Gisela und zog ihn in den Wald hinein. Ludwig leistete etwas Widerstand.

»Was machen wir?«, fragte er.

»Wir zeigen dem Saubären den Mittelfinger«, grinste Gisela und steuerte auf die Bäume zu. Ludwig folgte ihr schmunzelnd. Wann war sie das letzte Mal so ausgelassen gewesen? Er konnte sich gar nicht mehr daran erinnern. Die letzten Jahre mit ihrem dementen Vater waren anstrengend gewesen und hatten Gisela immer ernster werden lassen.

Ludwig versuchte, mit Gisela Schritt zu halten, aber sie huschte schnell wie ein Reh davon. Bis er sie irgendwann aus den Augen verlor.

»Gisela?«, rief er. Keine Antwort. Ludwig fuhr es kalt durchs Herz.

»Gisela!« Sein Ruf wurde von den Bäumen und dem Schneefall verschluckt.

»Gisela!« Er brüllte, dass ihm die Adern am Hals anschwollen. Im nächsten Augenblick wurde er von hinten angesprungen. Ludwig taumelte ein paar Schritte nach vorn, wollte sich aus der Umklammerung des Angreifers befreien, als er den Biss an seinen durchfrorenen Ohrläppchen spürte. Nicht brutal, sondern zärtlich. Er hielt inne.

»Gisela, zefix«, fluchte Ludwig und drehte sich in ihrer Umarmung. Ihr lachendes Gesicht nah vor sich.

»Siehst, jetzt hast kurz geglaubt, der Saubär greift dich an.«

»Schmarrn. Schiss hab ich gehabt, weil du nichts gesagt hast.« Erleichtert umarmte er Gisela. »Luder.«

»Brummbär.«

Der anschließende Kuss vertrieb die Kälte in ihren Körpern.

Schorsch und Richie verließen kurz vor Mitternacht den Wilden Bock. Sie rempelten sich immer wieder an, während sie die Straße zum Dorfbrunnen hinunterwankten. Dort wurden sie von Franz Kramer erwartet. Er trug Thermojägerkleidung, über der Schulter ein Gewehr.

»Wir haben doch extra gesagt, keine Waffen«, zischte Schorsch.

»Wie willst denn ein Monster ohne Waffen erlegen?« Franz Kramer war stocknüchtern, er hatte den Leichenschmaus als einer der Ersten verlassen, um sich auf den nächtlichen Streifzug vorzubereiten. Er bedeutete den beiden Polizisten mit einem Kopfnicken, ihm zu folgen. Richie setzte sich bereitwillig in Gang, Schorsch rührte sich keinen Millimeter.

»Was ist denn?«, fragte Richie. Seine Lider waren auf

halbmast, er wirkte, als würde er jeden Moment im Stehen einschlafen.
»Du hast doch die Chefin gehört«, sagte Schorsch. »Das kann uns Kopf und Kragen kosten.«
»Kommt ihr jetzt?« Franz Kramer war die Ungeduld in Person. Seine Kiefer waren aufgrund der Anspannung in ständiger Bewegung. Richie machte eine beschwichtigende Geste, dann baute er sich ganz nah vor seinem Kollegen auf. Seine Stimme war leise, aber eindringlich. »Wir sind die letzte Bastion, die dieses Dorf vor dem Untergang bewahren kann. Zwischen uns und dem Abgrund ist nur noch so viel Platz.« Mit Zeigefinger und Daumen deutete er die Dicke eines Löschblatts an. »Der Hias und der Bürger sind nur der Anfang, und dass der Straubinger hier einzieht, zeigt doch nur, wie ernst die Lage ist. Meinst du, der würd sich in so einem Kuhdorf niederlassen, wenn nicht allerhöchste Alarmstufe besteht? Wenn die Morde von einem Menschen verübt worden wären, dann hätt die Spusi doch schon längst was gefunden. Das haben die doch gelernt.«
»Und die Ausrüstung haben sie auch«, raunte Schorsch, ganz im Banne von Richies hypnotischen Worten.
»Eben«, bestätigte Richie. »Es gibt Momente im Leben, da steht man alleine gegen alle anderen. Da muss man stark bleiben und sich nicht der Masse anschließen. Da muss man seiner Überzeugung folgen. Oder sterben.« Richie beugte sich vor, so dass sich seine Alkoholfahne mit der von Schorsch vermischte.
»Du kannst ein Schaf sein oder ein Wolf. Für immer« Richie ließ ein kehliges Knurren hören, um ganz klarzumachen, welches Tier er war. Automatisch erwiderte

Schorsch es mit einem heiseren Grollen. Richie haute ihm anerkennend auf den Oberarm.
»Und wenn die Chefin was rauskriegt?«, hakte Schorsch zögerlich nach.
»Mäh mal?«, befahl Richie.
»Was?«
»Na, so wie ein Schaf.«
Schorsch blökte.
»Und jetzt knurr wie ein Wolf«, sagte Richie.
Schorsch knurrte.
»Was fühlt sich besser an?«, fragte Richie.
Schorsch knurrte. Richie grinste. Sie schlossen zu Franz Kramer auf, der ein verärgertes Fauchen von sich gab. Schorsch knurrte. Der Metzger seufzte.
»Manchmal denk ich wirklich, du bist nicht mein Bub.«
Er führte sie zu seinem Lieferwagen, der auf dem Hof der Metzgerei stand. Er öffnete die Hecktüren. Zigarrenrauch quoll ins Freie. Im Laderaum hockten die übrigen fünf Männer vom Stammtisch, alle bis an die Zähne bewaffnet. Michael qualmte eine Krumme, die anderen normale Zigarren. Sie hatten sich die Wartezeit im Schein der Innenbeleuchtung mit Schafkopfen vertrieben. Getrunken hatten sie nichts, einen Saubären musste man nüchtern jagen. Zu ihren Füßen lag Wastl, der altersschwache Westfalenterrier von Günther, dem Schützenkönig Niedernussdorfs. Das Tier hob nur kurz den Kopf, als die Neuankömmlinge hereinlugten.
Franz Kramer schob seinen Sohn vorwärts.
»Los, einsteigen, rumstehen können wir auch woanders.«
Schorsch und Richie kletterten in den Laderaum, der

Metzger schloss die Hecktüren, und kurz darauf ging die Fahrt los. Sie endete auf Hias' Hof.

Der Schneefall hatte aufgehört, als die acht Männer und der Hund von der Ladefläche kletterten. Der Boden war mit einer dünnen Schneeschicht bedeckt und wirkte wie ein übergroßes Spannbetttuch, das den ganzen Hof bedeckte. Die Scheinwerfer des Lieferwagens beleuchteten das Gebäude und den dahinterliegenden Schweinestall. Franz Kramer verteilte Stirnlampen, die mit Gummibändern um den Kopf geschnallt werden konnten.

Schorsch schaute mit skeptischer Miene zu, als Rudi, mit dreißig der Jüngste der Stammtischbrüder und auch geistig am weitesten zurückgeblieben, einen Rucksack öffnete und mehrere eiserne Schwanenhälse auspackte. Diese Totschlagfallen wurden hauptsächlich für die Fuchsjagd eingesetzt und hatten eine Schlagkraft, die einem Menschen den Knöchel zerschmettern konnte.

Rudi nahm drei der Fallen und machte sich mit seinem Kumpel Kurt auf, sie strategisch um den Hof zu verteilen. Zwei an die Eingänge des Wohnhauses, eine hinter den Zugang zum Stall.

»Meinst du, der Saubär tappt da rein?«, fragte Schorsch seinen Vater.

»Möchtest du uns demoralisieren?«, schnappte Franz Kramer. Schorsch kniff die Lippen zusammen.

Günther bückte sich zu seinem Terrier hinunter und flüsterte ihm etwas ins Ohr. Richie beobachtete Tier und Herrchen. Günther haute dem Hund leicht auf den Po, und der setzte sich in Bewegung. Gemächlich verschwand er um die Ecke des Hauses.

»Was hast du dem denn gesagt?«, wollte Richie wissen.

»Dass er warten soll, bis ich ihn ruf.«
Günthers Stirnlampe blendete Richie, so dass er den Kopf abwenden musste.
»Und wann rufst du ihn?«
»Wenn sich der Saubär zeigt und uns angreift. Dann ist der Wastl meine Geheimwaffe. Mit dem wird das Monster nicht rechnen.«
Richie ersparte sich den Kommentar, dass Wastl beim Anblick eines Monsters wahrscheinlich schneller rennen würde als so manch junger Hund.
Günther und Kasper, ein krummbeiniger Zwerg unbestimmten Alters, nahmen wachsam Aufstellung an gegenüberliegenden Stellen, um ihren Kollegen den Rücken freizuhalten.
Schorsch kam zu Richie. »Meinst, wir sind hier richtig?«
Richie zog den Rotz hoch.
»Irgendwo müssen wir ja anfangen, oder?«
Ein langgezogenes Heulen zerriss die kühle Nachtluft und ließ alle auf dem Hof erstarren.
»Das ist der Wastl«, rief Günther. Sofort hetzte er in die Richtung, in die sein Hund vor wenigen Minuten verschwunden war. Franz Kramer winkte aufgeregt Kurt zu.
»Was stehst denn noch rum? Ich hab gesagt, immer zu zweit bleiben.«
Kurt packte seine Schrotflinte fester. Sein Blick war alles andere als heldenhaft. Unschlüssig glotzte er in die Dunkelheit hinter dem Haus. Von dort war immer noch das Heulen zu hören. Der Lichtfinger von Günthers Stirnlampe hüpfte wild durch die Gegend, und man hörte ihn lauthals nach Wastl rufen.

Kurt rührte sich nicht. Plötzlich brach das Heulen ab. Schorsch und Richie wechselten einen kurzen Blick. Beide zogen ihre Pistolen und rannten los.
Schlitternd und rutschend erreichten sie das Gelände hinter dem Haus. In der Ferne sahen sie einen Schatten laufen, der wild wippende Lichtstrahl ließ darauf schließen, dass es Günther war, der über den Acker jagte.
Schorsch und Richie blieben stehen, schauten zu, wie Günther hinter einer Hügelkuppe verschwand.
»Scheiße, was war das denn?« Schorsch suchte in Richies Gesicht nach einer Antwort. Dessen Blick war immer noch auf die Hügelkuppe gerichtet, in der Hoffnung, dass Günther und sein Wastl jeden Moment wieder auftauchten. Vergebens. Es war, als hätte die Hölle sie verschluckt.
Richie zog den Rotz hoch, steckte die Pistole in das Holster und kehrte zu den anderen Männern zurück. Die standen mit ihren Stirnlampen neben dem Haus und wirkten wie ratlose Bergarbeiter, die nicht wussten, wo es zum Stollen ging.
Schorsch blickte noch einmal zur Hügelkuppe und lauschte. Es war totenstill, nicht einmal ein leises Fauchen des Windes war zu hören. Ihn fröstelte.
Die Männer auf der Ladefläche waren ungewöhnlich ruhig. Sie wurden durchgeschüttelt, wenn der Wagen über welligen Asphalt fuhr. Doch keiner reagierte darauf, alle waren gedankenverloren, malten sich aus, was mit Günther und Wastl passiert sein mochte. Kurt jammerte leise vor sich hin, Rudi betete den Rosenkranz. Richies Kopf lehnte an der Seitenwand, er hatte die Augen geschlossen. Ein leises Schnarchen drang aus seiner Nase.

Schorsch hatte seine Finger ineinander verschränkt, damit er ihr Zittern nicht spürte. Es war weniger die Angst um Hund und Herrchen, sondern das Gewicht der Pistole, das ihn so erschreckt hatte. Auf dem Schießstand war alles nur Spaß und Theorie, hier aber hätte er womöglich jemanden erschießen müssen. Diese Vorstellung fand er gar nicht angenehm, und er wusste nicht, ob er überhaupt fähig gewesen wäre, den Abzug zu drücken. Wahrscheinlich schon, wenn der Saubär vor ihm gestanden hätte. Wahrscheinlich.

Auf Friedrich Bürgers Hof sprach keiner der Männer ein Wort. Selbst Franz Kramer, sonst kein stilles Wasser, verrichtete seine Arbeit schweigend. Er und Michael halfen Rudi, die restlichen Fallen aufzustellen.

Schorsch blieb beim Wagen, während der Rest der Mannschaft Aufstellung rund um den Hof bezog. Er durchstöberte das Handschuhfach nach dem kleinen Feigling. Schorsch wusste, dass sein Vater immer ein paar Fläschchen hinter der Bedienungsanleitung versteckt hatte. Er schraubte den Verschluss mit klammen Fingern auf, setzte an und ließ den Schnaps über die Zunge in die Kehle rollen. Aus den Augenwinkeln bemerkte er eine Bewegung an einem der Fenster im Erdgeschoss. Vor Schreck spuckte er aus, seine Augen weit aufgerissen. Der Schatten hinter dem Fenster verschwand blitzschnell.

»Sag einmal, was nimmst du dir eigentlich raus?« Franz Kramer entriss Schorsch das Fläschchen. »Hast du nicht gelernt, dass man fragt, bevor man was nimmt, was einem nicht gehört?«

»Da war was«, flüsterte er.

Franz Kramer trank den Rest des Feiglings aus.
»Du gehst mir nicht mehr an meine Sachen, verstanden?«
Schorsch packte seinen Vater am Ärmel, riss ihn herum. Sein ausgestreckter Arm wies auf das Fenster.
»Da drin ist jemand«, sagte er.
Franz Kramer beugte den Kopf leicht vor, um besser sehen zu können. Nichts. Verärgert haute er Schorschs Arm weg.
»Sauf nicht so viel, dann siehst keine Gespenster«, raunzte er ihn an.
Schorsch krallte sich in den Kragen von Franz Kramers Thermojacke. »Wenn ich sag, da ist jemand drin, dann ist da jemand drin«, zischte er. »Warum behandelst du mich immer wie einen Deppen?«
Franz Kramer verpasste Schorsch ansatzlos eine Ohrfeige. Sie war wegen seiner eingeschränkten Bewegungsfreiheit zwar ohne Kraft, genügte aber, um Schorsch wieder zu Besinnung zu bringen.
»Ich bin dein Vater, vergiss das nicht, und ich nenn dich, wie ich will. Und wenn ich denk, dass du ein Depp bist, dann sag ich das auch.«
Seine Augen blitzten. Richie tauchte neben Vater und Sohn auf. Er war durch den Tumult aufmerksam geworden.
»Gibt's Stress?« Die Frage war eher an Schorsch gerichtet, auch wenn er Franz Kramer anglotzte. Der deutete auf seinen Sohn.
»Pack den besser ins Auto. Der dreht komplett durch.«
Ohne einen weiteren Blick an Schorsch zu verschwenden, dackelte er davon. Kurt, Kasper und Rudi warfen ihm fragende Blicke zu. Franz Kramer ließ es sich nicht

nehmen, seinen Stammtischbrüdern lauthals von den Hirngespinsten seines Sohnes zu erzählen.
Schorsch ließ den Kopf hängen. Gegen seinen Vater hatte er noch nie eine Chance gehabt, und er würde auch nie eine haben. Richie haute ihm aufmunternd auf den Rücken.
»Komm, das schauen wir uns an.«
Schorsch hob überrascht seinen Blick.
»Mal schauen, wer da drin ist«, fuhr Richie fort. Schorsch lächelte dankbar, weil sein Freund und Kollege ihn ernst nahm.
Unter den abschätzigen Blicken der Stammtischler näherten sich Richie und Schorsch der Haustür. Das Siegel war unversehrt.
»Da ist schon mal keiner rein«, stellte Richie fest. Sie umrundeten das Haus zum Hintereingang. Auch dort war das Siegel intakt.
Schorsch deutete zur Kellertür. Richie fischte seine Waffe aus dem Holster. Das Siegel war zerrissen, und als Richie vorsichtig die Klinke drückte, ließ sich die Tür auch öffnen.
Schorsch spürte, wie sein Mund trocken und seine Knie weich wurden. Trotzdem folgte er seinem Kollegen in den kalten Keller. Ohne die Pistole zur Hand zu nehmen. Er wollte nichts und niemanden unnötig provozieren. Wer eine Waffe benützt, wird durch die Waffe umkommen, hatte Gisela mal gesagt, und ihre Worte klangen deutlicher denn je in Schorschs Ohren.
Er hielt sich dicht hinter Richie. Der tastete nach dem Lichtschalter. Ein leises Klicken, die Lampen gingen an. Kurz schauten die Polizisten sich um. Sie befanden sich

in einem niedrigen Gang, links und rechts gingen jeweils zwei Türen ab. Am Ende des etwa zehn Meter langen Ganges konnten sie eine Treppe erkennen, die nach oben führte.

Hinter der ersten Tür befand sich die Waschküche mit Waschmaschine und Trockner, im nächsten Raum standen drei Wandregale, in denen Weinflaschen lagerten. Hinter der dritten Tür entdeckten sie einen Fitnessraum mit den modernsten Geräten und einem Flachbildfernseher, der von der Decke hing.

Die vierte Tür war verschlossen.

Richie hielt sich nicht lange damit auf, er pirschte zur Treppe vor. Schorsch blieb dicht hinter ihm. Gemeinsam schlichen sie die Stufen hinauf.

Richie fuhr herum. »Sag einmal, bist du schwul, oder wieso klebst du so an mir?«

»Ich pass nur auf dich auf«, stotterte Schorsch.

»Dann nimmst besser deine Waffel zur Hand«, erwiderte Richie mit einem Blick auf Schorschs Holster. Schorsch fummelte an dem Lederriemen, der die Pistole vor dem Herausfallen schützte.

Richie näherte sich in bester Actionheldenmanier der Tür, die vom Kelleraufgang in das Erdgeschoss führte. Seitlich schob er sich vor, die Hand mit der Pistole an die Wange gedrückt, den Türgriff im Visier. Sein Atem ging bewundernswert ruhig.

Ohne zu zögern, drückte er die Kellertür auf und sprang in den Hausflur. Schorsch wurde davon so überrascht, dass er hektisch hinterherzukommen versuchte. Er rammte Richie unsanft und stieß ihn in den gegenüberliegenden Raum, die Stube.

Richie stolperte gegen eine Gestalt in der Dunkelheit. Im nächsten Moment leuchteten kleine Blitze auf, begleitet von einem peitschendem Knall, gefolgt von einem Stöhnen und einem Plumps, als Richie zu Boden ging.
Schorsch erstarrte, er schaute der Gestalt ins Gesicht. Es war eine Frau, eine wunderschöne Frau, soweit er das im Dunkeln beurteilen konnte.
Sie presste ihm den Elektroschocker an den Hals, drückte ab. Schorsch spürte tausend spitze Kieselsteine durch seine Adern jagen, die allesamt auf sein Gehirn zustürmten, um es plattzumachen. Er hörte noch einen Rums, dann wurde es schwarz und still.

Eine Stimme füllte die Schwärze. Sie war erst sanft und gütig, wurde dann lauter und forscher.
»Schorsch, zefix! Jetzt langt's!«
Seine Augenlider flatterten, weigerten sich jedoch, sich zu öffnen. Gisela griff zur äußersten Maßnahme. Sie ohrfeigte Schorsch. Der riss die Augen auf, schnappte nach Luft. Giselas Gesicht war so nah vor seinem, dass er erschrocken zusammenzuckte und einen leisen Schrei ausstieß.
»Wo ist der Richie?«, fragte Schorsch, als er sich gefangen hatte. Gisela nickte zur Ofenbank. Richie lag lang ausgestreckt darauf. Wie tot.
Schorsch fuhr auf.
»Ist er …« Er brach ab, als er das Schnarchen hörte.
»Was ist hier passiert?«
Schorsch schaute sich um. »Wo sind die anderen?«
»Welche anderen?«, fragte Gisela.

Schorsch blies die Backen auf.

»Also, die, die wo uns niedergemacht haben«, stammelte er.

»Du brauchst dir gar keine Lügengeschichten ausdenken. Ich hab die Spuren draußen gesehen. Hier war ein größeres Auto, wahrscheinlich ein Lieferwagen, und mindestens vier, fünf Menschen. Und eine Frau muss auch dabei gewesen sein, den Schuhabdrücken nach zu urteilen.«

»Das war sie.« Vor Schorschs innerem Auge tauchte das Bild der wunderschönen Frau auf. »Die hat uns umgehauen.«

»Und wie heißt sie?«

Schorsch zuckte mit den Achseln. »Die war nicht von da.«

»Aha. Und der, der mich angerufen hat, der war auch nicht von da, oder was?«

Schorsch schaute Gisela verwirrt an.

»Vor einer halben Stunde hat mich jemand mit unterdrückter Rufnummer angerufen und gemeldet, dass zwei Polizisten im Haus vom Bürger liegen. Der hat zwar alles getan, um seine Stimme zu verstellen, aber ich würd jetzt mal sagen, das war dein Papa.«

Sie fixierte Schorsch. Er wich dem forschenden Blick schuldbewusst aus.

»Himmelsakra.« Am liebsten hätte sie Schorsch gleich noch eine geschallert. »Und was wolltet ihr hier?«

»Nichts.«

Ein Schmerzensschrei drang von draußen herein. Richie schreckte auf. Gisela rannte raus.

Vor dem Stall sah sie Erwin auf dem Boden sitzen und stöhnend an seinem Knöchel herumarbeiten. Beim Näherkommen erkannte Gisela, dass sein rechter Fuß in einem Schwanenhals steckte. Sie half ihm, sich aus der Falle zu befreien. Inzwischen waren Schorsch und Richie dazugekommen und standen bedrückt herum, die Hände in den Jackentaschen vergraben.

»Das kommt dabei raus, wenn man auf Monsterjagd geht«, schimpfte Gisela. Sie stützte Erwin beim Aufstehen. Seine beiden Kollegen griffen hilfsbereit zu.

»Ich hätt nicht gedacht, dass ihr so hirnbesoffen seid, da mitzumachen.«

Sie untersuchte vorsichtig Erwins Knöchel im Schein ihrer Taschenlampe.

»Aber ich hab den doch gesehen«, warf Schorsch ein, »der stand mir so nah gegenüber.« Demonstrativ hielt er die Hand dicht vor sein Gesicht.

»Und im Haus hat er uns niedergestreckt«, ergänzte Richie.

»Das war nicht der Saubär, das war eine Frau.« Schorsch wand sich unter den Blicken seiner Kollegen.

»Dich hat's ja anscheinend schlimmer erwischt, als ich dachte«, sagte Gisela. Sie wendete sich Erwin zu. »Kannst auftreten?«

Erwin machte ein paar wacklige Schritte, wobei er sich auf den Schultern von Schorsch und Richie abstützte.

»Die war wunderschön, also, was ich so im Dunkeln gesehen hab«, meinte Schorsch. Sein Einspruch klang aber sehr dünn, er wollte keinen Streit mit Gisela.

»Da muss was dran sein«, warf Richie ein, »weil eine Frau haben wir definitiv nicht dabeigehabt, und du hast ja was von Fußspuren gesagt, die nicht von einem Mann sind.«

Erwin nahm seine Arme von den Schultern der Kollegen und humpelte ohne Hilfe ein paar Meter.
»Ich glaub, gebrochen ist nichts«, sagte er zu Gisela.
»Trotzdem gehst morgen früh gleich zum Doktor und lässt dich krankschreiben.« Sie deutete auf Schorsch und Richie. »Und von euch zwei krieg ich morgen einen Bericht, in dem die Namen aller Beteiligten stehen.«
»Willst du uns beim Straubinger hinhängen?«, fragte Schorsch erschrocken.
»Ich will mit jedem Einzelnen reden. Der Lederer muss davon nichts wissen. Der rastet eh bloß aus, wenn er erfährt, was hier wieder für ein Zirkus abgeht.«
Sie ließ die Luft und ihre Anspannung raus.
»Ich möcht am liebsten hundert Jahre schlafen«, sagte sie müde.
»Das soll ja bald möglich sein, die forschen da grad …«
Schorsch klappte den Mund zu. Giselas Blick war eine eindeutige Warnung davor, noch ein weiteres Wort zu sagen.
Sie verfrachteten Erwin in Giselas Auto. Auf der Fahrt zurück nach Niedernussdorf herrschte lähmendes Schweigen. Erwin hing käsweiß im Beifahrersitz, Schorsch und Richie saßen wie kleine Kinder in den Ecken und schauten zum Fenster raus. Gisela warf über den Rückspiegel einen Blick nach hinten.
»Wie hat denn diese Frau ausgesehen?«, fragte sie.
Schorsch brauchte einen Moment, bis er kapierte, dass Gisela mit ihm sprach.
»Also, die hatte lange Haare, ganz glatt, und so Raubtieraugen, so schrägstehende, kennst du die?« Um seine Aussage zu verdeutlichen, zog Schorsch die äußeren Augenwinkel leicht nach oben.

»Und sie hat nach Blumen gerochen, ich glaub, es waren Maiglöckchen.«
Gisela verriss beinahe das Lenkrad.
»Meine erste Frau hat auch so gerochen«, meinte Schorsch gedankenverloren. Erwin und Richie stöhnten auf. Es kam nicht oft vor, dass Schorsch von der Zirkusartistin erzählte, die er vor über fünfzehn Jahren in einem Anfall geistiger Umnachtung geehelicht hatte, aber wenn, dann endete es meist mit Tränen.
»Das war nicht deine erste Frau, das war deine einzige«, versetzte Erwin ihm den ersten Schlag.
»Und sie hat dich nach Strich und Faden ausgenutzt«, kam von Richie der zweite Schlag. »Der brauchst nicht nachzuheulen.«
»Und du bist dir mit den Maiglöckchen sicher? Und den schrägen Augen?«, unterbrach Gisela die Plänkelei.
»Mei, weißt, wenn du einmal den Geruch mit positiven Erinnerungen in Verbindung bringst, dann wirst den nie mehr los.« Er schleuderte einen bösen Blick zu Richie. »Und es sind überwiegend positive Erinnerungen, die ich von ihr mitgenommen habe.«
Versonnen wanderten seine Augen nach draußen. »Ich werd nie vergessen, wie biegsam sie war.«
»Hatte sie rote Haare?«, platzte Gisela in seine Träume.
»Nein, die waren blond, so Stiftel.«
»Ich mein nicht deine Frau, sondern die aus dem Haus.«
Schorsch blies ratlos die Backen auf.
»Rot«, sagte Richie. »Das war das Einzige, was ich gesehen hab, bevor's mich weggebeamt hat.«
Gisela sah Natascha vor sich. Wenn das Gebrabbel ihrer beiden Männer stimmte, dann war sie in Bürgers Haus

gewesen. Und sie hatte sicher gelogen, als sie sagte, dass sie ihn nie getroffen hatte. Stellte sich nur die Frage, was sie mitten in der Nacht auf dem Hof wollte. Vor allem sann Gisela darüber nach, ob und wie sie Lederer davon erzählen sollte. Vielleicht könnte sie ein paar Details weglassen, wie die Fallen, die anderen Saubärjäger. Und ihre Männer. Sie würde einfach sagen, dass sie nicht schlafen konnte und noch mal zu Bürger rausgefahren war. Warum? Weibliche Intuition. Sie seufzte. Wahrscheinlich würde er das nicht fressen. Er würde ihre Lügen durchschauen und sie nach allen Regeln der sadistischen Kunst zusammenscheißen. Aber die Wahrheit, die Wahrheit konnte sie ihm unmöglich sagen.

»Frau Kollegin, das finde ich jetzt sehr ehrenwert und integer.« Lederer zeigte seine makellosen Zähne und tupfte sich mit der Papierserviette die Lippen ab. Gisela hielt für einen Moment die Luft an. Sie wartete auf die nächsten Worte, die diesen Satz in der Luft zerreißen würden. Es kam nichts dergleichen. Stattdessen trank Lederer seinen Kaffee aus und schnalzte genießerisch mit der Zunge.
»Ausgezeichneter Kaffee«, rief er quer durch die Gaststube zum Wirt. »Was ist denn das für eine Marke?«
»Hausmarke.« Der Wirt kümmerte sich weiter um das Ausräumen der Geschirrspülmaschine.
»Hausmarke«, murmelte Lederer und schaute Gisela an.
»Sie kriegen das sicher für mich raus.«
»Was?«
»Herkunftsland, Zusammensetzung, Röstung. Selten so einen köstlichen Kaffee getrunken.«

»Meinen Sie, ich hab Zeit dafür?« Es klang nicht verärgert, sondern verwundert. »Ich mein, wegen den Ermittlungen. Sie und ich. Zusammen.«
Lederer lehnte sich zurück, schürzte die Lippen, so dass sein Schnauzer an die Nase stieß.
»Ich und Sie. Zusammen.« Mit der Zunge fuhr er zwischen den Zähnen herum, um die Wurstreste des Frühstücks herauszufieseln. »Zusammenarbeit, das ist was sehr Intimes.«
Gisela runzelte die Stirn. Was sollte das denn?
»Das vereinbart man nicht einfach so. Das bedarf synchroner Schwingungen auf beruflicher und persönlicher Ebene. Ticktack, ticktack, ticktack. Sie sind Tick, ich bin Tack, das ist wie ein Doppel im Tennis.«
Er beugte sich vor, stützte die Unterarme auf dem Tisch auf und verschränkte die Hände wie zum Gebet.
»Wenn da einer falschspielt, verlieren beide das ganze Match«, predigte er. »Spielen Sie falsch?«
Er erwischte Gisela unvorbereitet. Sie hatte sich von seiner sanften Reaktion auf ihren Bericht einlullen lassen. Der Schuss aus der Hüfte zwang ihren Blick verlegen nach unten. Nur einen Sekundenbruchteil, aber Lederer genügte es. Er lächelte selbstzufrieden. »Sehen Sie, ich nehm es Ihnen nicht übel, dass ich es bemerkt habe, ich nehme Ihnen übel, dass Sie dachten, Sie könnten mir etwas verschweigen. Wenn wir zusammenarbeiten, brauche ich Ihr Vertrauen, so wie Sie mein Vertrauen brauchen. Alles andere ist nur ein Nebeneinanderher-Arbeiten. Und das wollen Sie doch nicht, oder?«
Gisela schüttelte den Kopf.
»Ich auch nicht. Was machen wir jetzt?« Lederer schaute

sie abwartend an. Gisela räusperte sich. Auf der einen Seite schätzte sie den Straubinger als fähigen Polizisten, auf der anderen Seite hielt sie ihn für einen arroganten Egozentriker. So jemand war kein Teamspieler, sondern ein König, die anderen nur Fußvolk.

»Es hat schon seinen Grund, warum ich nicht alles erzählt habe.« Sie beugte sich vor, legte ihre Unterarme auf die Tischplatte und verschränkte die Finger. »Ihre menschlichen Qualitäten sind manchmal unter aller Sau. Sie walzen über andere drüber wie ein Panzer und lassen jeden spüren, dass er im Vergleich zu Ihnen ein Dünnbrettbohrer ist. Sie haben ganz recht, es muss Vertrauen herrschen, wenn man zusammenarbeitet, Grundlage dafür ist aber gegenseitiger Respekt. Und den vermisse ich bei Ihnen komplett.«

Lederer rutschte auf seinem Stuhl hin und her, strich sich über den Scheitel.

»Respekt muss man sich verdienen, Frau Wegmeyer.«

»Das seh ich genauso.«

Die Blicke der beiden prallten aufeinander.

»Mir ist das wurscht, wie ihr das macht, aber macht was«, fuhr der Wirt dazwischen. Er räumte das Geschirr ab. »Eure Egotrips bringen auf der Suche nach dem Mörder gar nichts.«

Gisela und Lederer schauten dem Wirt nach, als er zurück zum Tresen ging.

»Gut, dann erzähl ich Ihnen die ganze Geschichte«, meinte Gisela.

»Herzlichen Dank. Ich verspreche auch, keinen Tobsuchtsanfall zu bekommen.«

Er hielt Wort, auch wenn es ihm schwerfiel. Nachdem

Gisela geendet hatte, glitt sein Blick zum Fenster, und für eine Minute reagierte er weder auf ihr Räuspern noch ihr Füßescharren. Schließlich entrang sich seiner Brust so etwas wie ein leises Stöhnen.
»Fahren wir.« Abrupt stand er auf und wendete sich dem Ausgang zu. Doch statt stramm hinauszumarschieren, hielt er Gisela die Tür auf. Sie nickte dankend.

Natascha Bogdanowa wollte gerade in ihren Mini steigen, um zum Münchner Flughafen zu fahren, als Lederers silberner Mercedes vor ihr stoppte. Sie erlaubte sich nur einen kurzen Augenblick der Überraschung, bevor sie den kleinen Samsonite im Kofferraum ihres Autos verstaute.
»Schmuck sehen Sie aus«, sagte Lederer. »Die Uniform steht Ihnen.«
»Danke.« Natascha drückte den Kofferraum zu, stützte die Hände in die Taille. »Sie sind bestimmt nicht hier, um mir Komplimente zu machen, oder?«
»Er vielleicht schon«, meinte Gisela, »Ich aber nicht. Sie waren gestern Nacht auf dem Hof von Herrn Friedrich Bürger.«
Natascha riss ihre perfekt geschminkten Augen erstaunt auf. »Ich? Mein Gott, wie kommen Sie denn auf so eine absurde Idee?«
»Sie wurden von zwei Beamten gesehen.«
»Aha. Und wo sind die Beamten?« Natascha verschränkte die Arme vor der Brust.
»Wollen Sie es wirklich auf eine Gegenüberstellung ankommen lassen?«, schaltete Lederer sich ein. »Wir wol-

len nur wissen, was Sie dort wollten und wieso Sie uns bei der ersten Befragung in Bezug auf eine Bekanntschaft mit Bürger angelogen haben.«

»Ich hab nicht gelogen. Ich kenne Bürger in echt wirklich nicht.«

Lederer deutete auf seinen Wagen. »Dann begleiten Sie uns bitte zur Dienststelle Niedernussdorf, um den beiden Wachtmeistern gegenüberzutreten.«

»Was, bitte schön, soll das bringen? Selbst wenn diese Mitarbeiter mich gesehn haben wollen, bleibe ich dabei, dass ich Herrn Bürger persönlich nicht kannte.«

Gisela spürte eine Hitzewelle in ihren Kopf steigen.

»Wir haben Schuhabdrücke vor Ort entdeckt, die von einer Frau stammen ...«

»Wollen Sie meine Schuhe mit den Abdrücken vergleichen?« Natascha deutete einladend auf das Wohnhaus. »Bitte.« Sie warf einen Blick auf ihre Armbanduhr. »Ich habe noch zehn Minuten. Das genügt Ihnen hoffentlich.« Sie lächelte gewinnend.

»Sie wissen, wie man mit der Polizei umgeht«, sagte Lederer. »Haben Sie Erfahrung damit?«

»Meine Mutter meinte immer, man müsse im Leben auf alles vorbereitet sein. Nach Ihrem ersten Besuch hab ich mich schlaugemacht, was Sie dürfen und was nicht. Und was ich muss und was nicht. Ich denke nicht, dass ich Ihnen das alles erklären muss, oder?«

Ihr Lächeln nahm einen triumphierenden Zug an. Die Hitzewelle in Giselas Kopf wurde zu einem glühenden Lavastrom.

»Wenn Sie glauben, dass Sie damit durchkommen, haben Sie sich geschnitten«, fegte sie los. »Wir werden Hinweise finden, dass Sie etwas vertuschen wollen, und dann wird es Konsequenzen haben, dass Sie nicht von Anfang an mit uns zusammengearbeitet haben.«

Natascha schenkte Gisela nur einen kühlen Blick, wendete sich dann an Lederer.

»Sie können Ihre Bulldogge wieder an die Leine nehmen, Herr Kommissar. Ich muss los, sonst verpasse ich noch meinen Flug.«

»Hauptkommissar«, sagte Lederer. Natascha blinzelte irritiert. »Ich bin Hauptkommissar, und meine Kollegin ist kein Hund. Ich denke, eine Entschuldigung wäre angebracht.« Seine Stimme hatte die Schärfe eines Sushimessers, doch die Stewardess zeigte sich in keinster Weise eingeschüchtert. Sie richtete ihre Raubtieraugen auf Gisela.

»Miau.« Damit stieg sie in ihren Kleinwagen, ohne die beiden Polizisten eines weiteren Blickes zu würdigen.

»Was für eine Frau.« Die Bewunderung in seinen Worten war nicht dazu angetan, die Hitze bei Gisela runterzukühlen.

»Das kann man wohl sagen«, knurrte sie.

»Bei der kommen wir mit der Brechstange nicht weiter, da müssen wir mit Fakten kommen«, sagte Lederer.

»Erst mal haben. Oder gibt's von der Rechtsmedizin irgendwelche Hinweise auf eine Frau als Täter?«

Lederers Auge zuckte kurz. »Wir haben bisher nur diese Tierspuren. Meine Vermutung ist, dass hier jemand sein Unwesen als … als eine Art Perchte treibt.«

»Und wieso?«

»Das ist die Frage: In welcher Verbindung steht der Mörder zu Hias Berger und Friedrich Bürger?«

»Die Frau Stewardess steht in Verbindung mit den beiden.«

Gisela hatte sich auf Natascha Bogdanowa eingeschossen. Ihr Bauch sagte ihr, dass diese Frau mehr über die Morde wusste, als sie zugab. Wäre sie sonst auf Bürgers Hof gewesen?

»Wir müssen den Hof auf den Kopf stellen«, sagte sie mehr für sich. Lederer runzelte die Stirn.

»Sie war bei Bürger und hat irgendwas gesucht. Wir sollten rausfinden, was.«

»Wie wollen Sie etwas finden, wenn Sie nicht einmal wissen, wonach Sie suchen?«, fragte Lederer.

»Das ist mir zu rational«, erwiderte Gisela. »Sind Sie dabei?«

Natürlich war Lederer dabei. Schon allein, weil er befürchtete, dass Kollegin Wegmeyer Spuren übersehen könnte. Insgeheim verunsicherte ihn auch die Sorge, sie könnte womöglich einen wichtigen Hinweis ohne sein Zutun finden. In seiner ganzen Karriere war er keinem Konkurrenten begegnet, der ihm das Wasser reichen konnte. Gisela Wegmeyer war fachlich absolut unterqualifiziert, mit ihm mitzuhalten. Aber ihr Pragmatismus und ihre Menschenkenntnis waren durchaus eine Gefahr für sein Selbstverständnis als bester Ermittler Niederbayerns. Er fragte sich, ob das der Grund war, wieso er sie an seiner Seite duldete. Die Neugier zu sehen, wie sie mit diesem Fall auf der menschlichen Ebene umging.

Auf Bürgers Hof trieben sich ein paar Neugierige aus dem Dorf herum. Unter ihnen auch Michael Schleckinger und Anne Brunner mit ihrer Tochter Angelika.

Verwundert stieg Gisela aus Lederers Wagen.

»Was wird das denn?«, fragte sie in die Runde. Die Niedernussdorfer schauten etwas verdruckst.
»Wir haben vom Franz gehört, dass das Monster heut Nacht hier war«, ließ sich Michael vernehmen.
»Habt ihr das alle gehört?« Gisela fasste jeden Einzelnen ins Auge. Hie und da war ein Nicken zu sehen und ein bestätigendes Murmeln zu hören.
»Wir wollten eigentlich gar nicht herfahren, wir wollten in die Stadt, aber dann haben wir gesehen, was hier los ist, und haben kurz angehalten«, sagte Anne.
»Du willst nur nicht mit mir zum Einkaufen«, ätzte Angelika. Die Schwellung des Nasenpiercings war abgeklungen, das Näseln war geblieben. Anne ging darauf nicht ein.
»Mich tät halt schon interessieren, was passiert ist.« Ihr fragender Blick wurde von den anderen aufgenommen.
»Wir ermitteln in der Sache, und es ist zu früh, um etwas öffentlich zu machen. Eins kann ich euch aber mit Gewissheit sagen: Es gibt kein Monster. Die Rechtsmedizin hat Hinweise auf den Täter, die noch genauer analysiert werden müssen.«
Sie suchte in den Gesichtern der Anwesenden nach verräterischen Reaktionen. Möglicherweise war ja der Täter unter ihnen. Es war ein Schuss ins Blaue, und er traf nicht.
»Und jede Spur, die sich hier auf dem Hof finden lässt, wird durch eure Anwesenheit möglicherweise zunichtegemacht. Oder, schlimmer noch, einer von euch gerät ins Fadenkreuz, weil seine Spuren von der Kriminaltechnik mit dem Mord in Verbindung gebracht werden. Also, seid so gut und geht. Macht eure Arbeit, wir machen unsere.«

Zu Lederers Erstaunen gab es keinerlei Murren von der Gegenseite. Die Niedernussdorfer verließen den Hof, sie versuchten sogar, in einer Reihe zu gehen, um keine Spuren zu vernichten. Als zuletzt auch Michael Schlekinger verschwunden war, konnten sich Gisela und Lederer an die Arbeit machen. Sie betraten das Haus durch die Kellertür. Wie Richie und Schorsch in der Nacht zuvor, stießen Gisela und Lederer auf die drei offenen Türen. Bei der verschlossenen vierten holte Lederer Bürgers Schlüsselbund hervor und probierte die fünf Schlüssel daran durch. Keiner passte. Gisela spähte durchs Schlüsselloch. Alles war schwarz, nicht einmal der kleinste Lichtstrahl drang zu ihr. Vermutlich hatte der Raum kein Fenster. Ein merkwürdig beißender Geruch stieg Gisela in die Nase.
»Riechen Sie mal«, sagte sie zu Lederer. Der schnupperte an dem Schlüsselloch.
»Putzmittel«, meinte er. »Wahrscheinlich handelt es sich um den Aufbewahrungsraum für Reinigungsmittel und Ähnliches.«
Er maß der Tür keine größere Bedeutung zu und stieg die Kellertreppe hinauf. Im Flur blieb er stehen und nahm das Umfeld in sich auf. Kein Hinweis, dass Schränke, Schubladen oder anderes durchsucht worden waren. In keinem Zimmer gab es Auffälligkeiten, die darauf hätten schließen lassen, was Natascha gesucht hatte. Die Stube, in der Gisela vergangene Nacht ihre beiden Mitarbeiter gefunden hatte, wirkte im Tageslicht vollkommen unscheinbar. Alles war an seinem Platz. Trotzdem nahm Gisela den Raum genauer unter die Lupe. Zumindest war sicher, dass Natascha hier gewesen war.

Während Lederer das angrenzende Wohnzimmer inspizierte, stellte sich Gisela in die Mitte der Stube und ließ ihren Blick herumwandern. Die Einrichtung war weniger steril als der Rest des Hauses, die Möbel waren aus unbehandeltem Holz, an den Wänden hingen ausgestopfte Kleintiere, von Wiesel über Eichhörnchen zu Waldkauz, der Kachelofen schien ein gut erhaltenes Stück aus dem 19. Jahrhundert zu sein. In einer Nische neben dem Ofen stapelten sich Birkenholzscheite. Gisela stutzte. Ein leichter Schatten an der Wand, wo das Ofenrohr verschwand, hatte ihre Aufmerksamkeit erregt. Sie untersuchte die Stelle genauer und entdeckte, dass das Rohr überhaupt nicht mit dem Schornstein verbunden war. Der Kachelofen war nur Dekoration.

Gisela öffnete den Brennraum. Der Boden war mit Asche bedeckt. Ganz gewiss war in diesem Ofen kein Holz verbrannt worden, Bürger musste die Asche nachträglich eingefüllt haben. Gisela wühlte in dem grauen Pulver. Danach zog sie die Aschenlade heraus. Die war halbvoll. Und auf dem Boden ertastete Gisela einen Schlüssel. Sofort erinnerte sie sich an die verschlossene Tür im Keller.

»Herr Lederer?«, rief sie durch das Haus. Der Hauptkommissar lugte aus dem Wohnzimmer. Gisela hielt den dreckigen Schlüssel in die Höhe.

Er passte. Gisela öffnete die Tür, der beißende Geruch wurde schlagartig intensiver. Lederer tastete nach dem Lichtschalter. Im kalten Licht der Neonröhre zeigte sich, dass der Raum ganz sicher nicht als Lagerraum für Putzmittel gedient hatte. In den Regalen an den Wänden lagerten verschiedenfarbige Plastikkanister, fein säuberlich mit handbeschrifteten Etiketten versehen.

»Benzin«, las Lederer vor. »Farbverdünner. Salzsäure.«
Gisela nahm die Behälter auf der gegenüberliegenden Wand unter die Lupe. *Jod* stand darauf und *Roter Phosphor.*

»Was will der mit dem Zeug?«, fragte sie.

»Drogen herstellen«, sagte Lederer. Er wendete sich Gisela zu. Sein Blick war ernst. »Eine Unmenge Drogen.«

Gisela durchlief ein Schauder. Lederer verließ ohne ein Wort den Raum.

Gisela eilte ihm nach. »Wo wollen Sie denn hin?«

»Es muss irgendwo eine Art Labor geben, in dem er das Zeug verkocht hat«, sagte Lederer.

»Ein Labor?«

»Ein Raum mit den Vorrichtungen für die Herstellung von Designerdrogen. Glaskolben, Bunsenbrenner, Destilliergeräte, Sie wissen schon, das ganze Arsenal.«

»Ich weiß gar nichts«, antwortete Gisela mit brüchiger Stimme. Sie fühlte sich wie mit einem Katapult in eine andere Realität geschleudert. Ihr Kopf war mit Watte gefüllt. So etwas konnte es doch in ihrem Niedernussdorf gar nicht geben. Sie folgte Lederer mit wackligen Beinen. Der Straubinger schoss ins Freie. Die kühle Luft löste Giselas Unwohlsein etwas auf. Trotzdem blieb ein mulmiges Gefühl zurück, das sie an die Verwirrung und Orientierungslosigkeit erinnerte, die sie nach dem Tod ihrer Mutter erfahren hatte. Es war der Schock, der sie im Griff hatte.

Lederer stand mitten im Hof, sah sich um.

»Wo würden Sie ein Labor einrichten?«, fragte er Gisela.

»So was würde mir im Traum nicht einfallen.«

»Sie kennen sich mit Bauernhöfen aus. Wo wäre ein guter Platz, um ungestört und im Verborgenen zu arbeiten?«

Gisela scannte den Hof ab. Sie deutete auf die Scheune neben dem Stall.

»Vielleicht da.«

In der Scheune standen zwei Zugmaschinen unterschiedlicher Größe, dahinter eine Federzinkenegge, ein Häufelpflug und eine Sämaschine. In der hintersten Ecke war ein gemauerter Raum mit einem schmalen Fenster. Darin entdeckten die Polizisten ein Feldbett, einen Kühlschrank und eine Dusche. Lederer stampfte mit dem Fuß mehrmals auf, aber der Boden war massiv. Gisela inspizierte den Kühlschrank. Er war randvoll mit Energy Drinks und Schokoriegeln.

»Wenn hier noch ein Computer wär, würd ich sagen, das ist ein Kinderzimmer«, meinte sie.

»Auf jeden Fall ist es kein Labor.«

Die beiden durchkämmten den Rest des Hofes, aber nirgends fand sich ein Raum, wie Lederer ihn suchte. Schließlich informierte er die Kriminaltechnik, damit die Chemikalien konfisziert würden.

Während des Telefonats tuckerte ein Lastwagen mit Hänger auf den Hof. Auf der Ladefläche des Hängers stand ein kleiner Bagger. Gisela erkannte den Bleichling wieder, der schon die toten Schweine auf Hias' Hof entsorgt hatte.

Hias' Hof!

Gisela baute sich vor Lederer auf und versuchte, seine Aufmerksamkeit auf sich zu ziehen.

»Wir müssen zum Hof vom Hias.« Sie flüsterte diesen Satz unhörbar, um das Telefonat nicht zu stören. Ihre

Lippen formten jede Silbe übertrieben, damit Lederer sie auch verstand. Das tat er leider nicht. Auf ihn wirkte sie wie ein uniformierter Goldfisch, der an der Scheibe des Aquariums saugte. Er wendete sich ab, um sich auf seinen Gesprächspartner zu konzentrieren.

Gisela umrundete ihn, stellte sich in sein Sichtfeld. Sie deutete mit der Hand über die Hügel, wo Hias' Hof lag.

»Vielleicht finden wir beim Hias was«, raunte sie, diesmal vernehmbarer.

Lederer stockte in seinem Gespräch. Er deckte das Mikro des Handys mit dem Daumen ab.

»Sie sehen schon, dass ich telefoniere, oder?«, schnauzte er sie an.

»Aber es ist wichtig. Das Labor muss doch nicht hier sein, oder? Vielleicht haben die das Zeug hier nur gelagert, aber ganz woanders zusammengemischt.«

Lederer starrte Gisela ohne ein Wimpernzucken an.

»Ich mein, man legt ja nicht alle Eier in einen Korb, oder? Ist doch viel unauffälliger, wenn Zutaten und Küche getrennt sind«, sagte sie. »Wenn der Hias nicht auch gestorben wär, wär nie jemand auf diesen Gedanken gekommen, oder?«

Lederers Daumen gab das Mikro wieder frei.

»Ihr kümmert euch so schnell wie möglich darum. Servus.«

Er beendete den Anruf, eilte zum Mercedes.

»Sie bleiben hier und passen auf, dass der Typ da«, er deutete auf den Bleichling, der die Rampe des Hängers für den Bagger vorbereitete, »keinen Blödsinn macht.«

Gisela zog ihr Handy heraus, folgte Lederer.

»Von wegen. Das soll einer meiner Leute machen. Ich

bin schließlich drauf gekommen, dann möcht ich auch sehen, was dabei rauskommt.«

Lederer hielt sich mit einer Antwort zurück. Gisela war ohnehin bereits dabei, Schorsch zu instruieren, zum Bürgerhof zu fahren und das Wohnhaus vor unberechtigtem Zutritt zu sichern. Um ganz sicherzugehen, dass der Bleichling nicht herumschnüffelte, gab sie ihm einen warnenden Wink.

»Sie machen Ihre Arbeit, sonst nichts, ist das klar?«

Sie schlüpfte auf den Beifahrersitz des Mercedes und sah, wie der Bleichling ihnen verwirrt nachschaute.

Die Novembersonne warf bereits lange Schatten, als Lederer den Mercedes auf Hias' Hof lenkte. Die heruntergekommene Scheune stach den beiden Polizisten sofort ins Auge. Anders als bei Bürger standen hier keine landwirtschaftlichen Geräte herum, überall stapelten sich leere, dreckige Plastikflaschen. Durch einige gebrochene Bretter in der Wand drang Tageslicht herein, in dessen fahlem Schein sie sahen, dass es hier keinen gesonderten Raum gab. Alles wirkte verwittert und verwahrlost.

Gisela wollte die Scheune verlassen, doch Lederer bückte sich und nahm mit spitzen Fingern eine der Flaschen auf. Er schnupperte daran, und sein Schnauzer verzog sich angeekelt nach unten.

»Was ist?«, fragte Gisela.

»Die Flaschen sind mit Kot eingeschmiert worden.«

Gisela roch den Gestank wie auf Knopfdruck. Mehr denn je wollte sie raus aus der Scheune.

»Das hier dient der Ablenkung«, sagte Lederer und deutete auf die Halde. »Von Spürhunden. Er hat was zu verstecken.«

»Wollen Sie da jetzt drin rumwühlen?«, fragte Gisela. Eine Antwort erübrigte sich, Lederer schob die Flaschen bereits mit den Füßen links und rechts zur Seite. Eine Sisyphusarbeit, denn kaum waren einige verräumt, nahmen andere herunterpurzelnde Flaschen deren Platz ein.
»Schauen Sie doch mal, ob Sie eine Schaufel finden«, bat Lederer. Gisela verließ, erleichtert, den Gestank hinter sich zu lassen, die Scheune. »Zwei«, rief ihr Lederer nach.
Sie trugen mit schwungvollen Bewegungen die Halde ab. Gisela hatte den Rollkragenpullover über die Nase gezogen, während Lederer durch den Mund atmete. Nachdem sie fast die Hälfte des Mülls zur Seite geschafft hatten, stießen sie auf Holzbohlen, die ein Loch im Boden bedeckten. Gemeinsam hoben sie die Bretter weg. Darunter kam eine kleine Leiter zum Vorschein, die in einen niedrigen Raum führte. Dort lagerten mehrere Regenfässer mit Deckel. Gisela und Lederer kletterten hinunter. Der Straubinger öffnete eines der Fässer. Es war bis zur Hälfte mit Schmieröl gefüllt.
»Na, sauber.« Gisela kümmerte sich um das nächste Fass. Auch hier bis zur Hälfte Schmieröl. Sie drehte sich zu Lederer um und erstarrte vor Überraschung. Lederers rechter Arm steckte bis zur Schulter im Fass.
»Hat Ihnen der Gestank den Verstand benebelt?«, entfuhr es ihr. Mit einem Lächeln zog er den Arm aus dem Öl. Die zähe Flüssigkeit tropfte wie Honig von seiner Jacke. In der Hand hielt er eine kleine transparente Tüte mit Zipverschluss. Durch die grünliche Schmiere präsentierte sich eine Pistole. Gisela klappte den Mund zu.
Nachdem sie alle sechs Fässer durchsucht hatten, lagen

fünf Pistolen, zwei abgesägte Schrotflinten, zwei Kalaschnikows und achthundert Schuss Munition vor der Scheune.
Fassungslos stand Gisela vor dem Waffenarsenal. Sie konnte den Anblick weder mit Hias noch der idyllischen Umgebung in Einklang bringen.
»Das gibt's doch nicht«, murmelte sie. »Das kann doch nicht wahr sein.«
»Das sind Kriegswaffen«, erklärte Lederer unnötigerweise. »Für den Hausgebrauch waren die sicher nicht bestimmt.«
»Sie meinen, der Hias hat mit Waffen gehandelt?«
»Unter anderem.«
Gisela schaute Lederer erstaunt an.
»Ich denke, dass Ihre Vermutung, dass er und Bürger mit den Drogen unter einer Decke gesteckt haben, richtig ist.« Er machte eine Kopfbewegung zu den Waffen. »Damit verdient man kein Geld, jedenfalls nicht so viel, wie er hatte.«
Sein Blick glitt über den Schweinestall zum Haupthaus.
»Ich denke nicht, dass wir das Labor hier finden. Er hat so viel Vorsicht bei den Waffen walten lassen, da wird er uns nicht den Gefallen tun, bei den Drogen nachlässiger zu sein. Gibt es noch eine andere Örtlichkeit, an der die Herren Berger und Bürger ihren illegalen Tätigkeiten nachkommen konnten?«
Gisela schüttelte spontan den Kopf. »Nicht, dass ich wüsste.«
Sie hielt inne. Das Bild des Schuppens am Grenzberger Weiher blitzte auf. Unwahrscheinlich, denn er gehörte der Wasserwacht. Doch ihr kam der Gedanke, dass Bür-

ger und Berger sich in jener verschneiten Nacht zum Kochen von Drogen verabredet hatten. Es ging möglicherweise gar nicht um Sex. Das würde das Waschbenzin im Korb des Fahrrads erklären.

Die Dämmerung tauchte Niedernussdorf in fahles Licht und ließ es schnell kalt werden. Der Grenzberger Weiher war teilweise zugefroren, eine Entenfamilie planschte nahe am Ufer herum. Lederer schenkte dem Geflügel nur einen kurzen Blick.

»Und wo wollen Sie jetzt anfangen zu suchen?«, fragte er.

Gisela deutete auf den Baum, an dem Bürgers Fahrrad gelehnt hatte.

»Da drüben hat er sein Fahrrad abgestellt. Ich denk mal, dass Berger auch immer mit dem Fahrrad herkam, mit dem Auto geht hier ja gar nichts. Der Bürger hat ihm die Chemikalien übergeben, und dann ist der Hias damit zu seinem Labor gefahren.«

Lederer hatte mit unbewegter Miene zugehört.

»Warum hat er das Waschbenzin hierhergebracht? Das hätte er ihm doch auf den Hof liefern können?«

Stimmt.

»Dann ist er damit hergekommen, weil er zusammen mit dem Hias zum Labor wollte. Ist es einfacher, allein oder zu zweit die Drogen herzustellen?«

»Es ist immer leichter zu zweit.«

»Gehen wir einfach mal davon aus, dass der Hias sich das Zeug nicht auf seinen Hof liefern lassen wollte, also hat er den Bürger hierherbestellt. Er hat die Zutaten übernommen und sich dann auf zum Labor gemacht.«

»Das über Strom verfügen müsste. Ein Generator fällt

aus, der Lärm würde womöglich Aufmerksamkeit erregen«, führte Lederer aus.
Gisela schloss die Augen, um die Gegend um den Weiher zu visualisieren. Der Schuppen der Wasserwacht hatte Strom, die Laternen an der Zufahrtsstraße ebenfalls, Richtung Wald gab es im engeren Umkreis weder Gebäude noch Einrichtungen, die Strom benötigten. Gisela flog im Geiste über die Niedernussdorfer Landschaft. Da war der Bach, der den Wald zerschnitt, die Futterkrippen, das Warnschild an der Schlucht einen Kilometer vom Weiher entfernt. Der Stollen dort war einsturzgefährdet. Er war während des Zweiten Weltkriegs angelegt worden, die Bauern hatten sich dort vor den Alliierten versteckt, Jakob hatte ihr davon erzählt, bis zu fünfzig Menschen waren dort wochenlang untergeschlüpft. Gisela öffnete die Augen, ihr Blick war klar.
»Im Stollen kann er ungestört arbeiten, auch mit Generator.«
Lederer verstand kein Wort, doch als sie bei der Schlucht mit dem Warnschild und dem überwucherten Eingang zum Stollen ankamen, zollte er Gisela Respekt. Gisela wollte die genauere Untersuchung aufgrund der Dunkelheit verschieben, aber Lederer hatte Blut gewittert, und sein Jagdinstinkt wurde noch gesteigert, als er bemerkte, dass zwei der Eisenstäbe, die den Eingang vor unbefugtem Zutritt sichern sollten, abgesägt und zur Tarnung wieder eingesetzt worden waren. Einem flüchtigen Blick würde dieser geheime Zugang nicht auffallen.
Nachdem Lederer die Gitterstäbe entfernt hatte, quetschten er und Gisela sich durch den Spalt ins Innere des Stollens. Die Wände und der Boden waren vermoost und

rutschig wie eine Eisbahn. Es ging leicht bergab, und Gisela beschlich die Angst, unversehens in einen bodenlosen Abgrund zu fallen. Das Licht einer Taschenlampe vertrieb die Dunkelheit und Giselas Befürchtung. Lederer hatte seine Mag-Lite hervorgeholt. Wahrscheinlich hatte er ein ganzes Survivalpaket in den Tiefen seines Ledermantels versteckt.

Die beiden schlitterten mehr, als dass sie gingen. Nach einigen Metern wurde die Neigung des Bodens zunehmend schwächer, bis er eben verlief. Vor ihnen tat sich eine Öffnung auf. Es war der Zugang zu einer Erdkammer, die etwa zehn Quadratmeter maß. Wände und Decke wurden von halbverfaulten Balken gestützt. In der Mitte des Bodens war eine Mulde, die mit Asche gefüllt war. Drum herum leere Dosen von Energydrinks und abgenagte Knochen. Zerschlissene Sitzkissen und verfilzte Decken gaben dem Ganzen einen Anstrich von Wohnzimmer. Ein Drogenlabor sah anders aus. Das musste auch Lederer zugeben.

»Scheint eher eine Art Räuberhauptquartier zu sein«, sagte Gisela, während Lederer die Höhle nach weiteren Öffnungen absuchte. Vergebens. Es gab nur diesen einen Raum. Auf der einen Seite war Gisela enttäuscht, dass sich ihre Vermutung nicht bestätigt hatte, auf der anderen Seite erleichtert, weil so immer noch die Möglichkeit bestand, dass Lederers Hypothese von der Drogenfabrik falsch war. Leider ließ sich das Waffenarsenal nicht leugnen. In irgendwelche dunklen Machenschaften war Hias auf jeden Fall verstrickt gewesen. Ebenso Friedrich Bürger. Und das Bindeglied zwischen den beiden war Natascha Bogdanowa. Aber welche Rolle spielte sie?

Richie war gerade dabei, die Dienststelle zuzusperren, als eine abgerissene Gestalt auftauchte. Es war Günther Bernt, der kindliche Hüne mit dem Hörgerät. Seine Kleidung war an vielen Stellen zerrissen, er hatte Schrammen im Gesicht, die Augen waren rotgeweint. Er wollte sprechen, doch seiner Kehle entkam nur ein hilfloses Schluchzen. Er war schon immer nah am Wasser gebaut gewesen, selbst mit knapp fünfundfünfzig konnte er noch heulen wie ein Kleinkind.

Richie sperrte wieder auf und schob ihm einen Stuhl hin.

»Was ist denn mit dir passiert?«

Günther gab undeutliche Laute von sich, unter dem Stammeln und Jammern meinte Richie den Namen Wastl herauszuhören.

»Ist was mit dem Wastl?«

Ein Aufheulen bestätigte, dass er recht hatte.

»Was ist denn mit ihm?«

Günther brachte kein Wort mehr hervor, seine Brust hob und senkte sich spastisch. Richie holte aus und knallte ihm eine. Günther riss die Augen auf, schaute Richie erstaunt an. Er rieb sich die gerötete Backe.

»Sag einmal, spinnst du?«, schrie er.

»Schau, jetzt kannst wieder reden«, meinte Richie zufrieden.

Günther ließ seinen Unterkiefer etwas kreisen, um zu sehen, ob er verletzt war.

»Also, was ist mit dem Wastl?«, fragte Richie. Günther sog die Luft ein, seine Mundwinkel fielen nach unten. Richie hob warnend den Finger.

»Wenn du noch mal zu heulen anfängst, bleibt's nicht bei einer Watschn, das versprech ich dir.«

»Der Wastl ist nicht nach Hause gekommen«, presste er heraus. Die Kraftanstrengung, die Tränen zurückzuhalten, nahm ihm schier die Luft. »Ich hab ihn den ganzen Tag gesucht, ich war überall, ich bin sogar bis nach Grünharding.« Er brach ab, presste die Lippen aufeinander.
»Du bist doch letzte Nacht hinter ihm hergelaufen. Warum ist denn der so los?«
Günther zuckte mit den Schultern. »Irgendwas muss er gewittert haben. So aufgeregt hab ich den schon lange nicht mehr erlebt.«
»Hast du gesehen, hinter was er her war?«
Günther schüttelte den Kopf. »Er ist in den Wald rein und ich hinterher. Aber irgendwann hab ich ihn aus den Augen verloren. Und sein Bellen ist dann auch plötzlich weg gewesen.«
Die Tränen rannen ihm über das Gesicht. Die Unterlippe bebte, seine Hände verkrampften sich vor Seelenschmerz.
»Ich hab ihn zuletzt in den Himbeersträuchern gesehen«, sagte er mit schwacher Stimme.
»Und du hinterher, so wie du ausschaust.«
Günther schniefte, wischte sich die Wangen trocken.
»Was soll ich denn machen? Ich hab doch sonst niemanden mehr«, weinte Günther. »Und darum will ich eine Suchanzeige aufgeben.«
Richie legte seine Hand mitfühlend auf Günthers Schulter.
»Das machen wir, und ich versprech dir, wir finden deinen Wastl.« Er kniete sich vor ihn hin und umarmte ihn tröstend.
Gisela und Lederer kamen herein. Sie hielten inne, als

sie den aufgelösten Günther und Wachtmeister Hafenrichter in liebevoller Umarmung sahen.

»Er … er hat seinen Hund verloren«, stotterte Richie und trat ein paar Schritte zurück.

»Den Wastl?«, fragte Gisela. »Wie das?«

»Ich war mit ihm spazieren«, sagte Günther gedehnt, während er über eine Ausrede nachdachte. Er wollte nichts von der Nacht auf Hias' Hof erzählen. Natürlich ließ sein Zögern Gisela ahnen, dass er bei der Saubärenjagd dabei gewesen war. Sie hatte nach der Unterredung mit Schorsch und Richie zwar nur erfahren, dass Franz Kramer beteiligt war, aber wo ein Stammtischler auftauchte, waren seine Kollegen nicht weit.

»Und dann ist er dir davongelaufen«, beendete sie seinen Satz. Günther nickte.

»Er möchte eine Suchanzeige aufgeben«, sagte Richie. »Ich wollt die gerade aufnehmen.«

»Bei einem entlaufenen Tier besteht für die Polizei wahrlich kein Handlungsbedarf.« Lederer strafte Richie mit einem kalten Blick ab. »Ein Tier ist eine Sache und fällt somit nicht in unseren Zuständigkeitsbereich.« Er wendete sich an Günther. »Hängen Sie Zettel aus, es wird sich schon jemand melden, der Ihren Wasti gesehen hat.«

»Der Wastl«, Richie betonte den Namen, »ist keine Sache, das ist ein Lebewesen. So wie Sie und ich.«

»Wie Sie vielleicht, nicht wie ich«, entgegnete Lederer.

Richie machte einen bedrohlichen Schritt nach vorne. Gisela stellte sich dazwischen.

»Das ist jetzt ja wohl nebensächlich.« Sie schaute Günther an. »Beim Spaziergehen, hast du da eine Waffe dabeigehabt?«

Günther warf einen kurzen Blick zu Lederer.

»Der ist einer von uns«, sagte Gisela. »Also, hast du oder hast du nicht?«

»Seit wann ist das einer von uns?«, funkte Richie dazwischen.

»Ich habe mit Ihrer Vorgesetzten eine Vereinbarung für die Dauer der Ermittlungen getroffen. Wenn sie Ihre Mutter ist, bin ich ab jetzt Ihr Vater«, sagte Lederer.

»Dann würd ich mich gern zur Adoption freigeben lassen«, versetzte Richie. Lederer hatte dafür nur ein müdes Lächeln übrig.

»Wenn ihr eure Familienstreitigkeiten austragen wollt, dann geh ich mal.« Günther wollte sich davonstehlen.

»Du gehst erst, wenn du meine Fragen beantwortet hast«, pfiff Gisela ihn an. Sie deutete auf den Stuhl. Ergeben setzte sich Günther wieder.

»Also?« Giselas Blick war scharf wie eine Rasierklinge und fuhr Günther langsam über die Kehle, so dass der sich räuspern musste.

»Ich hab ein Gewehr dabeigehabt.«

»Was für ein Gewehr?«

»Na ja, ein Gewehr halt.« Günther schaute hilfesuchend zu Richie, doch der antwortete nur mit einem entschuldigenden Blick.

»Es gibt verschiedene Arten von Gewehren«, fuhr Gisela fort.

»War es ein Jagdgewehr, eine Schrotflinte, eine halbautomatische Waffe?«, hakte Lederer nach.

»Was ist denn eine halbautomatische Waffe?«, fragte Günther.

»Eine Waffe, bei der nach Abgabe eines Schusses die

nächste Patrone automatisch nachgeladen wird. Und wenn Sie dann den Abzug drücken, passiert dasselbe noch einmal.«

»Dann … dann ist das so was«, murmelte Günther.

In Lederers Gesicht stand Entsetzen. »Haben Sie eine Waffenbesitzkarte oder einen Waffenschein?«

Günther schüttelte den Kopf.

»Haben Sie sonst eine behördliche Berechtigung, so eine Waffe zu führen?«

Günther schüttelte den Kopf.

»Wo hast du die denn her?«, fragte Gisela.

Günther zog die Unterlippe ein, senkte den Blick.

»Vom Hias?« Gisela stützte sich mit den Händen auf die Armlehnen des Stuhls. Ihr Gesicht war dicht vor dem von Günther. »Hat der Hias dir die Waffe verkauft?«

Günther nickte, ohne den Kopf zu heben. Lederer stieß einen ungläubigen Ton aus. Er fuhr sich fassungslos durch die Haare.

»Wem hat er sonst noch Waffen verkauft?«, wollte Gisela wissen.

Angespannte Stille erfüllte den Raum. Günther schaute Gisela aus ängstlich glitzernden Augen an.

»Das kann ich nicht sagen«, flüsterte er.

»Warum? Weil du's nicht weißt oder weil du niemanden hinhängen willst?«

»Ich … ich weiß es nicht.« Er lief dabei so rot wie eine Erdbeere an.

»Gut.« Sie wendete sich an Richie. »Du holst mir alle, die bei dem Spaziergang dabei waren, hierher.«

»Jetzt?«

»Morgen. Aber jeden. Du weißt, wen ich meine.«

»Jawohl.«
»Und du stehst als Erster auf der Matte, verstanden?«, sagte sie zu Günther. Der nickte.
»Kann ich jetzt gehen?«
»Ja«, sagte Gisela knapp.
»Moment, nicht so schnell«, schaltete sich Lederer ein. »Erst werden Sie die Anzeige aufnehmen.«
»Ah ja, das mit dem Hund hätt ich fast vergessen«, erwiderte Gisela.
»Ich red nicht von dem Hund, ich red von der halbautomatischen Waffe«, schrie Lederer. Anklagend stieß sein Zeigefinger gegen Günther vor. »Dieser Mann hat sich einer Straftat schuldig gemacht, und ich habe nicht vor, ihn einfach gehen zu lassen.«
»Jetzt hören Sie mal auf, das bringt uns doch überhaupt nicht weiter«, fuhr Gisela ihn an.
Lederer wurde zur Salzsäule, sein Arm war immer noch ausgestreckt. Er bemühte sich um Haltung, innerlich ärgerte er sich, dass er so unbeherrscht gewesen war.
»Wir sehen uns morgen«, sagte Gisela zu Günther, der erleichtert aus dem Stuhl hochschoss.
»Halt!«, donnerte Lederer. Er ließ seinen Arm sinken. Er musste seine Autorität wahren. »Wenn Sie zur Befragung kommen, geben Sie die Waffe hier auf der Dienststelle ab, damit das klar ist.«
Günther nickte gehorsam, suchte schleunigst das Weite.
»Ich geh dann auch mal«, sagte Richie.
»Ich möchte, dass alle Zeugen ihre Waffen mitbringen. Sie sind persönlich dafür verantwortlich.«
Richie bedachte den Straubinger mit einem müden Blick, brummte etwas in seinen Bart und verließ die Dienststelle.

»So, und was machen wir zwei Hübschen?« Gisela schaute Lederer fragend an. Sie tat so, als wäre alles in bester Ordnung. Sie hatte keine Lust auf weitere Wutanfälle. Lederer schüttelte kurz den Kopf, als müsste er sich von einem Schwindel befreien.

»Wissen Sie, so geht das nicht«, begann er.

»Nur so geht's«, unterbrach sie ihn. »Mit Drohungen und Anzeigen kommen Sie hier nicht weit. Da werden die Leute nur stur und dickschädlig.«

»Das mag ich bezweifeln. Niemand geht gerne ins Untersuchungsgefängnis, schon gar nicht, wenn er keinerlei Erfahrung damit hat. Die Leute haben düstere Vorstellungen von einem Gefängnis, und das ist gut so.«

»Wieso glauben Sie, dass Angst ein stärkerer Verbündeter ist als Freundlichkeit?«

»Schauen Sie sich doch um. Freundliche Menschen kommen nicht weit. Wenn jemand Angst hat, wird er alles tun, was Sie von ihm verlangen.«

»Möchten Sie in so einer Welt leben?«

Lederer lachte auf. »Wir leben bereits in so einer Welt, Frau Kollegin. Auch wenn Sie vielleicht glauben, Niedernussdorf sei eine Ausnahme.«

Gisela war nicht so naiv, wie Lederer es hinstellte. Sie wusste, dass Angst als Druckmittel in allen Lebensbereichen eingesetzt wurde. Von der Wirtschaft über die Politik bis in die Familie. Kinder wurden gefügiger, wenn man ihnen mit Strafe drohte. Letztendlich war das aber zu kurzfristig gedacht, Angst wurde immer zum Bumerang. Der Druck, dem man ausgesetzt war, suchte sich einen Weg, um zu entweichen. Und meist traf es dann den Verursacher.

Gisela erzählte Ludwig von ihrem Arbeitstag und der Zusammenarbeit mit Lederer.

»Den wirst du nicht mehr umprogrammieren können, der ist schon fertig konfiguriert«, meinte er. »Ich hoff nur, dass er schlau genug ist, auf dich zu hören.«

»Wenn ich denn was zu sagen hätte«, seufzte sie. »Aber im Moment haben wir keinerlei konkrete Hinweise, außer einem Haufen Spinner, die einem Fabelwesen nachjagen.«

»Vielleicht ist's ja gar kein Fabelwesen«, sagte Ludwig.

Gisela schaute ihn schief an. »Fängst du jetzt auch noch an damit.«

Ludwig grinste breit, was ihm immer das Aussehen eines Lausbuben gab.

»Der Straubinger hat doch gemeint, es könnt jemand sein, der als Perchte durch die Gegend läuft.«

»Perchten hat's bei uns noch nie gegeben, das hat gar keine Tradition hier.« Sie schüttelte den Kopf. »Und überhaupt, wieso bringt der zwei Menschen um und dann noch auf so grausame Art und Weise.« Sie schauderte, wenn sie an die Toten dachte.

»Aber der Saubär ist es nicht, da sind wir uns einig, oder?«

Gisela nickte.

»Gut«, fuhr Ludwig fort, »dann muss man sich doch fragen, wer zu so was fähig ist. Von den Leuten aus der Gegend, mein ich.«

»Keiner.« Ihre Antwort kam so schnell, dass sie spürte, wie sehr ihr der Gedanke, der Mörder könnte aus Niedernussdorf kommen, zuwider war. »Also, ich kenn jedenfalls niemanden, dem ich das zutrauen würde.«

»Du hättest dem Hias ja auch nicht zugetraut, dass er mit Waffen handelt und Drogen herstellt.«
»Das mit den Drogen ist noch nicht raus«, erwiderte sie.
»Mach die Augen auf, Gisela«, sagte Ludwig eindringlich. »Was die letzten Tage passiert ist, ist so ungewöhnlich, dass du es aus deinem Blickwinkel nicht richtig wahrnehmen kannst. Alles, was du über dich, mich, Niedernussdorf weißt, musst du in Frage stellen. Nur so kommst du in dem Fall vorwärts.«
Gisela starrte Ludwig mit offenem Mund an.
»Soll das heißen, ich bin engstirnig?«, fragte sie schließlich.
Ludwig wiegte den Kopf leicht hin und her. »Ich hätt gesagt, voreingenommen.« Sein Blick war offen. »Ich hab dir doch mal von meinem Deutschlehrer in der Achten erzählt.«
»Ja, der, der euch auf die Tische hat steigen lassen, damit ihr einen anderen Blick auf die Welt kriegt.« Sie grinste. »Du hast trotzdem immer nur Fünfer geschrieben.«
»Er hat das auch nicht wegen der Noten gemacht, er wollte, dass wir lernen, anders zu denken. Und das hab ich mir gemerkt.«
»Und jetzt bist du Schulabbrecher und Versicherungsvertreter«, sagte Gisela. Schnell küsste sie ihn, überrascht, wie hart ihre Worte geklungen hatten.
Ludwig erwiderte den Kuss mit einem Lächeln. »Beides meine Entscheidungen.«
Gisela drückte sich an ihn, atmete tief durch, sog seinen Duft ein, der ihr immer das Gefühl gab, in Sicherheit zu sein.
»Kannst du mit dem Lederer auch mal so reden?«

Ein Lächeln huschte über Ludwigs Gesicht.
»Ganz sicher nicht. Der ist mir nämlich nicht wichtig.«
Diese Nacht machte Gisela kein Auge zu. Die Worte Ludwigs schwirrten wie wildgewordene Satelliten durch ihren Kopf. Das Ganze aus einem anderen Blickwinkel betrachten. Leicht gesagt. Es würde nicht reichen, auf einen Tisch zu steigen, sie müsste einen Berg erklimmen, um ihre alte Welt neu sehen zu können.
Lederer wartete bereits frisch geduscht und geföhnt vor der Dienststelle, als Gisela ankam. Breitbeinig, die Hände in den Manteltaschen, wirkte er wie ein Cowboy, bereit zum Duell. Gisela verspannte sich unwillkürlich.
»Guten Morgen«, sagte Lederer höflich.
»Morgen.« Gisela fummelte ihren Schlüsselbund mit einer Hand heraus. Mit der anderen Hand trug sie eine volle Einkaufstüte. Sie hatte den verkaufsoffenen Marktsonntag genutzt, um Nachschub für die Kaffeemaschine und Kekse für die Schubladen ihrer Mitarbeiter einzukaufen.
»Ich hab über Ihre Worte von gestern nachgedacht«, sagte er.
»Aha.« Die beiden betraten die Dienststelle. Gisela machte Licht.
»Ich werde versuchen, mich den Gegebenheiten anzupassen«, ergänzte er.
Gisela schaltete die Kaffeemaschine ein, fuhr den Computer hoch und stellte das Telefon wieder von Straubing auf Niedernussdorf um.
»Wie meinen Sie das?«, fragte sie.
»So wie ich es gesagt habe. Sie sind hier etwas ab vom Schuss, die Verhaltensweisen der Bewohner unterschei-

den sich in vielerlei Hinsicht von denen anderer Landstriche, das werde ich bei meiner Arbeit alles berücksichtigen.«

Gisela schaute ihm forschend ins Gesicht. Sie suchte nach einer Spur Ironie, aber er meinte es ernst. Er hielt die Niedernussdorfer für Hinterwäldler, die mit normalen zivilisatorischen Maßstäben nicht zu messen waren. Es musste ihn einige schlaflose Stunden gekostet haben, sich zu diesem Entschluss durchzuringen. Sie konnte die dunklen Täler unter seinen Augen erkennen, die den ihren in keinster Weise nachstanden.

»Schön«, meinte sie und füllte Kaffeepulver in den Filter. »Und ich werde berücksichtigen, dass Ihre Vermutungen wahrscheinlich richtig sind.«

Lederer setzte sich auf den Schreibtisch, den sich normalerweise Richie und Erwin teilten. Er verschränkte abwartend die Arme.

»Es übersteigt zwar meine Vorstellungskraft, dass hier bei uns mit Waffen und Drogen gehandelt wird, aber anscheinend fehlt's mir als Hinterwäldlerin da an Fantasie.«

»Umso wichtiger ist es, dass wir die zur Befragung eingeladenen Männer nicht mit Samthandschuhen anfassen«, sagte er.

Gisela atmete tief ein, nickte.

Günther stand Punkt neun auf der Matte. Gisela führte ihn in ihr Büro, wo Lederer bereits wartete. Günther wurde blass, als er den Hauptkommissar sah.

»Keine Angst, ich fress Sie nicht«, sagte Lederer und bemühte sich um Jovialität. Er schob Günther den Besucherstuhl zurecht, Gisela servierte Kaffee.

»Noch einen Keks dazu?«, erkundigte sich Lederer.

»Jetzt übertreiben Sie mal nicht«, flüsterte Gisela, während sie um den Tisch herum zu ihrem Stuhl ging. Sie schaltete ein Diktiergerät ein, stellte es vor Günther auf. Die beiden Polizisten nahmen Platz. Sie schauten Günther an, der die Tasse zitternd zum Mund führte und daran nippte. Nervös zuckte sein Blick immer wieder zu dem Diktiergerät.

»Schmeckt's?«, fragte Lederer.

Günther nickte in Zeitlupe. Der Straubinger wurde ihm mit jeder Höflichkeit unheimlicher.

»Du weißt ja, warum wir hier sind«, begann Gisela die Befragung. »Uns interessiert vor allem, ob du weißt, mit wem der Hias zusammengearbeitet hat.«

»Bei den Schweinen?«

»Bei den Waffen«, entgegnete Gisela.

Günther nahm noch einen Schluck Kaffee. Die rechte Schulter zuckte hoch.

»Keine Ahnung.«

»Ist Ihnen bekannt, woher Matthias Berger die Waffen hatte?«, fragte Lederer.

Günther schüttelte den Kopf.

»Haben Sie ihn diesbezüglich nicht gefragt?«

»Wieso denn? Das geht mich doch nichts an.« Günthers Blick schwenkte von Lederer zu Gisela. »Da hätt ich mich doch sonst zum Mitwisser gemacht, oder?«

»Weißt du, ob der Hias und der Friedrich Bürger was miteinander zu tun hatten?«, fragte sie.

»Was sollen die denn miteinander zu tun haben?«, entgegnete er neugierig.

»Wir stellen hier die Fragen«, sagte Lederer scharf. Kurz

glaubte Gisela, er würde in sein altes Verhalten zurückfallen und sich Günther zur Brust nehmen. Doch im nächsten Moment lächelte Lederer versöhnlich.
»Wir ermitteln in zwei Mordfällen und suchen nach einer Verbindung, und wenn Sie uns da behilflich sein könnten, würden wir das sehr zu schätzen wissen.«
Günther schniefte, trank seine Tasse aus, hielt sie aber weiter wie einen schützenden Schild in den Händen.
»Ich weiß sonst nichts«, sagte er.
Lederer fixierte ihn, sein Unterkiefer schob sich nach vorne, er glich einem Piranha. Anstatt zuzubeißen, knirschte er mit den Zähnen.
»Danke, das war's«, sagte er.
»Wenn dir noch was einfällt, dann meldest dich, ja?«, wies Gisela Günther an. Der stand auf, hob schüchtern den Finger.
»Ähm, ich würd gern was fragen, geht das?«
Unsicher schaute er Lederer an, der eine einladende Geste machte.
»Das mit dem Wastl, kann ich jetzt eine Anzeige aufgeben?«
»Logisch. Der Schorsch macht das morgen«, sagte Gisela.
Ein kurzes freudiges Leuchten huschte über Günthers Gesicht. Er schüttelte Gisela zum Abschied die Hand. Lederer nahm nach kurzem Zögern ebenfalls die angebotene Hand. Kaum war Günther draußen, wischte Lederer sich die Handfläche an der Hose ab.
»Sie machen das wirklich gut, Herr Kollege«, grinste Gisela.
Lederer mahnte sie mit einem Blick, sich mit weiteren Kommentaren zurückzuhalten.

Richie hatte alle Stammtischler ordnungsgemäß herangekarrt. Rudi, der jüngste der Männer, rutschte auf dem Stuhl unruhig hin und her. Er konnte seine Augen gar nicht von dem Diktiergerät nehmen, dessen Pegel im Takt der Stimmen ausschlug.

»Ihre Waffe ist eine abgesägte Schrotflinte der Marke Remington. Haben Sie den Lauf gekürzt, oder wurde Ihnen das Modell so verkauft?«, fragte Lederer.

»Hm?« Rudis Kopf ruckte nach oben, um gleich darauf wieder zu dem Pegel zurückzuspringen.

»Hat Herr Berger Ihnen die Schrotflinte in ihrem jetzigen Zustand verkauft?«

»Mhm«, brummte Rudi.

»War das ein Nein oder ein Ja?«, hakte Lederer nach. Er beugte sich vor, um Rudi ins Gesicht zu sehen. Dessen kindliche Züge waren ständig in Bewegung. Entweder zwinkerte er mit den Augen oder blähte die Nasenflügel, zeitweise verschob sich auch seine ganze Mundpartie, als würde er auf zähem Fleisch herumbeißen. Und immer wieder zupfte eine Hand an seinem Ohrläppchen oder fuhr durch die spärlichen Haare.

»Hat dir der Hias gesagt, woher er die Flinte hatte?« Gisela sprach ganz langsam und deutlich. Rudi litt seit der Kindheit an einer Gleichgewichtsstörung, die Auswirkungen auf seine geistigen Fähigkeiten hatte. Seine Aufmerksamkeitsspanne reichte nicht mal für den Wetterbericht.

»Wir müssen wissen, wer seine Geschäftspartner waren«, sagte Gisela. Rudi lehnte sich vor. Gisela und Lederer taten es ihm gleich. Sie hofften, dass Rudi ihnen eine Antwort geben würde, wenn sie die Köpfe zusammensteckten.

»Haa-lloo«, sagte Rudi gedehnt. Entzückt beobachtete er den Pegelausschlag.

Gisela und Lederer sahen sich resigniert an. Sie wussten, aus Rudi würden sie keine verwertbare Information herausholen.

»Haaaa-lllllooooooo.« Diesmal dehnte Rudi das Wort ins schier Unendliche, bevor ihm die Luft ausging.

Kurt, ein spindeldürrer Riese mit hageren Gesichtszügen und Händen groß wie Suppenteller, war als Nächster an der Reihe. Er trug seinen besten Anzug, seine Schuhe waren blitzblank geputzt. Gisela vermutete, dass ihn seine Mutter für dieses Gespräch herausgeputzt hatte. Mit fünfzig wohnte er noch zu Hause, er war aber kein klassischer Nesthocker, sondern hatte nach dem Tod seines Vaters vor über zwanzig Jahren dessen Stelle eingenommen. Er arbeitete als Fahrer für eine Brauerei in der Nachbargemeinde und kümmerte sich ansonsten um seine Mutter, die nach zwei Hüftoperationen nicht mehr sehr mobil war. Kurt lehnte den angebotenen Kaffee dankend ab, er bemühte sich um einen freundlichen Ton, auch wenn ihm die Anspannung deutlich anzumerken war.

Zu der abgesägten Schrotflinte der Marke Remington, die auch er von Hias für zweihundert Euro erworben hatte, konnte er keine weiteren Angaben machen. Weder kannte er die Quelle, noch war ihm bewusst, dass es illegal war, diese Waffe zu besitzen. Lederers Miene blieb während der Aussage unbeweglich wie Stein. Als Gisela nach der Beziehung zwischen Hias und Bürger fragte, schüttelte er den Kopf und meinte, dazu wisse er nichts. Er schob dabei seine Hände unter die Oberschenkel, biss

sich auf die Unterlippe und wirkte wie ein riesiges Kind, das etwas ausgefressen hatte.
»Sie lügen«, warf Lederer ihm an den Kopf. Kurts Blick streifte Lederer verunsichert.
»Nein, wieso sollt ich lügen?«, protestierte er. Das klang so gespielt, dass auch Gisela hellhörig wurde.
»Wenn du lügst, dann machst du deine Situation nur schlimmer. Im Moment wärst du nur wegen illegalen Waffenbesitzes dran, wenn du aber unsere Ermittlungen absichtlich behinderst, dann machst du dich der Strafvereitelung schuldig. Da verstehen wir keinen Spaß.«
»Absolut keinen.« Lederer, der bisher am Fensterbrett gelehnt hatte, setzte sich vor Kurt auf die Schreibtischkante. »Wir werden das zur Anzeige bringen, und die Staatsanwaltschaft wird Sie vorladen, und falls Sie sich dann immer noch unkooperativ erweisen, werden Sie ein Gefängnis von innen kennenlernen.«
Seine Stimme klang nicht drohend. Er hielt sich an die Abmachung mit Gisela und hatte seine Worte mit Honig gesüßt. Trotzdem wurde Kurt blass. Sein Adamsapfel hüpfte aufgeregt, sein Blick suchte Hilfe bei Gisela. Die verschränkte die Arme, bedeutete ihm, dass sie auf Lederers Seite stand. Kurt räusperte sich, zog die Hände unter den Oberschenkeln hervor und verschränkte sie im Schoß.
»Ich hab mir vom Hias auch eine Tablette geben lassen«, flüsterte er mit gesenktem Kopf. Lederer und Gisela beugten ihre Köpfe nach vorne.
»Was war das?«, fragte Gisela.
»Also, weil ein Rezept hab ich dafür nicht bekommen«, sagte Kurt. Er schaute auf. »Und ich hab das nur einmal gemacht, öfters hab ich die eh nicht gebraucht.«

Gisela und Lederer wechselten einen verwirrten Blick.
»Was für eine Tablette meinen Sie denn?«, fragte Lederer.
Kurts Finger verbogen sich ineinander.
»Na ja, Sie wissen schon, wenn man will, aber man kann nicht.« Sein Blick war suggestiv.
»Viagra, meinen Sie?«
Kurt konnte sich nicht zu einem Nicken entschließen, stattdessen schaute er wieder auf seine Hände.
»Und die hast du vom Hias?«
Kurts rechte Schulter rutschte verlegen gegen das Ohr.
»Und was hat das mit Bürger zu tun?«
»Der Hias hat die vom Bürger gekriegt. Eine ganze Tüte voll. Wenn ich wollen hätt, hätt ich mehr haben können. Aber der wollt für eine zwanzig Euro.«
»Und woher hat der Herr Bürger diese Menge?«
Kurt zuckte erneut mit den Schultern.
»Für was hast du die denn gebraucht?«, fragte Gisela.
»Na, für was wohl?«, erwiderte Kurt.
»Ich mein, für wen?«
Kurt starrte Gisela mit offenem Mund an. Seine Hände wanderten wieder unter die Oberschenkel. Es war ihre persönliche Neugier, die sie diese Frage hatte stellen lassen. Sie wusste im gleichen Moment, dass sie darauf keine Antwort erwarten durfte. Bevor sie sich entschuldigen konnte, kam Lederer ihr zuvor.
»Meine Kollegin will wissen, ob die Anwendung des illegal erworbenen Medikaments schädliche Auswirkungen auf andere Personen gehabt haben könnte«, sagte Lederer. »Falls das der Fall wäre, müssten wir von vorsätzlicher Körperverletzung ausgehen, und das«, er betonte

das kleine Wörtchen, als würde ein Schmiedehammer auf einen Amboss herunterkrachen, »könnte bis zu zwei Jahre Haft bedeuten.«

Kurts Blässe wurde zu reinem Weiß, in das sich ein leichtes Grau mischte.

»Die ... der ... der geht's gut«, sagte er heiser.

»Wem geht's gut?«, setzte Gisela sofort nach. Sie wusste Lederers Hilfe zu schätzen und wollte die Chance nutzen.

»Der Anne«, antwortete Kurt.

»Anne Brunner?«

Kurt nickte. Gisela musste kichern. Unwillkürlich stellte sie sich die kleine Frau und den langen Lulatsch bei heißen Sexspielchen vor. Erst als sie die erstaunten Blicke Lederers und Kurts bemerkte, wurde sie wieder ernst. Sie setzte eine sachliche Miene auf.

»Das Viagra, weißt du, wer noch Kunde vom Hias war?«, fragte sie nüchtern.

»So genau nicht, aber es müssen schon ein paar gewesen sein, das hat er angedeutet. Er hat auch gemeint, wenn ich wirklich was zum Wegbeamen brauch, soll ich's ihm nur sagen.«

Gisela war noch zu sehr mit den inneren Bildern von dem ungleichen Paar beschäftigt, um diese Aussage zu erfassen.

»Was meinte er mit Wegbeamen?«, fragte Lederer. Er hatte bei dem Wort sofort die Ohren gespitzt.

»Keine Ahnung. Ich wollt ja nur die Tablette.«

»Hat er erwähnt, ob sich jemand anderes wegbeamen wollte?«, hakte Lederer nach.

»Erwähnt nicht, nur angedeutet«, sagte Kurt.

»Geht's auch genauer?« Die Ungeduld brach sich Bahn in Lederers Stimme. Gisela befürchtete, dass er sich nicht länger zurückhalten könnte und Kurt so eingeschüchtern würde, dass er kein Wort mehr sagte.

»Wir würden das natürlich positiv bewerten, wenn du uns da helfen könntest«, sagte sie.

»Ich will aber niemanden hinhängen, der dann doch nichts eingekauft hat«, erwiderte Kurt.

»In dieser Beziehung brauchen Sie keine Angst zu haben.« Lederer bemühte sich um Beherrschung. »Wir behandeln jede Information diskret, niemand wird je erfahren, was und über wen Sie uns Bericht erstatten.«

Kurts Blick fiel auf das Diktiergerät. Gisela verstand. Sie schaltete es aus. Lederer protestierte stumm, doch Gisela ignorierte ihn. Auffordernd schaute sie Kurt an. Der holte die Hände unter den Oberschenkeln hervor, fuhr sich wie beim Waschen übers Gesicht. Er atmete tief durch.

»Also, ich glaub, der Rudi hat ab und zu was beim Hias eingekauft«, sagte er schließlich. »Und ein paar Kinder.«

Gisela hielt den Atem an.

»Was für Kinder?«

»Keine Ahnung. Er hat nur gesagt, dass die Kinder sich das reinziehen, um die Scheiße zu vergessen, in der sie stecken.«

In Giselas Kopf rasten die Gedanken. Sie versuchte sich alle Kinder vorzustellen, die in Niedernussdorf lebten. Allzu viele waren es nicht, denn der Ort war hoffnungslos überaltert, das Durchschnittsalter der fünftausend Einwohner lag bei knapp sechzig. Die meisten zogen nach der Lehre von zu Hause aus und gingen dorthin, wo es Arbeit gab. Zurück blieben die Alten und die, die zu verwurzelt waren, um sich woanders wohl zu fühlen. Gisela gehörte dazu. Sie war zwar während ihrer Ausbildung in München stationiert gewesen, aber jedes Wochenende war sie nach Hause gefahren. Und als sich dann die Chance ergeben hatte, auf der Dienststelle Niedernussdorf zu arbeiten, hatte sie sie sofort beim Schopf ergriffen. Heimat war für sie der Ort, an dem sie sich wohl fühlte. Und der Wegmeyerhof war dieser Ort, dagegen konnte sie gar nichts machen.

»Meinte er mit Kinder wirklich Kinder?«, fragte Lederer.

»Hoff ich nicht.« Kurt stieß ein rauhes Grunzen aus. »Ich hab das eher nicht so gesehen.«

»Sondern? Wie hast du's gesehen?«, wollte Gisela wissen. Sie erschrak über die Schärfe in ihrer Stimme.

»Ich denk, er meinte Jugendliche. Der Hias war zwar ein Saubär, aber kein so ein dreckiger, dass er Drogen an Kinder verkauft.«

»Aber an Jugendliche oder sonstige Menschen, das ist okay, was?« Lederer schüttelte fassungslos den Kopf. Er konnte und wollte nicht mehr ruhig bleiben. Er durchmaß das kleine Büro mit ziellosen Schritten. »Wie lange wussten Sie schon von diesen Vorgängen?«

»Nicht lang.«

»Wie lang?« Lederer spuckte den Satz in Kurts Gesicht. Der zuckte erschrocken zurück. »Wie lang haben Sie zugeschaut, ohne dass sich irgendwo in Ihnen das Bedürfnis regte, mit der Polizei zu reden?«

Kurts Mundwinkel zuckten, als würde er gleich losheulen. Sein Blick flackerte.

»Red, Kurt, jetzt ist die Gelegenheit«, forderte Gisela ihn auf.

»Ich mein, das ist ein halbes Jahr her, also, auf dem Maifest, da hab ich die Anne getroffen und mit ihr getanzt, und sie hat sich beim Tanzen so an mich rangedrückt …«

»Also Mai«, schnitt Lederer ihm das Wort ab. »Und wie oft haben Sie seitdem den Herrn Berger getroffen?«

»Mei, ab und zu, im Wilden Bock oder in der Kirche«, stotterte Kurt.

»Aber wie oft hast du noch was bei ihm gekauft?«, fragte Gisela.

Kurt sprang auf. »Gar nimmer. Ich hab doch gesagt, ich hab nur einmal so eine Tablette genommen. Die hätt mich fast umgebracht. Mein Herz hat geschlagen, dass ich dacht, das springt mir aus der Brust, und dann hab ich gar nicht mehr klar gesehen, nur noch so bläulich. Und das über Stunden. Mir ist da echt anders geworden. Lieber keinen Ständer mehr als so was«, schrie er.

Nach dieser emotionalen Explosion herrschte erst einmal Ruhe im Zimmer. Gisela deutete auf den Stuhl.

»Setz dich.«

Kurt blieb wie angewurzelt stehen. Gisela schaltete das Diktiergerät wieder ein.

»Ich halte fest: Du kannst keinerlei nähere Angaben zu den Personen machen, die Kunden vom Hias waren.«

»Genau.« Kurt klang müde.

»Und du bleibst bei der Behauptung, dass du nicht weißt, woher er die Waffe hatte, die du von ihm gekauft hast.«

»Ja.«

»Gut. Kommen wir zu Herrn Bürger.« Wieder forderte sie Kurt mit einer Geste auf, sich zu setzen. Er folgte zögernd.

»Zu dem hab ich gar keinen Kontakt gehabt, das kann ich dir gleich sagen.«
»Kennst du eine Natascha Bogdanowa?«
Kurt schüttelte den Kopf. Gisela stellte weitere Fragen zu den Pseudonymen der zwei Toten im Internet, ob er sich dort auch rumtreibe und ob er wirklich an ein Monster als Tatverdächtigen glaube oder eine Vermutung habe, wer hinter den Morden stecken könnte. Die ganze Zeit über stand Lederer am Fenster und schaute hinaus in den diesigen Novembertag. Er unterbrach Gisela kein einziges Mal, er wirkte nach einiger Zeit in seiner Starre wie ein Möbelstück.
Auch die Befragung von Franz Kramer brachte keine neuen Erkenntnisse. Er hatte zwar einen Waffenschein, der galt aber natürlich nicht für die Kalaschnikow, die er brav bei Gisela abgab. Von Drogen wollte er nichts gewusst haben, ebenso wenig kannte er Natascha oder wusste, welche Rolle Bürger in der ganzen Angelegenheit spielte. Nur als die Rede auf den Saubären kam, äußerte er eine klare Meinung.
»Ihr seid so zivilisiert, dass ihr euch gar nicht vorstellen könnt, dass es was gibt, das außerhalb eures Verstandes existiert. Aber die Realität ist so tief wie das Meer, und keiner von euch weiß, was dort unten alles lebt. Keiner.«
Gisela bedankte sich für den Denkanstoß und entließ den Metzger. Sie wendete sich Lederer zu, der immer noch als Salzsäule am Fenster stand. Sie hüstelte, um seine Aufmerksamkeit zu bekommen. Vergebens.
»Wir wären dann fertig«, sagte sie laut.
Bewegung kam in den Hauptkommissar. Er seufzte, eine

Hand wischte schnell links und rechts über die Wangen.
»Gut.«
Er drehte sich um, versuchte, Giselas wachsamem Blick zu entgehen, aber sie hatte bereits die geröteten Augen gesehen. Lederer war bereits an der Tür, als Gisela ihn ansprach.
»Wollen Sie reden?«
Lederer schüttelte den Kopf, öffnete die Tür. Auf der Schwelle verharrte er. Ein Ruck ging durch seinen Körper, es schien, als müsste er sich zwingen, Gisela anzusehen.
»Doch. Aber irgendwo, wo die Wände keine Ohren haben.«
»Da kenn ich was«, meinte Gisela.
Eine halbe Stunde später standen Gisela und Lederer an einem der beiden Stehtische des Tankhofs Niederwinkling und aßen Currywurst mit Pommes. Außer dem zweiköpfigen Servicepersonal war kein Mensch da.
»Ich hatte eine Kollegin damals bei der Mordkommission in München, eine sehr attraktive Frau, der Frau Bogdanowa nicht unähnlich«, erzählte Lederer zwischen den Bissen.
»Aha, drum«, meinte Gisela. Sie nahm einen Schluck aus der Coladose.
Lederer reagierte darauf nicht. Er spießte ein Stück Wurst auf und schob es gedankenverloren in den Mund.
»Sie war ein echter Sonnenschein, immer fröhlich, immer für einen Scherz zu haben. Ich hab wirklich gern mit ihr zusammengearbeitet.« Seine Zunge fuhr über die Lippen, als müsste er sie für die nächsten Sätze anfeuchten.

»Bis sie sich eines Tages erschossen hat.«

Gisela erstarrte. Sie suchte in Lederers Gesicht nach Anzeichen für einen dummen Scherz, aber sein Blick war auf die Pappschale mit dem Essen gerichtet. Er malte Muster in den Ketchup, den er ordentlich neben die Pommes gespritzt hatte.

»Ihre Mutter hat mir erzählt, dass sie monatelang unter Depressionen gelitten hatte. Ich hab lang darüber nachgedacht, es muss diese Familientragödie gewesen sein, als ein Ehemann erst seine Frau und dann seine beiden Kinder erstochen hat. Ich denke, das war der Beginn ihrer Krankheit. Und offensichtlich hat sie Drogen genommen, um mit allem besser fertig zu werden.« Er hielt inne, legte sein Holzspießchen in die halbvolle Pappschale und schob sie an den Tischrand. »Kurz nach der Beerdigung hab ich mit ihrem Hausarzt gesprochen. Er wusste, dass sie Ecstasy nahm, und er hat sie inständig gebeten, damit aufzuhören. Zwei Wochen vor ihrem Selbstmord hat er sie eingehend durchgecheckt, weil sie des Öfteren Herzrasen hatte.« Lederer holte tief Luft, um Kraft zu sammeln. »Ihr Herz, die Nieren, die Leber, alles war irreparabel geschädigt …«

Er brach ab, versuchte ein Lächeln, um der Geschichte die Härte zu nehmen. Es misslang jämmerlich. Gisela ahnte, dass Lederer in der Frau mehr als eine Kollegin gesehen hatte. Und er hatte ihr das wahrscheinlich nie gezeigt. Ihr schmeckte das Essen plötzlich auch nicht mehr.

»Was schätzen Sie, wie hoch ist der Jugendanteil bei Ihnen in Niedernussdorf?«, fragte Lederer.

»Mei, fünfzig Jungs und Mädels, wenn's hochkommt.

Aber Sie wollen nicht wirklich alle zu den Behauptungen vom Kurt befragen, oder?«
Lederer schüttelte den Kopf. »Aber wir sollten uns umhören, wer zu Herrn Berger Kontakt hatte.«
»Umhören? Und wie? Mit denen gibt's ja praktisch gar keine … Schnittmenge.« Gisela schob die Finger ineinander, um zu demonstrieren, was sie meinte.
»Dann müssen wir für eine Schnittmenge sorgen. Es gibt doch sicher Orte, wo die Jugendlichen sich treffen.«
»Freilich. Bloß haben wir da als Erwachsene gar nichts zu suchen, und als Polizisten schon gleich zweimal nicht.«
»Davon lassen wir uns aber nicht abhalten, oder?«
»Nein, natürlich nicht.« Beide hoben ihre Coladosen und stießen an.
»Wie hat denn Ihre Kollegin geheißen?«, fragte Gisela, nachdem sie abgesetzt hatte.
»Bettina«, antwortete Lederer. Er sagte es mit einer Wehmut, die der Tiefe eines gebrochenen Herzens entsprang.
»Und sind Sie wegen ihr nach Straubing gegangen?«
Lederer schob die Unterlippe vor, drückte an seiner leeren Dose herum, dass es metallisch knackte. »Das ist eine andere Geschichte.«
»Und wann erzählen Sie mir die?«
Sie legte den Kopf leicht schief und setzte ihren Hundeblick auf, wie sie es immer tat, wenn sie von jemandem einen Gefallen erbat. Lederer warf seine Dose geschickt in den Abfalleimer, der drei Meter weiter neben der Heißtheke stand.
»Wenn wir mit diesem Fall durch sind.« Er wendete sich ihr zu. »Vielleicht.«

Gisela trank aus, warf ihre Dose mindestens genauso elegant in den Eimer.
»Ich werd Sie dran erinnern.«
Etwas Magendrücken hatte Gisela auf dem Weg zurück nach Niedernussdorf wegen ihrer Mannschaft. Sie kannte Lederers geringschätzige Meinung über die Qualitäten der drei Wachtmeister. Erwin war zwar wegen seines gequetschten Knöchels für eine Woche außer Gefecht gesetzt, aber Richie und Schorsch würden bei der Schnittstellenherstellung wohl mitmachen müssen. Sie überlegte fieberhaft, wie sie Lederer auf diese Problematik ansprechen sollte. Er schien das zu spüren und fragte, warum sie so schweigsam sei. Gisela rückte zögerlich mit der Sprache heraus. Lederer presste die Lippen zusammen, den Blick fest auf die Straße gerichtet. Schließlich meinte er, um alle Treffpunkte der Jugendlichen zu unterwandern, sei jede Hilfe nötig. Bei dem Wort Hilfe meinte sie ein leichtes Ächzen aus seiner Brust zu vernehmen.
Gisela schwieg wieder. Sie hoffte, ihre Männer würden nicht von einem Fettnäpfchen ins andere treten wie beim letzten Mal. Mit einem leichten Schauder erinnerte sie sich an Schorsch, der einer fliehenden Zeugin auf einer Kuh nachgeritten war, sie mit einem Stein niedergeschlagen und sich später auch noch in sie verliebt hatte. Und dann Richie, der sich mit dem Hauptverdächtigen wie in einem Italowestern Auge in Auge gegenübergestanden hatte, das Gewehr im Anschlag und ernsthaft bereit, abzudrücken. Sie versuchte sich Mut zu machen, dass die Männer ihre Aufgabe diesmal pflichtgemäß erfüllen würden.

»Jugendliche? Aber echt nicht.« Richie stierte Gisela aus blutunterlaufenen Augen an. »Mit dem Gschwerl will ich nichts zu tun haben.«
Zum Glück hatte sie Lederer gebeten, mit Richie und Schorsch unter vier Augen reden zu dürfen.
»Das ist mir wurscht«, entgegnete sie, »du nimmst dir den Spielsalon im Gewerbegebiet vor.«
»Glaubst du wirklich, ich krieg da was raus? Die reden doch eine ganz andere Sprache. Die versteht doch kein Mensch.«
»Du warst doch auch mal jung, oder?« Schorsch ließ ein tadelndes Schnalzen hören. »Mancher Ochs vergisst, dass er auch ein Kalb war.«
Richie knirschte mit den Zähnen. »Du kannst mich schon beleidigen, dann wächst dir ganz schnell ein Horn auf deiner Stirn. Und wenn du blöd schaust, kriegst ein zweites gleich dazu.«
Schorsch senkte seinen Kopf, sein Gesicht färbte sich dunkelrosa. »Pass bloß auf«, knurrte er.
»Zefix, es glangt«, fuhr Gisela dazwischen. Sie schaute Richie fest an. »Du machst deine Arbeit, wie besprochen. Alle beide.«
Schorsch hob abwehrend beide Hände.
»Ich hab ja kein Problem damit«, sagte er. »Es ist in unser aller Interesse, dass die Morde aufgeklärt werden. Wer das nicht versteht, bei dem fehlt's schon gewaltig.«
»Ab«, zischte Gisela und wies Schorsch die Tür. Der dicke Wachtmeister verzog sich. Richie schnappte sich seine Lederjacke.
»In Zivil«, erinnerte Gisela ihn.
»Hab ich schon kapiert«, erwiderte er müde.

»Bei euch muss man halt sichergehen.«
»So schlimm sind wir jetzt auch wieder nicht«, brummte Richie im Hinausgehen. Nein, ihr seid's schlimmer, schickte Gisela ihm in Gedanken hinterher.
Die Tür fiel ins Schloss, Stille machte sich breit. Sie schaute auf die Uhr, es war kurz vor vier.
Der einzige Friseursalon Niedernussdorfs machte um achtzehn Uhr zu. Auch am Marktsonntag.
»Sie können noch was Einfaches haben«, sagte Anne Brunner. »Für was Komplizierteres wie Dauerwelle reicht die Zeit nicht mehr.«
»Nur ein bisschen schneiden, mehr muss gar nicht sein«, erwiderte sie. Gisela war die einzige Kundin in dem Laden mit den zwei Stühlen. Im Hintergrund dudelten leise die Top 40 der Volksmusik. Anne bat Gisela in den Nebenraum, um ihr die Haare zu waschen.
»Gibt's schon was Neues wegen den Morden?«
»Einiges. Aber Sie verstehen, dass ich in der Beziehung nichts sagen darf.« Gisela schloss die Augen und genoss die entspannende Kopfmassage. Wenn sie Anne Brunner richtig eingeschätzt hatte, würde die sich von so einer Antwort nicht abspeisen lassen. Eine Weile blieb es ruhig.
»Wie ist eigentlich dieser andere Bauer umgebracht worden?«
»Der mit den Rindern?«, fragte Gisela, ohne die Augen zu öffnen. Sie hörte das leichte Zittern in Annes Stimme.
»Ja, der.«
»Das möchten Sie nicht wissen, das würde Sie nicht mehr schlafen lassen.«
Anne spülte das Shampoo aus. »Meinen Sie, der ist gleich tot gewesen, oder hat er leiden müssen?«

»Haben Sie ihn gekannt?«
Ein schrilles Auflachen war zu hören, während Anne Giselas Haare mit einem Handtuch abrubbelte.
»Ich? Den gekannt? Den hat doch niemand gekannt.« Sie entfernte das Handtuch und bat Gisela zurück in den Salon.
»So wie Sie gefragt haben, da dacht ich, Sie hätten vielleicht eine engere Bindung zu dem Herrn Bürger gehabt.« Gisela setzte sich und schaute Anne über den Spiegel hinweg an. Die Friseuse wirkte verlegen.
»Wär ja vielleicht hilfreich für meine Arbeit«, fügte sie hinzu. »Ich mein, wir wollen doch alle den Mörder fassen, oder?«
»Sicher.« Anne sortierte gedankenverloren ihr Handwerkszeug.
»Sie schämen sich, weil ich Sie für ein Flittchen halten könnte«, sagte Gisela.
Anne wand sich unter diesen Worten, erwiderte schließlich Giselas Blick.
»Der Fritz war ein ganz besonderer Mensch«, flüsterte sie. Nicht, weil sie jemand hören könnte, sondern weil ihr die Trauer die Stimme versagen ließ. »Bei ihm hab ich wirklich gedacht, das könnt was werden.«
Ein Ruck ging durch ihren Körper, sie fing mit der Arbeit an. Ihre Augen hatten rote Ränder bekommen und glitzerten feucht.
»Das hat er nicht verdient«, sagte sie.
»Auf seinem Hof lagerten verschiedene Chemikalien. Hat er Ihnen erzählt, was er damit wollte?«
»Er hat die für den Hias aufgehoben. Ab und zu ist er los, um ihm was zu bringen.«

»Waren Sie dabei? Bei der Übergabe?«

»Einmal. Im Sommer. Wir sind mit dem Picknickkorb losgefahren und am Grenzberger Weiher vorbei. Da hat er den Hias getroffen und ihm zwei Kanister gegeben.«

Elektrizität jagte durch Giselas Muskeln, und gespannt richtete sie sich auf.

»Haben Sie gesehen, wo der Hias mit den Kanistern hin ist?«

Anne schüttelte den Kopf. Gisela sackte enttäuscht in ihrem Stuhl zusammen.

»Aber der Fritz hat's mir beim Picknick erzählt.«

Giselas Kopf ruckte herum, um Anne direkt ins Gesicht zu sehen. Die Spitze der Schere kratzte sie dabei am Ohr. Anne entfuhr ein erschrockener Laut deswegen, doch Gisela spürte den Schmerz gar nicht.

»Was hat er erzählt?«

»Dass der Hias eine Hütte im Wald hat, wo er seine einsamen Abende verbringt. Er hat dabei ganz komisch gelacht, so als würd er's nicht ernst meinen.«

»Oder als würd er wollen, dass Sie ihn nicht ernst nehmen.«

»Das hab ich mir auch gedacht. Ich hab den Hias ja ein bisschen gekannt, und dass der zum Lachen in den Wald geht, hab ich mir schon vorstellen können.«

»Wissen Sie, was er dort gemacht hat?«

Anne schniefte, wischte abgeschnittene Haare von Giselas Schultern.

»Irgendwas Perverses. Der war in der Richtung ein bisschen extrem. Deswegen ist das mit uns auch nicht gutgegangen. Der Fritz war da das glatte Gegenteil.«

»Wissen Sie, wo diese Hütte ist?«

»Kann nicht so weit vom Weiher weg sein. Der Hias hat da auch einen Kanister mit Wasser vollgemacht und mitgenommen. Und das Ding schleppst du nicht ein paar Kilometer.«
Gisela ging in ihren Erinnerungen noch einmal durch den Wald, sie war sich sicher, dass sie und Lederer eine Hütte entdeckt hätten.
»Aber das ist keine normale Hütte«, sagte Anne. »Das ist so ein Baumhaus.«
Gisela klappte der Mund auf.
»Fritz hat ihm geholfen, das zu bauen. Mehr weiß ich aber nicht«, sagte Anne. »Ehrlich.«
Gisela wäre am liebsten jubelnd zu Lederer gelaufen, um ihm von der Neuigkeit zu berichten. Sie spürte ein Vibrieren in ihrer Brust, das sie immer bekam, wenn eine Tür unerwartet aufging und sie ihren Weg fortsetzen konnte. Sie musste ihre Ungeduld jedoch noch über eine Stunde zügeln, denn Anne nahm ihre Arbeit ernst.

Während Gisela Lederer im Wilden Bock aufsuchte, machten sich Schorsch und Richie in Zivil auf, die Jugendszene auszuspionieren. Schorschs Ziel war das Spielcenter im Gewerbegebiet. Es war ein hässlicher Betonbau ohne Fenster, dafür mit einer rhythmischen Neonschrift über dem Eingang, damit selbst die nachtblindesten Spieler den Weg ins Zockerparadies fanden. Schorsch hatte einen grauen Anzug an, eine passende nachtblaue Krawatte dazu, polierte Lackschuhe, und die Haare waren zurückgegelt. Er hängte sein Klapprad ordentlich an einem Fahrradständer an. Auf dem Parkplatz

standen vier Motorroller und zwei tiefer gelegte Kleinwagen mit breiten Heckspoilern wie bei Formel-1-Boliden. Schorsch erkannte beide. Der eine gehörte Felix, Malergeselle mit Zahnlücken so breit wie Fischstäbchen. Der Besitzer des anderen Flitzers hieß Moritz und arbeitete als Kfz-Mechaniker in der Nachbargemeinde Grünharding. Vor drei Monaten hatten Schorsch und Erwin die beiden des Nachts bei einem Wettrennen gestoppt. Normalerweise wäre der Führerschein weg gewesen, vor allem, weil Felix ihn erst seit einer Woche hatte. Die beiden Jungs jammerten und winselten um Gnade, und da der Verwaltungsaufwand zum Tatbestand in keinem vernünftigen Verhältnis stand, drückten die Polizisten ein Auge zu. Sie erinnerten sich an ihre eigene Jugend, als sie, kaum achtzehn, mit dem Auto von Papa durch die Gegend gedüst waren. Und es war ja nichts passiert.
Schummerlicht empfing Schorsch in dem Spielcasino. Die Wände waren mit dunklem Samt beschlagen, schmale LED-Leuchten zogen sich wie Schlangen über die Decke. Das meiste Licht kam von den Spielautomaten. Es war erstaunlich still. Insgesamt entdeckte Schorsch acht Jugendliche, die alleine oder zu zweit vor den Automaten hingen. Einer, es war der stachelhaarige Felix, sprang zwischen zwei Walzenautomaten hin und her, während sein Kumpel Moritz vor einem elektronischen Roulette hockte und seine Augen nicht von den Zahlen ließ. Keiner sah auf, als Schorsch hereinkam und sich umsah. Nur Felix bedachte ihn zwischen zwei Sprüngen mit einem Blick. Schorsch senkte den Kopf, um nicht erkannt zu werden, aber ohne Uniform im Dämmerlicht war er nur ein dicker Mann im billigen Anzug. Um ein Gefühl für den Raum zu

kriegen, holte sich Schorsch aus dem Getränkeautomaten ein Spezi und sah sich lässig schlendernd um. An einem Pokerautomaten saßen zwei Mädchen, beide sicher noch keine achtzehn. Kurz verspürte Schorsch den Impuls, ihre Ausweise zu kontrollieren, vergegenwärtigte sich jedoch sofort, dass er in geheimer Mission unterwegs war, die wichtiger war, als Minderjährige aus Spielsalons zu werfen. Er betrachtete die Mädchen genauer. Sie waren blass, hatten schwarze Haare, schwarze Kapuzenpullis, schwarze Chucks und schwarze Augenringe. Die mit dem Nasenpiercing und den großen Aschenputtelaugen fischte etwas aus der Tasche des Pullis und schmiss es ein. Sie spülte mit einem Schluck Red Bull nach. Schorsch lief es heiß über den Rücken. Konnte es sein, dass heute sein Glückstag war? Interesse heuchelnd, gesellte sich Schorsch zu den Mädchen. Er musste herausfinden, ob Aschenputtel Drogen einwarf. Ihre Freundin, mit Rastalocken und Lederhalsband, fütterte den Automaten mit Münzen.

»Ähm, wie funktioniert das?«

Aschenputtel glotzte Schorsch an wie ein Goldfisch, das Rastamädchen machte sich nicht mal diese Mühe.

»Kohle rein, Tasten drücken, warten«, schnarrte Aschenputtel.

»Aha«, erwiderte Schorsch. »Klingt ja einfach.«

»Kapiert der letzte Depp«, sagte sie und nahm einen Schluck aus ihrer Dose. Schorsch hob seine Speziflasche.

»Prost.«

Aschenputtel reagierte nicht darauf, Schorsch war nicht die Art von Prinz, auf dessen Pferd sie mitreiten wollte. Der Automat blinkte und klingelte. Das Rastamädchen hatte ein Full House, und die Digitalanzeige ihres Guthabens zählte hoch. Freude war bei dem Mädchen nicht zu erkennen. Wie ein Zombie saß sie da und wartete, dass die virtuellen Karten erneut gemischt und verteilt wurden. Schorsch beugte sich sachte vor, um dem Mädchen ins Gesicht zu sehen.

»Verzieh dich«, schnauzte sie ihn an, ohne den Blick vom Touchscreen zu nehmen.

Schorsch zuckte zurück. Er richtete seine Aufmerksamkeit wieder auf Aschenputtel, die zwei Zigaretten anzündete und eine davon ihrer Freundin gab. Rauchen war verboten, doch die Aufsicht am Eingang, eine Pakistani mit dunklen Augenringen, interessierte das nicht. Sie blätterte im Licht einer Stehlampe in einer Frauenzeitschrift.

»Ihr traut euch was«, sagte Schorsch mit einem bewundernden Lachen, wie er hoffte.

»Mann, wieso textest du uns so zu? Willst du was von uns?« Aschenputtel funkelte Schorsch an. Wieder leuchtete und klingelte der Automat.

»Jedenfalls bringt er Glück«, meinte das Rastamädchen. »Mein kleines Glücksschweinchen.« Sie grinste Schorsch an, zeigte braune Zähne und ein Zungenpiercing.

»Dann bleib ich hier, wenn's recht ist«, meinte Schorsch, froh, Kontakt hergestellt zu haben.

»Solang du mir keinen Heiratsantrag machst«, sagte das Rastamädchen und widmete sich wieder dem Spiel.

Schorsch erschrak. »Oh mein Gott, nichts liegt mir ferner. Und ich glaub auch, du bist zu jung zum Heiraten.«

Fassungslos starrten die Mädchen ihn an. Meinte der das ernst?

»Das war ein Witz. Natürlich«, stammelte Schorsch. Er lächelte schief, atmetet tief durch. Er versuchte lässig zu wirken, obwohl er innerlich völlig verkrampft war. Er spürte, wie durch die Nervosität der Druck in seiner Blase zunahm.
»Ähm, wo ... wo kann man sich hier was reinziehen?« Seine Augenbrauen rutschten suggestiv rauf und runter, damit die Mädchen wussten, wovon er redete. Es kam keine Antwort.
Das Rastamädchen hatte ein virtuelles Flush.
»Wahnsinn«, hauchte sie. Ihr Guthaben wanderte in den dreistelligen Bereich. Das wiederholte Gewinngeklimper des Automaten lockten die anderen Jugendlichen an. Felix küsste sie in den Nacken.
»Verdienst grad meine Rente, was?«
Niemand kümmerte sich um Schorsch, der sich vollkommen deplaziert fühlte. Nur Aschenputtel warf ihm ab und zu einen Blick zu. Schorsch tat so, als würde er das nicht bemerken. Er wollte cool wirken, damit der Kontakt nicht abriss. Irgendwann, das Rastamädchen jagte ihr Guthaben in den vierstelligen Bereich, zwinkerte ihm Aschenputtel zu und stand auf. Sie hatte ihm zugezwinkert! Hatte sie ihm zugezwinkert? Schorschs Herz wummerte gegen seinen Adamsapfel, die Schweißdrüsen schalteten auf Höchstleistung. Unsicher schaute er dem Mädchen nach, das um die Ecke wackelte, an der das Schild zu den Toiletten angebracht war.
Wie im Traum setzten sich Schorschs Füße in Bewegung. Ein einziger Gedanke füllte sein gesamtes Gehirn aus, der Gedanke, die Mission unter allen Umständen zu erfüllen. Er bog um die Ecke. Vor ihm zwei weiße Türen, auf der einen das Symbol für Männer, die andere fiel gerade ins

Schloss. Irgendwo Gelächter. Schorsch drückte die Klinke zur Damentoilette. Desinfektionsmittel stieg ihm beißend in die Nase. Er tat einen vorsichtigen Schritt in den weißgekachelten Raum, ohne die Türklinke loszulassen. Linker Hand hing ein Waschbecken, rechts ging es zu zwei Kabinen. Schorsch lauschte. Das Scharren und Quietschen von Chucks. Er ging in die Hocke. Unter dem Spalt der ersten Kabine sah er die schwarzen Schuhe. Die Schuhspitzen waren zur Schüssel gerichtet. Sie kletterten auf die Schüssel. Aschenputtel lugte über die Kabinenwand zu Schorsch. Der richtete sich peinlich berührt auf.

»Ich … ich … äh … das ist nicht die Herrentoilette?«, stotterte er. Aschenputtel ignorierte ihn. Sie streckte sich, um an das Gitter eines Abluftschachts zu kommen. Schorsch wollte sich zurückziehen, als ihre Stimme ihn innehalten ließ.

»Brauchst Upper oder Downer?«

Schorsch schnappte ratlos nach Luft.

»Beides«, sagte er schnell.

Aschenputtel holte zwei kleine Plastiktüten aus dem Schacht. Sie stieg vom Klodeckel und kam aus der Kabine. Sie hielt eine Tüte hoch, darin waren blaue Pillen.

»Up«, sagte sie. Sie hielt die andere Tüte hoch. Gelbe Pillen. »Down.«

Schorsch fuhr sich mit der Hand über die Nase. »Was kostet da eine?«

»Eine Pille?« Aschenputtel schaute ihn schräg an, als hätte er gerade einen schlechten Witz gemacht.

»Also, ich mein, eine Tüte.«

Ein breites Grinsen legte sich auf das Gesicht des Mädchens.

»Hier sind noch zwanzig drin, und hier fünfundzwanzig, ich würd dir beide für zweihundert geben.«

Schorsch wiegte den Kopf, wie es ein erfahrener Drogenkäufer machen würde.

»Also, hör mal, das ist 'ne Menge Asche«, knurrte er zwischen den Zähnen hervor.

»Na schön, dann nicht.« Das Mädchen machte quietschend auf dem Absatz kehrt, um die Tüten zurückzubringen.

»Halt, wart doch mal«, polterte Schorsch los. »Das war doch nur ein Witz.«

Aschenputtel drehte sich zu Schorsch um. Ihr kalter Blick fuhr ihm ins Mark.

»Du nimmst sie also?«

Schorsch nickte, fingerte seine Brieftasche hervor. Zum Glück hatte er dreihundert einstecken, er war auf einen großen Deal vorbereitet gewesen.

»Dreihundert«, forderte das Mädchen.

»Aber du hast doch grad zweihundert gesagt?«

»Das war, bevor du mir blöd gekommen bist.« Sie zwinkerte ihm zu. »Willst du mir noch mal blöd kommen?«

»Nein, absolut nicht.« Schorsch schluckte, holte die sechs Fünfzig-Euro-Scheine aus der Brieftasche. Er bekam die beiden Tüten dafür. Das Mädchen steckte die Scheine in ihre Chucks. Schorsch starrte auf die Pillen. Er fühlte einen Adrenalinschub, als er sich daran erinnerte, dass er kein Junkie, sondern Polizist in geheimer Mission war. Er wirbelte herum, das Mädchen hatte die Toilette bereits verlassen. Mit den Tüten in den Händen hetzte er hinterher. Die Kleine verschwand gerade zum Ausgang, Felix schloss sich ihr an.

»Halt, stehen bleiben, Polizei!«, rief Schorsch. Wie auf Kommando gab Aschenputtel Gas und rannte ins Freie. Felix drehte sich Schorsch zu, versperrte ihm den Weg.
»Was'n los?«, fragte er. Schorsch wollte sich an ihm vorbeidrängen, doch der Junge blockte ihn ab.
»Das Mädchen da eben ... die hat mir Drogen verkauft«, sagte Schorsch. »Und jetzt mach, dass du mir aus dem Weg gehst, oder ich verhafte dich gleich hier.«
»Drogen? Kann nicht sein.«
Hysterisch schubste Schorsch den schmalbrüstigen Jungen beiseite, dass der sich auf den Hosenboden setzte. Drohend deutete Schorsch auf ihn.
»Das ist Beamtenbehinderung, Bürschchen, sei froh, dass ich dich nicht erschieß.«
Schorsch flitzte nach draußen. Das rote Rücklicht eines davonfahrenden Mopeds stierte ihn an, er jagte hinterher. Mit den glatten Sohlen seiner Lackschuhe kam er aber nicht richtig in Schwung, und das Moped entfernte sich schnell. Aschenputtel legte sich wagemutig in die Kurve, kurz rutschte der Hinterreifen weg, dann schoss sie auf die Straße, und Schorsch hatte das Nachsehen. Keuchend blieb er stehen, vor Mund und Nase bildeten sich weiße Wölkchen.
»Was war das denn, Meister?« Die Wut in der Stimme hinter ihm ließ Schorsch zusammenzucken. Er drehte sich um. Felix stand vor ihm, dahinter Moritz und die anderen Jugendlichen. Bis auf das Rastamädchen.
Eine Jugendliche filmte mit dem Handy.
»Das war Polizeigewalt, ich hab das voll gesehen«, stand Moritz seinem Freund zur Seite.
»Ich war im Einsatz, und du hast mich behindert,

Freundchen«, sagte Schorsch. Er hielt die beiden Tüten hoch. »Das hier hab ich von deiner Freundin bekommen. Ich denk mal, du weißt genau, was das ist.«

»M&Ms?«, sagte Felix. Ein paar der Jugendlichen kicherten.

»Und du hast deiner Freundin zur Flucht verholfen, das werte ich als Mittäterschaft«, schnaubte Schorsch.

Er sah das Rastamädchen aus der Spielhalle stürmen, ignorierte sie aber. Er war grad so schön dabei, Felix fertigzumachen. Der Junge war etwas blass um die Nase geworden, trotzdem schob er die Brust raus.

»Ich kenn das Mädchen gar nicht. Wie kommen Sie drauf, dass das meine Freundin ist?«, fragte er und verschränkte die Arme vor der Brust.

»Wenn du mich jetzt auch noch verarschst, kommt Irreführung der Behörden dazu ...« Weiter kam er nicht, weil ihn das Rastamädchen mit einem animalischen Schrei ansprang und zu Boden warf. Schorsch knallte mit dem Hinterkopf auf den Asphalt. Kurz wurde alles schwarz mit flirrenden Lichtpunkten. Er ließ die Tüten los. Das Rastamädchen schnappte sich die Drogen und rannte davon.

Schorsch setzte sich benommen auf. Die anderen Jugendlichen nutzten die Gelegenheit zur Flucht. Wie aufgescheuchte Kakerlaken hetzten sie zu ihren Fahrzeugen, und bevor Schorsch wieder richtig stand, war der Parkplatz leer und nur noch Motorengeheul zu hören. Einsam und mit aufgerissenen Ärmeln stand Schorsch da und wirkte verloren wie ein kleines Kätzchen im Regen. Der prompt in Form von Schneegriesel einsetzte.

Innerhalb von Minuten bedeckten die winzig kleinen, styroporähnlichen Körnchen ganz Niedernussdorf. Richie schaute aus dem Fenster seiner Wohnung und fluchte leise. Er hatte sich in seine Tanzkluft geschmissen, sprich, zerrissene Jeans, T-Shirt und Turnschuhe, und mit zwei Bierchen und einem Joint gewissenhaft auf den Abend in der Disko vorbereitet. Bei dem Sauwetter verspürte er allerdings überhaupt keine Lust, sein heimeliges Zuhause zu verlassen. Viel lieber wollte er sich auf die Couch knallen, sich über Kopfhörer mit Deep Purple volldröhnen und zulaufen lassen. Kurz erschien ihm das die einzige Möglichkeit, den Abend zu verbringen, doch ein kleines Stück Resthirn warnte ihn, dass es früher oder später rauskommen würde. Der Anschiss, den er sich dann von Gisela einfangen würde, würde sich gewaschen haben. Normalerweise war ihm egal, wenn ihn jemand anging. Entweder er schlug zu, oder er schaltete auf Durchzug. Bei Gisela konnte er weder das eine noch das andere tun. Sie war wie eine Ersatzmutter für ihn, und in den Augen seiner Mutter wollte man alles richtig machen. Sie sollte ja stolz auf ihn sein.
Also bemühte sich Richie zu seinem Motorrad und schlitterte acht Kilometer zur Tenne, ein zur Disko umgebauter Stadel an der Verbindungsstraße nach Grünharding.
Die Tenne war rappelvoll. Etwa hundert junge Menschen tanzten und tranken, was das Zeug hielt. Die Disko war weit über die Gemeindegrenzen für das günstige Flatratesaufen bekannt. Dabei wurden vor allem selbstgebrannte Spirituosen ausgeschenkt, anders war der Preis wirtschaftlich nicht zu rechtfertigen. Die Sumobrüder, fettleibige Zwillinge, stellten die Alkoholika in der

Freizeit in der Doppelgarage ihrer Eltern her. Eine Hälfte der Garage war seit fünf Jahren frei, weil die Familie sich kein zweites Auto leisten konnte. Und die Sumobrüder, die mit der Tenne genug Geld machten, um sich eines leisten zu können, hatten keinen Führerschein. Sie waren als Sechzehnjährige in einen Verkehrsunfall verwickelt gewesen, an dem sie die Schuld trugen. Sie hatten mit dem Auto ihres Vaters einen Bummelzug gerammt. Personenschaden gab es nur bei den Zwillingen, der Sachschaden war allerdings enorm gewesen. Daraufhin wurde vom Gericht eine Fahrzeugführungssperre von zehn Jahren verhängt, und die Eltern behielten das Taschengeld der nächsten fünf Jahre ein.

Richie entrichtete an der Kasse seinen Eintritt von zehn Euro. Eine Handvoll Jugendlicher, die um ihn herumstanden, glotzten ihn neugierig an. Er war mit Abstand der älteste Besucher der Disko und wirkte in seiner Aufmachung wie den Siebzigern entstiegen. Im Grunde war Richie in dem Jahrzehnt stehengeblieben, damals hatte er Hardrock entdeckt, seine eigene Band gehabt und war entjungfert worden. Keine andere Dekade konnte an diese Zeit heranreichen. Die Gegenwart sowieso nicht.

Die Ballermannmusik in der Tenne, die Richies Trommelfell zum Vibrieren brachte, bestand aus nichts als neu gesampelten Klassikern oder einfallslosen Mashups. Die Menge störte das nicht. Im bunten Licht farbiger Scheinwerfer rieben sie sich aneinander, ließen Gläser prostend aneinanderstoßen und schrien sich Sätze zu, die bei dem Lärm niemand hören konnte.

Richie kämpfte sich durch die Jugendlichen zur kleinen Bar vor. Hinter dem wackligen Holztresen versorgten die

Sumobrüder ihre Gäste mit einem immerwährenden Fluss aus Hochprozentigem. Zwei grell geschminkte Teenagerinnen nahmen ihre Gläser in Empfang und stöckelten an Richie vorbei zur Tanzfläche. Er besetzte sofort den freien Platz und stierte die Sumobrüder an, um auf telepathische Art und Weise deren Aufmerksamkeit zu erregen. Früher hatte das funktioniert, meistens hatte die Bedienung nach wenigen Sekunden zu ihm geschaut und manchmal sogar seine Wünsche von den Lippen abgelesen. Was waren das für Zeiten, seufzte Richie. Die Sumobrüder bedienten alle anderen, nur ihn nicht.

Schließlich reichte es Richie, er pfiff grell durch die Zähne, was ihm gerade mal einen schrägen Blick seines Nebenmanns einbrachte, einem Pickelgesicht, dessen Brillengläser beschlagen waren und der gefährlich wankte.

»Ma' no' mal«, forderte der Junge ihn mit schwerer Zunge auf. Er kippte dabei gegen Richie. Der drückte ihn sachte zurück, hielt ihn an den Schultern fest und pfiff erneut. Eine leise Stelle im aktuellen Lied verhalf dem Pfiff dazu, gehört zu werden. Einer der Sumobrüder schaute Richie fragend an.

»Ein Weißbier«, schrie er.

Der Sumobruder schüttelte den Kopf, seine Lippen bewegten sich, aber bei Richie kam nichts an.

»Nu' harte Sache«, rülpste das Pickelgesicht Richie zu. »Trinkst mi' mi' ein'n Schlägermeister?«

»Jägermeister?«

Der Junge schüttelte so heftig den Kopf, dass die Brille verrutschte.

»Schlägermeister. Ich mach das.« Er reckte die Faust hoch, so dass der Sumobruder sie sehen konnte, machte einen Schwinger und streckte dann Zeige- und Mittelfinger hoch. Der Sumobruder nickte.

»Hie gib's nur Sachen, die's draußen nich' gib'«, erklärte der Junge. Er schob seine Brille zurück auf die Nase. »Bis' du von der Bullerei?«

Richie setzte eine verwunderte Miene auf. »Ich? Wie kommst denn auf so einen Blödsinn?«

»Wei' du so alt bis'. Dann bis' entweder ein Bulle oder einsam.« Pickelgesicht kicherte. Er beugte sich so nah zu Richies Ohr, dass er den heißen Atem spürte und den Alkohol roch. »Ich bin auch kein Bulle. Nu' ei'sam.«

Zwei Wassergläser mit einer bräunlichen Flüssigkeit auf Eiswürfeln wurden von dem Sumobruder vor Richie und Pickelgesicht abgestellt. Der Junge griff sich ein Glas. »Ich find, mi' sie'zehn soll'e man nich' ei'sam sein, was meins' du?«

Richie schüttelte den Kopf, schnappte sich sein Glas. Entschuldigend deutete er in die Menge.

»Ich muss weiter.«

Pickelgesicht nickte. »Okay.«

Richie machte sich auf, nach Jugendlichen Ausschau zu halten, die dem Anschein nach mit Drogen zu tun hatten. Abgewrackte Typen mit bleichen Gesichtern, ungepflegtem Äußeren oder apathischem Verhalten. Soweit Richie nach den ersten Metern erkennen konnte, entsprach niemand diesem Muster. Alle wirkten irgendwie brav und spießig. Enttäuscht blieb Richie stehen. Jemand prallte von hinten gegen ihn. Er drehte sich um. Pickelgesicht grinste ihn verlegen an.

»Läufst du mir nach?«, schrie Richie über die Musik hinweg.

Pickelgesicht nickte.
»Und wieso?«, fragte Richie.
»Weil du al' bis'. Auf dich stehn die Mä'ls bestimm', un' vielleich' krieg ich dann auch eine ab.«
Prostend hob er sein Glas. Richie zögerte, aber die Ehrlichkeit des Jungen hatte seinen Beschützerinstinkt geweckt. Und sein Selbstverständnis als Vorbild. Er stieß an, trank. Die Flüssigkeit schmeckte entfernt nach Kräuterschnaps, aber eine Zutat schob sich scharf und bitter in den Vordergrund, dass es Richie die Härchen auf den Armen aufstellte.
»Geil, oder?« Pickelgesicht strahlte. Ihn schien das Gesöff euphorisch zu machen, während Richie ein sofortiges Magengrummeln spürte.
»Ich bestell uns glei' noch ein'n«, sagte der Junge.
»Nein danke, ich …«
Pickelgesicht war schon weg. Richie seufzte. So leid es ihm tat, aber Ballast im Schlepptau konnte er jetzt wirklich nicht gebrauchen. Er sondierte erneut die Lage. Als sein Blick auf den ziegenbärtigen DJ fiel, erinnerte er sich, dass es zu seiner Jugendzeit die Drogen immer beim DJ gab. Er schlängelte sich zu der Empore mit der PA-Anlage vor. Ziegenbärtchen war von schmaler Statur, Mitte zwanzig und trug trotz des Nichtlichts eine Sonnenbrille. Wie er damit Platten auflegen und den richtigen Track finden konnte, war Richie ein Rätsel. Vier Mädchen lungerten um den Typen herum, schwangen ihre Hüften im Rhythmus der Musik.
Ziegenbärtchen gab sich cool. Oder er war stoned. Richie drängte sich zwischen zwei Hüftenschwingerinnen und starrte Ziegenbärtchen an, als wollte er ihn hypnotisie-

ren. Tatsächlich wurde der junge Mann nervös, die Nadel rutschte ihm quer über die Platte. Richie starrte weiter. Der DJ plazierte die Nadel auf der richtigen Rille, blendete über, beugte sich zu Richie.

»Sind Sie wegen mir hier?«

Richie blinzelte irritiert. Er legte eine Hand hinter das Ohr, rückte näher an Ziegenbärtchen heran. Der schob die Sonnenbrille runter aufs Kinn.

»Sind Sie ein Scout?«

»Ein was?«

»Ein Talentscout. Von einer Plattenfirma.«

Richie wollte schon den Kopf schütteln, besann sich dann eines Besseren. Er nickte. Das Gesicht des DJ leuchtete auf wie eine Phosphorfackel.

»Geil.« Er hielt Richie seine zierliche Hand hin. »Ich bin Eddie, mein Künstlername ist DJ XTC.« Er nickte am Satzende mehrmals zur Bekräftigung.

Richie schlug ein. »Hab viel von dir gehört«, brüllte er. »Ich bin der Richman.«

»Ich bin die Susi«, kam es von rechts. Eine blondierte Rothaarige mit French Nails und Babyspeck unter dem Glitzertop lächelte Richie flirtend an. »Ich sing.«

»Wir singen.« Susis Freundin, eine kaugummikauende Schwarzhaarige mit Silberblick und Tätowierung an der Schulter, legte ihren Arm um Richie. »Wir machen immer alles zu zweit.« Die beiden Mädchen lachten, klatschten ab. Ihre Hände verfehlten sich dabei knapp, der Alkoholpegel signalisierte Hochwasser.

»Super Stimmung hier«, brüllte Richie.

»Immer«, brüllte DJ XTC zurück. »Liegt an der Mucke.« Er machte ein Victory-Zeichen.

»Der Eddie hat's voll drauf«, schrie die Schwarzhaarige.
»DJ XTC«, brüllte Ziegenbärtchen dazwischen.
Die Schwarzhaarige zeigte ihm einen liebevollen Knutschmund. Er luftküsste zurück.
»Die Mucke würd noch mehr reinhauen, wenn man hier was zum Schnupfen kriegen würde«, schrie Richie in die Runde.
Er erntete verständnislose Blicke.
»Na, was einen abheben lässt, also, ihr wisst schon.«
»Du meinst Drogen?«, schrie Susi.
Richie nickte. »Zum Beispiel.«
Die Schwarzhaarige hielt ihre kleine Wodkaflasche hoch. »Hier, das ist unsere Droge.« Sie drückte die Flasche gegen seine Brust. »Schnupfen solltest du das Zeug aber nicht.« Sie und Susi kreischten auf vor Vergnügen.
Richie winkte ab. »Danke, aber mit Alk hab ich's nicht so«, brüllte er.
»Ah, hier bis' 'u.« Pickelgesicht stolperte Richie entgegen, in den Händen zwei Gläser mit brauner Flüssigkeit. »Hab schon 'dacht, du bist ab'hauen.« Er reichte Richie eines der Getränke.
»Ah ja, kein Alk, aber dann gleich was Hartes. Da ist das hier ja Blubberwasser dagegen«, schrie die Schwarzhaarige und stieß mit Richie an. Der machte gute Miene zum bösen Spiel und nippte an seinem Glas. Feuer rann seine Kehle hinunter.
»Was ist das denn?«, ächzte er und guckte mit verzerrtem Gesicht auf die Flüssigkeit.
»Feuerwasser«, brüllte Pickelgesicht.
»Wuhu, Feuerwasser!«, johlten Susi und die Schwarzhaarige.

Das Feuer breitete sich in Richies Magen wie eine Atomexplosion aus.
»Das trinken bei uns nur die Härtesten«, schrie die Schwarzhaarige. In ihren Augen stand Respekt. Sie stieß sofort wieder mit Richie an.
»Ist das dein Assistent?«, fragte Susi. Richie wollte etwas erwidern, doch seine Zunge fühlte sich merkwürdig metallisch und schwer an. Er war nicht in der Lage, sie zu bewegen. Er brachte nur ein hilfloses Lallen zustande.
»Wi' sin' Freunde«, brüllte Pickelgesicht und prostete Susi zu.
Ungläubig sah Richie zu, wie der Junge das Feuerwasser ex wegkippte und danach von den beiden Mädchen jubelnd umarmt wurde. Pickelgesicht grinste glücklich, dabei rollten seine Pupillen hoch, so dass nur noch das Weiße zu sehen war. Richie befürchtete schon, dass der Junge ohnmächtig umfallen würde, aber die Pupillen kamen wieder unter der Schädeldecke hervor, und ein lauter Siegesschrei übertönte die Musik. Er legte seine Arme um die Mädchen, die Brille rutschte von seiner schweißnassen Nase und fiel zu Boden. Wie in Zeitlupe drehte sie sich, bevor sie aufschlug. Zu Richies Erstaunen zerflossen Gläser und Gestell und versickerten im Boden. Als er wieder aufblickte, hatte sich das Licht verändert. Es war in der Mitte seines Sichtfeldes greller und bunter, zu den Rändern hin wurde alles schwarz, ganz so, als würde er durch einen Tunnel fahren. Richie zwickte die Augen zusammen, schüttelte den Kopf. Das Rauschen eines Wasserfalls durchschnitt die Musik, wurde lauter und lauter, bis nichts anderes mehr als tosendes Wasser zu hören war. Er hielt sich am Pult von DJ XTC fest, um

auf dem schwankenden Boden nicht das Gleichgewicht zu verlieren.
»Wo soll ich unterschreiben?« Ziegenbärtchen grinste breit und feuerte die Menge mit kreisenden Handbewegungen zu mehr Einsatz beim Tanzen an.
Die Menge gehorchte, und plötzlich flog Richie ein Höschen ins Gesicht. Spießiger Schnitt, billiges Muster. Richie wischte sich den Schweiß damit von der Stirn. Er wollte Pickelgesicht fragen, was in dem Getränk war, doch der Junge tanzte wie ein Derwisch mit Susi und der Schwarzhaarigen. Im Gegensatz zu Richie war er aufgekratzt und strotzte nur so vor Energie.
Richie kam sich uralt vor. Das nächste Höschen flog knapp an seinem Kopf vorbei und wurde geschickt von DJ XTC aufgefangen. Er ließ es wie einen Skalp über dem Kopf kreisen. Richie legte das Höschen, das ihm zugeflogen war, auf dem Pult ab. Er musste raus hier, das Atmen fiel ihm immer schwerer.
Begleitet vom Wasserfall taumelte Richie Richtung Ausgang. Zumindest hoffte er, dass ihn seine Füße dorthin führten, Orientierung hatte er im Tunnel keinerlei mehr. Immer wieder wurde er angerempelt, wodurch er wie eine Flipperkugel ständig die Richtung wechselte. Sein Gehirn hatte jegliche Kontrolle über seinen Körper verloren.
Der Tunnel wurde immer enger, das Licht in der Mitte immer greller. Plötzlich wurde es auf seiner Brust ganz warm. Die Wärme machte allerdings in kürzester Zeit stinkender Kälte Platz. Richies Kopf sackte nach unten. Er sah etwas Haferschleimartiges sein T-Shirt runterrinnen. In dem Haferschleim rutschten unidentifizierbare

Stückchen mit. Weiter unten, vor Richies Füßen, kniete ein Junge mit Goldkettchen und schiefer Baseballkappe, der sich noch einmal übergab. Diesmal auf Richies Turnschuhe. Die Feuchtigkeit sickerte durch alle Ritzen in seine Socken.

Merkwürdigerweise verflüssigten sich seine Füße, und Richie spürte, wie seine Beine wegzusacken drohten. Er klammerte sich an das nächstbeste Mädchen, eine breit gebaute Zahnspangenträgerin, die einen lila Cocktail mit Schirmchen in den Händen hielt. Sie erschrak so sehr über Richies Attacke, dass sie ihm reflexartig ihr Knie in die Weichteile rammte. Richie gesellte sich zu dem Goldkettchenträger auf dem Boden. Der grinste ihn breitmaulfroschig an.

»Geil, was?«

Richie gab auf. Er legte sich lang hin, drehte sich auf den Rücken und ließ Farben, Wasserrauschen und Musik auf sich wirken. Alle Köpfe über ihm verschmolzen zu einem orangen Feuerball, einer wärmenden Sonne, die auf ihn herabstrahlte. Eine angenehme Entspanntheit durchflutete seinen Körper. Bis in die Fingerspitzen fühlte er den Energiestrom fließen.

Der Tunnel erweiterte sich, die Sonne zerplatzte und wurde wieder zu Köpfen und Gesichtern. Das Rauschen verschwand, die Musik gewann Oberwasser und verbündete sich mit seinem Herzschlag zu einem treibenden Beat.

Richie hatte das Gefühl, dass sein Körper sich aufplusterte, es war, als würde sich Energie ansammeln. Wenn er nichts dagegen unternähme, würde er explodieren. Er sprang auf. Er war plötzlich sechzehn. Er konnte nicht

anders, er schleuderte zur Musik seinen Kopf herum, auch seine Arme und Beine verfielen dem Rhythmus. Richie vergaß alles um sich herum, er tauchte weg, wurde eins mit den Liedern, die ihn wie ein unablässiger Strom umspülten. Er war so glücklich wie lange nicht mehr, seine Ekstase gipfelte in einem Striptease, den er zum Mashup eines Metallica-Hits aus den Achtzigern gab. Am Ende des Liedes hatte er nur noch Unterhose und Socken an. Er lag horizontal auf den Händen der Jugendlichen und wurde wie auf einem Fließband weitergereicht, bis er am Pult von DJ XTC anlangte.
Ziegenbärtchen streckte beeindruckt beide Daumen hoch. Richie tat es ihm gleich, wurde von der Menge abgelegt. Halbnackt und schwitzend blieb Richie dort liegen, bis ihm irgendwann die Augen zufielen und er einschlief.

Früh am Morgen hupte es vor Giselas Küchenfenster. Sie saß mit Ludwig beim Frühstück. Durch das Fenster konnten sie den Mercedes Lederers sehen.
»Was will der Kasperl denn hier?«, knurrte Ludwig.
»Der holt mich ab«, sagte Gisela. »Aber eigentlich waren wir an der Dienststelle verabredet.«
Gisela steckte sich schnell den letzten Bissen in den Mund und brachte ihren Teller zur Spüle.
»Und was ist mit dem Joghurt?«, fragte Ludwig und deutete auf den Joghurtbecher.
»Ich bin satt«, sagte Gisela mit vollem Mund.
»Nur weil der Kasperl sich nicht an eure Abmachung hält, wirst gleich flattrig?«
»Wir müssen heut einer heißen Spur nachgehen.«

»Einer heißen Spur? Davon hast mir ja gar nichts erzählt.«
Gisela drückte ihm ein Küsschen auf die Stirn.
»Über alles darf ich auch nicht reden. Servus.«
Sie winkte ihm noch einmal zu, huschte dann zur Tür raus. Ludwig drehte sich zum Fenster hin, beobachtete, wie Lederer ausstieg und Gisela die Beifahrertür aufhielt. Sie nickte dem Hauptkommissar mit einem Lächeln zu, er sagte etwas und lächelte zurück. Für Ludwig eindeutig zu viel Herumgelächle zwischen zwei Kollegen. Er wunderte sich über den stechenden Schmerz in Herznähe, ein Schmerz, den er noch nie zuvor gespürt hatte. Verärgert unterdrückte er die aufkommende Eifersucht und schnappte sich Giselas Erdbeerjoghurt. Würde er ihn halt essen, selber schuld. Anscheinend war ihr die Arbeit wichtiger als ihr Frühstück.
Für Gisela zählte im Augenblick nur eins: die Morde aufzuklären. Hatte Hias' Ableben ihr einen Schlag in die Magengrube versetzt, spürte sie seit Bürgers Tod einen Knoten im Bauch, der mit dem Fund der Chemikalien stetig gewachsen war. Sie wollte nur, dass alles wieder wie früher würde.
»Entschuldigen Sie, dass ich nicht an der Dienststelle auf Sie gewartet habe, aber heute Morgen habe ich die neuesten Untersuchungsergebnisse der Rechtsmedizin bekommen.« Lederer bot Gisela einen Kaugummi an, den die dankend ablehnte.
»In den inneren Organen von Friedrich Bürger wurden Spuren von Chemikalien gefunden, deren Zusammensetzung dem Bestand entspricht, den wir gefunden haben.«

»Heißt was?«, fragte Gisela.

»Heißt, Herr Bürger hat Drogen zu sich genommen, die aus den Chemikalien gekocht worden sind.« Er holte tief Luft. »Bei der Untersuchung seines Gehirns stellte man Wucherungen am Hypothalamus fest, die möglicherweise vom Drogenkonsum herrühren.«

»Würden Sie bitte deutsch mit mir reden, Herr Kollege.«

»In dieser Region des Gehirns sitzen unsere angeborenen Verhaltensweisen, Sexualität, Wut, Aggression, eigentlich alle Emotionen.«

»Und?«

Lederer schenkte Gisela einen kurzen Blick.

»Wenn diese Wucherungen des Hypothalamus wirklich durch die Drogen entstanden sind, kann man davon ausgehen, dass das auch bei den anderen Konsumenten der Fall ist. Das könnte den Gefühlshaushalt eines Menschen negativ verändern.«

Gisela verstand plötzlich, worauf Lederer hinauswollte.

»Sie meinen, dass durch die Schäden jemand so aggressiv wird, dass er wie ein Tier Männer und Viecher umbringt?«

»Exakt.«

Obwohl die Heizung im Mercedes lief, bekam Gisela eine Gänsehaut. Sie schaute in die neblige Landschaft. Dort draußen trieb sich ein vollkommen enthemmter Mörder herum, der möglicherweise bereits sein nächstes Opfer abgeschlachtet hatte.

»Kriegen wir den?«

Sie wagte nicht, Lederer anzusehen. Nach einem Moment des Schweigens hörte sie sein Hüsteln.

»Ja. Ich hab bisher noch jeden gekriegt.«

Gisela wollte diesen Satz hören, er konnte ihre rasenden Gedanken jedoch nicht bändigen. Sie wusste, erst wenn der Mörder gefasst war, würde sie zur Ruhe kommen.
Sie ließen den Mercedes am Grenzberger Weiher stehen und machten sich erneut in den Wald auf. Diesmal richteten sie ihre Blicke nach oben.
»Ich frag mich, ob das nicht ein Hirngespinst ist«, sagte Lederer, der bereits nach einer halben Stunde Genickschmerzen hatte. Trotzdem schaute er weiter in die Baumwipfel, er wollte Gisela diese Schwäche nicht zeigen. »Es wär doch einfacher, sein Labor in irgendeiner Garage einzurichten.«
»Der Hias war schon immer eigen«, meinte Gisela. »Ein Baumhaus würd jedenfalls zu ihm passen.«
Eine Stunde später saßen die beiden auf einer Bank am Waldrand und massierten sich die steifen Nackenmuskeln. Der Nebel hatte sich verzogen und der Sonne Platz gemacht. Gisela genoss die warmen Strahlen auf ihrem Gesicht.
»Ich befürchte, diese Suche ist reine Zeitverschwendung«, sagte Lederer. Er versuchte Gisela anzusehen, konnte seinen Kopf jedoch nicht drehen.
»Kommen Sie, ich massier Sie«, bot Gisela an.
Lederer winkte ab. »Das geht schon.«
»Jetzt seien Sie doch nicht so gschamig.«
»Ich bin nicht gschamig. Aber ich kenn meinen Körper am besten, und ich weiß, was ihm guttut. Außerdem hab ich mich noch nie massieren lassen, nicht einmal von jemand, der dafür ausgebildet ist.«
»Ich hab meinen Vater oft massiert. Und den Ludwig auch ab und zu. Der ist bloß so kitzlig.«

Lederer verdrehte die Augen.
»Gut zu wissen.« Er stemmte sich steifgliedrig hoch. »Ich denke, wir überlassen das weitere Absuchen des Areals Ihren Männern. Das sollten die wohl hinkriegen.«
»Sie können zurückfahren, ich bleib hier«, sagte sie forsch.
Lederer schaute Gisela überrascht an. Sie erhob sich, begegnete seinem Blick fest.
»Das ist keine Aufgabe zum Delegieren«, sagte sie. »Dafür ist mir das zu wichtig.«
Lederer deutete mit einer weit ausholenden Bewegung auf den langgestreckten Wald.
»Wo wollen Sie denn suchen? Das kann Wochen dauern, bis wir was finden. Falls wir was finden.«
»Wir müssen halt ein bisschen unseren Grips anstrengen«, fauchte Gisela. Sie hatte genug von dem destruktiven Rumgemosere. »Sie sind doch hier das Superhirn, dann schalten Sie das Teil mal an, damit wir vorwärtskommen.«
Lederer war verdattert.
»Sagen Sie mal, wie reden Sie eigentlich mit mir?« Er wurde ganz leise. »Etwas mehr Respekt, Frau Kollegin, etwas mehr Respekt.«
»Ich habe Respekt vor Ihnen. Vor Ihren beruflichen Fähigkeiten. Aber ich habe keinerlei Respekt vor Ihrer Jammernummer, noch dazu, wenn Sie versuchen, alles auf meine Männer abzuwälzen.« Sie steckte die Hände tief in ihre Jackentaschen. »Ich such jetzt weiter.«
Sie drängte sich an Lederer vorbei und betrat wieder den Wald. Lederer schaute ihr nach, ein heftiger Stich fuhr ihm durch den Nacken. Er stöhnte leise auf. Vorsichtig ließ er den Kopf kreisen, legte ihn in Zeitlupe in den Na-

cken. Über ihm flog eine Krähe. Ein Geistesblitz durchzuckte ihn.
»Frau Wegmeyer!«, schrie er. »Frau Wegmeyer!«
»Was ist denn schon wieder«, brummte Gisela in ihren Bart. Sie kehrte zu Lederer zurück. Der deutete hoch zu der Krähe.
»Und?«, fragte Gisela.
»Wir müssen von oben suchen«, erwiderte Lederer. »Er wird das Baumhaus so gut von unten getarnt haben, dass man es nicht sieht.«
Gisela beobachtete die Krähe, die auf der Lichtung landete.
»Dazu brauchen wir ein Flugzeug oder einen Hubschrauber.« Sie schaute Lederer an. »Haben Sie so was?«
»Nein. Aber wo ein Wille ist, ist auch ein Weg.«
Lederer versuchte wirklich alles, aber überall wurde er abschlägig beschieden. Erstens gab es nur sehr wenige Sportflugzeuge, die zur Verfügung standen, zweitens verlangten die Eigentümer einen horrenden Stundensatz, und drittens handelte der Straubinger sich einen Rüffel seines Chefs ein, der ihn für größenwahnsinnig erklärte. Noch nie hatte die Straubinger Mordkommission ein Flugzeug oder einen Hubschrauber oder sonst ein Fliewatüt eingesetzt, um einen Mordfall aufzuklären. Die Landluft bekomme ihm wohl nicht gut. Lederer ließ den Anschiss über sich ergehen, er wusste, dass sein Chef recht hatte. Wäre es ein prominentes Mordopfer gewesen, dann hätte die Sache anders ausgesehen, aber bei zwei Bauern. Aus Niedernussdorf. Dem Dorf, das seit dem letzten Fall sowieso nur für Scherereien bekannt war. Er äußerte Gisela gegenüber sein Bedauern. Sie schob trotzig die Unterlippe vor.

»Dann müssen wir uns was ausdenken«, sagte sie.
»Was wollen Sie sich denn ausdenken?«, fragte Lederer vorsichtig.
»Wir brauchen ein Fluggerät, basta.« Gisela ging fieberhaft alle Optionen durch. Niemand in Niedernussdorf besaß ein Flugzeug, geschweige denn einen Hubschrauber. Sie selbst hatte vor Jahren, zu ihrem Geburtstag, mal einen Tandemsprung gewagt. Soweit sie wusste, gab es im Ort niemanden, der Fallschirm sprang. Ein Fesselballon? Noch unwahrscheinlicher. Es war zum Haareraufen. Da hatte der Straubinger schon mal eine gute Idee, dann war sie nicht umzusetzen.
»Wir sollten das auf der Dienststelle mit den anderen besprechen«, sagte sie schließlich.
»Was meinen Sie, mit den anderen?«
»Mit meinen Mitarbeitern.«
»Wie kommen Sie auf die Idee, dass Ihre Untergebenen in irgendeiner Art und Weise hilfreich sein könnten?«
»Sie müssen offen sein, Herr Kollege. Nur wenn man offen ist, passieren einem die guten Dinge.«
Sie wendete sich zum Gehen. Lederers Füße verweigerten ihren Dienst.
»Ich bin offen, aber Sie verlangen hier von mir, an Märchen zu glauben, und dem Alter bin ich schon lange entwachsen.«
»Dann bleiben Sie hier und suchen weiter. Hab ich kein Problem damit.« Gisela verschwand zwischen den Bäumen.
Lederer setzte sich seufzend in Bewegung. Nicht weil er nachgab, sondern weil er Angst hatte, sein Auto nicht mehr wiederzufinden.

Er verfluchte seine Entscheidung, als er Wachtmeister Georg Kramer ins blasse Gesicht schaute. Dem war es unendlich peinlich, eine Bande von drogendealenden Teenagern entkommen lassen zu haben.

»Und wieso erfahr ich das erst jetzt?«, fuhr Gisela Schorsch an.

»Ich wollt dich ja noch anrufen«, antwortete er lahm.

»Hast du wenigstens jemanden gekannt von denen?«

»Einer war der Felix Soundso, der andere der Moritz Soundso.«

»Sind das die offiziellen Nachnamen?«, erkundigte sich Lederer.

Schorsch schüttelte den Kopf.

»Ein Kennzeichen der Fahrzeuge?«, fragte Lederer.

Schorsch schüttelte den Kopf.

»Und diese Drogen … was waren das für welche?«, fragte Gisela.

Schorsch zuckte mit den Schultern.

»Haben Sie irgendeinen sachdienlichen Hinweis, den wir verwerten können?«

»Ja, die zwei Autos, wir haben die mal wegen einem Straßenrennen aufgehalten …«

»Und die Personalien aufgenommen?«, setzte Lederer den Satz hoffnungsvoll fort.

Schorsch schüttelte den Kopf.

Gisela war genauso enttäuscht wie Lederer. Der schaute auf seine Uhr.

»Wo bleibt denn der Kollege?«

»Der ist doch krankgeschrieben, wegen dem Fuß«, erklärte Gisela.

»Der andere«, raunzte Lederer, »dieser Dauerbedröhnte,

dem Sie vor einer Stunde eine Nachricht hinterlassen haben.«

»Ah, der. Der wird schon noch kommen. Denk ich.«

Richie kam gerade zu sich. Die Novembersonne zwängte sich durch die Lamellen einer giftgrünen Jalousie, das ganze Schlafzimmer lag im Dämmerlicht. Trotzdem reichte seine Kraft aus, um einen stechenden Schmerz durch Richies Kopf schießen zu lassen. Er schloss die Augen sofort wieder. Giftgrün. Er riss die Augen wieder auf. In seiner Wohnung gab es keine giftgrünen Jalousien. Auf einen Schlag war er hellwach. Er drehte sich auf die andere Seite und rutschte von der Couch. Ein Flokatiteppich dämpfte den Aufprall. Richie richtete sich auf, der Kopfschmerz wummerte wie eine Kriegstrommel. Mit einiger Anstrengung stellte er das Zimmer scharf. Es war ordentlich, hatte helle Möbel von IKEA, und an der Wand hingen Filmplakate.

»Morgen.« Die Stimme ließ Richie zusammenzucken. Ziegenbärtchen kam ins Wohnzimmer. Er trug einen Trainingsanzug und seine Sonnenbrille. In der Hand hielt er eine große Tasse, aus der Dampfwölkchen aufstiegen.

»Hunger?«

Richie schüttelte den Kopf. Er stand auf, bemerkte, dass er nur seine Unterhose anhatte. Aber das war ihm egal, ihn quälte die Frage, was letzte Nacht passiert war.

»Ich hab dich mitgenommen, nachdem wir zugemacht haben.« Ziegenbärtchen lehnte sich an den Türstock. »Dein Assistent war nicht mehr aufzutreiben. Du kannst ihn dann ja anrufen, wenn du wieder fit bist.«

Richie sank auf die Couch, fuhr sich durch die Haare.
»Ich hab da noch 'ne Frage«, sagte Ziegenbärtchen. »Es hat dir gestern doch gefallen, oder?«
Richie versuchte sich krampfhaft an gestern zu erinnern, aber alles, was er spürte, war der bittere Geschmack des Feuerwassers, das seine Kehle aufgerauht hatte. Trotzdem nickte er.
»Cool. Muss ich dann was unterschreiben?«, fragte Ziegenbärtchen.
»Unterschreiben?«, echote Richie verständnislos.
»Na ja, machen wir nicht 'nen Vertrag?«
Richies leerer Blick ließ Ziegenbärtchen unruhig werden.
»Wegen Plattenaufnahmen«, erläuterte er. Richie hatte keine Ahnung, wovon der Typ redete.
»Ah ja, klar. Machen wir, machen wir. Aber erst«, er schaute sich nach seinen Klamotten um, »wo sind meine Sachen?«
»Im Trockner. Ich hab die gestern Nacht noch in die Waschmaschine. Sind in fünf Minuten fertig.«
»Danke.« Richie deutete auf die Tasse. »Ist das Kaffee?«
Ziegenbärtchen nickte. »Auch einen?«
»Wär super«, krächzte Richie. Mit jedem Wort hatte er immer mehr Stimme verloren. Das Feuerwasser musste ein wahres Teufelszeug sein. Allmählich kamen die Visionen zurück, die er nach dem Genuss des Selbstgebrauten gehabt hatte. Es nahm ihm den Atem, als er sich an das Verflüssigen der Brille und seiner Füße erinnerte. In dem Getränk musste eine Droge gewesen sein, Alkohol alleine hätte bei ihm nicht diese Wirkung gehabt, dafür war er zu viel gewohnt.

»Was ist in dem Feuerwasser«, fragte er Ziegenbärtchen, der in der kleinen Küche stand und Kaffee in eine Tasse goss.

»Da musst du die Sumobrüder fragen, das ist deren Geheimrezept.«

»Kannst du mir die Adresse geben?«

»Klar.«

Zehn Minuten später kam Richie in frischen Klamotten und koffeingestärkt aus dem Mehrfamilienhaus und machte sich auf den Weg zur Dienststelle. Er hatte Ziegenbärtchen versprochen, dass sich sein Assistent bei ihm melden würde. Es tat ihm zwar leid, den Kerl anzulügen, aber die Wahrheit über seinen Beruf wollte er ihm doch nicht verraten. Er rief Gisela wegen ihrer Nachricht zurück und meldete ihr die frohe Botschaft, dass er die Adresse zweier Jungs hatte, die Drogen in ihrer Disko ausgaben.

Gisela beorderte ihn sofort dorthin. Es handelte sich um einen alten Bauernhof, der zu einem Mietshaus umfunktioniert worden war. Eigentümer waren die Eltern der Sumobrüder, die vollkommen überrascht waren, als Gisela mit Lederer und Richie vor der Tür stand. Die Brüder wirkten verschlafen, obwohl es früher Nachmittag war.

Auf die freundliche Frage hin, ob man eintreten dürfe, baten die Brüder die Polizisten in die Wohnküche. Wie siamesische Zwillinge hingen sie zusammen, ergänzten sich beim Anbieten von Getränken und Gebäck, einer vollendete bisweilen sogar den Satz des anderen.

»Wir sind doch nicht wahnsinnig«, erwiderte Udo, der minutenältere Zwilling entsetzt auf den Vorwurf, sie hätten Drogen in das Feuerwasser gemischt.
»Außerdem wär das vom Preis her gar nicht drin«, ergänzte Tobi. »Bei uns zahlst du zehn Euro, und dann kannst du so viel saufen, wie du willst. Wenn wir da was reinmischen würden …«
»… wär die Kalkulation ja fürn Arsch«, führte Udo den Satz zu Ende.
»Wir sehen oft, dass zu Beginn Drogen umsonst angeboten werden, damit der Kunde beim nächsten Mal zum Dealer kommt«, sagte Lederer hart.
»Wir bieten nichts an, geht das da rein?« Udo tippte sich an die Stirn.
»Und wie ist das Zeug dann da reingekommen?«, fragte Richie.
»Vielleicht war ja gar nichts drin …«
»… vielleicht vertragen Sie nur nichts«, sagte Tobi.
»Ich hab mein ganzes Leben lang Alkohol getrunken, da ist euer Selbstgepanschter nicht mehr als Gurgelwasser für mich«, knurrte Richie. Er hatte es gar nicht gern, wenn man ihn als Weichei hinstellte.
»Wollt ihr behaupten, dass jemand von euren Gästen da was reingetan hat?«, warf Gisela dazwischen. Udo und Tobi zuckten synchron mit den Schultern.
»Kann schon sein. Dafür sind wir aber nicht zuständig«, sagte Udo.
»Kannten Sie den Matthias Berger?«, fragte Lederer.
»Flüchtig«, antwortete Udo. »Vom Wilden Bock.«
»Bei euch in der Disko war er nie?«, fragte Gisela.
Die Sumobrüder schüttelten den Kopf.

»Friedrich Bürger?« Lederer fasste Udo und Tobi fest ins Auge. Beide schoben die Unterlippe vor, verneinten. Lederer glaubte ihnen.
»Wer von denen hat dir das Getränk gegeben?«, fragte Gisela Richie.
»Keiner. Das war so ein Pickliger mit Brille.«
»Der Silvia?«, fragte Udo.
»Keine Ahnung. Er hat sich nicht vorgestellt.«
»Das muss Silvia gewesen sein, der hängt sich immer an Ältere ran.«
»Der denkt, dann geht was«, ergänzte Tobi.
»Wieso heißt der Silvia?«, fragte Gisela.
»Weil der ohne Brille einen Silberblick hat, dass du meinst, der kann um die Ecke schauen«, grinste Tobi.
»Und wo finden wir diesen Silvia?«, erkundigte sich Lederer. Er war es müde, den beiden alles aus der Nase zu ziehen.
»Keine Ahnung. Aber der ist heut Abend bestimmt wieder da«, sagte Udo.
»Dürfen wir uns hier mal umsehen?«, fragte Lederer.
»Von …«
»… mir …«
»… aus.«
Erwartungsgemäß fanden die Ermittler bei den kooperativen Sumobrüdern nichts Belastendes außer ein paar Wasserpfeifen. Vor dem Haus kamen sie überein, am Abend der Tenne einen Besuch abzustatten. Richie musterte den Straubinger von oben bis unten.
»Sie wollen mitgehen?«
Lederer runzelte die Stirn.
»Nein. Wieso? Wollen Sie mich auf ein Getränk einladen?«

»Hab ich mir schon gedacht.« Richie klang erleichtert. »Sie scheinen mir nicht der Typ zu sein, der die Sau rauslassen kann.«
»Ich muss nicht die Sau rauslassen, um einen geselligen Abend zu verbringen. Und Ihr Besuch vor Ort wird rein dienstlich sein.« Er beugte sich drohend vor. »Sie identifizieren den jungen Mann und rühren keinen Tropfen Alkohol an, haben wir uns verstanden?«
»Ob ich was trinke oder nicht, das entscheide immer noch ich«, schoss Richie zurück. »Das ist mein ganz persönliches Freizeitvergnügen.«
»Tut mir leid, Richie, aber bei Mord gibt's keinen Feierabend«, sagte Gisela.
Richies Augen wurden schmal, aber er verzichtete auf Widerspruch. Das überraschte Gisela, normalerweise musste er immer das letzte Wort haben. Sie befürchtete das Schlimmste.

Erwin humpelte mit seinem einbandagierten Fuß zur Tür. Vor ihm stand Schorsch. Auf dem Rücken einen Rucksack, in der Hand einen kleinen Blumenstrauß.
»Servus. Ich wollt mal schauen, wie's dir geht«, sagte Schorsch und streckte ihm die Blumen entgegen. Erwins Augenbrauen zogen sich zu einem V zusammen.
»Hast wieder was ausgefressen und brauchst meine Hilfe, hm?«
Schorsch wand sich.
»Mei, nicht direkt. Es soll eher eine Überraschung sein.«
»Weil du Scheiße baut hast?«
Schorsch drückte Erwin die Blumen vor die Brust, so

dass dem gar nichts anderes übrigblieb, als sie zu nehmen.
»Ja, hast recht. Zufrieden?«
Erwin grinste. »Um was geht's denn?«
Schorsch berichtete ihm von dem verunglückten Einsatz als verdeckter Ermittler und dem Anschiss durch den Straubinger Hauptkommissar. Auch wenn Erwin Schorsch nicht zu seinen besten Freunden zählte, so war Lederer eindeutig auf Platz eins seiner Feindesliste. Erwin war sofort bereit, Schorsch dabei zu helfen, dem gemeinsamen Feind zu zeigen, zu was die Niedernussdorfer Polizei fähig war.
Schorsch öffnete seinen Rucksack und holte eine handflächengroße Kamera heraus, eine GoPro Hero3 Black Edition. Außerdem noch ein paar Klettverschlüsse, mit denen die Kamera an Erwins Modellflugzeug befestigt werden konnte. Der Plan war, das Flugzeug über dem Wald kreisen zu lassen und zu hoffen, dass die Kamera das versteckte Baumhaus filmte. Schorsch war so überzeugt von der Idee, dass er sich schon diebisch auf die verblüfften Gesichter der anderen freute. Insbesondere auf das von Lederer.
Die Befestigung der Kamera war kein Problem, sie war so gut fixiert, dass sie keinen Millimeter wackelte. Über das iPad konnte Schorsch sie fernsteuern und gleichzeitig die Livebilder sehen. Erwin tankte sein Spitfire-Modellflugzeug voll, dann fuhren sie zum Grenzberger Weiher. Am Horizont zogen dunkelgraue Wolken auf.
»Das schaut nicht gut aus«, meinte Erwin.
»Schmarrn. Bis das da ist, sind wir längst fertig.«
Mit ungutem Gefühl in der Magengrube schmiss Erwin

den Motor seines Flugzeuges an. Um den Kontakt nicht zu verlieren, würde Schorsch Erwins Geländemaschine fahren, während sein Kollege hinter ihm die Fernsteuerung bediente. Schorsch hatte zwar keinen Motorradführerschein, doch das war immer noch besser, als ihm die Fernsteuerung anzuvertrauen.

Die ersten zwanzig Meter wurden eine Wackelpartie. Die Voraussetzungen für Schorschs erste Fahrt mit einem Motorrad waren denkbar ungünstig: der holprige und stellenweise vereiste Weg, die hochgezüchtete Maschine und Erwins ständige Anweisungen, dem Flugzeug zu folgen.

Schorsch hatte das iPad am Lenker festgemacht, um das Livebild im Auge zu haben. Die Übertragung funktionierte ohne Störungen, schön waren die Bäume von oben zu sehen. Erwin machte seinen Job gut, das Flugzeug flog nicht zu niedrig und nicht zu hoch. Hochkonzentriert bog Schorsch auf einen Waldweg ein, immer darauf bedacht, Schlaglöchern, herumliegenden Ästen und Steinen auszuweichen.

»Hoffentlich wird der Wald nicht dichter, sonst verlier ich die Verbindung zum Spitti«, sagte Erwin.

»Und dann?«

»Was soll denn die blöde Frage? Dann stürzt er natürlich ab.« Erwins ungutes Gefühl äußerte sich in einer Gereiztheit, die ganz schnell in Handgreiflichkeiten ausarten konnte.

Schorsch beschloss, die Klappe zu halten und nichts mehr zu sagen. Der Wind wurde stärker, und die ersten Schneeflocken landeten auf dem iPad. Sie erreichten die Lichtung, auf der Lederer und Gisela die Krähe gesehen hatten. Die Spitfire brummte in etwa zwanzig Metern Höhe vor sich hin, nahm gehorsam den Kurs, den Erwin ihr vorgab. Auf der anderen Seite der Lichtung, wo der Weg wieder zwischen den Bäumen verschwand, wurde der Wald dichter.

»Scheiße«, murmelte Erwin. »Wir sollten aufhören. Wenn's Wetter schlechter wird, haut's mir die Verbindung auch zusammen.«

»Das zieht vorbei«, sagte Schorsch selbstsicher. Er gab mehr Gas, um weiteren defätistischen Äußerungen Erwins zuvorzukommen.

»Zefix, spinnst du? Jetzt hätt's mich fast runtergehauen«, fluchte Erwin. »Wir hören auf.«

»Jetzt geh.«

»Bleib stehen. Sofort!«, schrie Erwin.

Schorsch ignorierte ihn. Er wollte diese Aufgabe erledigen, er brauchte dieses Erfolgserlebnis. Er spürte einen Schlag auf seinem Ohr.

»Hast du nicht gehört?«

Erwin verpasste dem Ohr noch einen Fausthieb. Schorsch bremste so abrupt, dass das Motorrad vorne wegrutschte und umkippte. Die beiden Männer landeten im Dreck. Wie in Zeitlupe sah Schorsch das Display des iPads zersplittern. Es war das neueste Modell mit dem größten Speicher, monatelang hatte er darauf hingespart, und jetzt war es nur mehr ein Stück gutaussehender Schrott. Erwin hingegen hatte nur Augen für sein Motorrad, dessen Tank beim Sturz eingedrückt worden war und dessen Motor im Leerlauf heulte wie ein verletzter Hund.

Beide Männer hatten denselben Gedanken. Wutentbrannt gingen sie sich gleichzeitig an die Gurgel und

drückten zu. Schorsch war dabei im Vorteil, seine Hände waren größer und kräftiger als Erwins. Dafür hatte Erwin früher mal geboxt, er setzte diese Erfahrung ein, als er merkte, dass er im Würgen den Kürzeren ziehen würde. Er nahm seine Hände von Schorschs Hals und verpasste dem massigen Körper zwei Haken in die Leber.
Schorsch saugte die Luft hörbar ein und ging in die Knie. Erwin wollte Schorsch den Gnadenstoß geben, als ihm siedend heiß die Spitfire einfiel. Er wendete sich der Fernsteuerung zu, die er im Eifer des Gefechts hatte fallen lassen. Er schob die beiden Joysticks in die Position, um das Flugzeug zurückkommen zu lassen.
Von hinten kam ein Grollen, doch bevor er darauf reagieren konnte, hatte sich Schorsch mit seinen hundertfünfzig Kilo auf ihn geschmissen und zu Boden geworfen. Erwin hörte die Fernsteuerung unter seinem Körper grässlich knacken. Er wusste, was das für das Flugzeug bedeutete. In seinem Hirn wurde ein Schalter umgelegt, der ihn rotsehen ließ. Mit einer für seine gedrungene Gestalt unglaublichen Kraft rammte er Schorsch den Ellbogen ans Jochbein und warf den Dicken wie ein bockendes Pferd ab. Dann stürzte er sich mit einem Schrei auf Schorsch und prügelte wie von Sinnen auf ihn ein.
Seinem Kollegen blieb nur eine Möglichkeit, dem sicheren Tod zu entgehen. Er hielt eine Hand von Erwin fest und biss in den Zeigefinger. Er spürte den Knochen, schmeckte das Blut auf der Zunge und hörte ein schmerzvolles Brüllen. Erwin wollte den Finger aus Schorschs Mund ziehen, aber der hatte die Zähne so tief eingegraben, dass er den Finger nicht aus seinem Biss lösen konn-

te. Er griff zum äußersten Mittel und rammte seine Stirn gegen die von Schorsch.
Beide fielen bewusstlos um.
Nur der im Leerlauf tuckernde Motor war noch zu hören. Die Schneeflocken wurden dicker und dicker, und nach einiger Zeit waren die beiden Polizisten mit einer Puderzuckerschicht bedeckt. Die Kälte im Gesicht erweckte zuerst Schorsch wieder zum Leben. Die Haut über der rechten Augenbraue war aufgeplatzt, das Blut seitlich in die lockigen Haare geronnen. Benommen setzte er sich auf. Das Summen in seinem Ohr verstummte erst, als er Erwin leblos neben sich liegen sah. Entsetzt schüttelte er ihn an der Schulter.
»Erwin! Erwin! Zefix, tu mir das nicht an.«
Er rollte Erwin auf den Rücken, dem Körper fehlte jegliche Spannkraft. Schorsch lauschte an der gebrochenen Nase, ob er den Kollegen atmen hörte. Fehlanzeige. Er legte sein blutbesudeltes Ohr an Erwins Brustkorb. Da, ganz leicht, flatterte das Herz. Unregelmäßig.
Schorsch flatterte die Hose. Es konnte nicht sein, dass er seinen Freund umgebracht hatte. Das durfte nicht sein.
Er wusste, was zu tun war, aber alleine bei der Vorstellung sammelte sich sein Mageninhalt in der Kehle. Tapfer schluckte er, beugte sich über Erwin und begann mit der Mund-zu-Mund-Beatmung. Tief hauchte er seine Luft zweimal hintereinander in Erwins Lunge. Er setzte ab und massierte das Herz, wie er es im Auffrischungskurs der Johanniter gelernt hatte. Dreißigmal drückte er mit beiden Händen auf den Brustkorb. Einmal knackste es verdächtig, aber Schorsch machte rhythmisch weiter. Sollten Erwin auch ein paar Rippen brechen, wichtig

war, dass er lebte. Er beugte sich erneut zum Mund. Blies mit dicken Backen Atem in den Kollegen, holte tief Luft und fing sich im gleichen Moment eine schallende Ohrfeige ein.

»Sag einmal, spinnst du!« Erwin spuckte aus. »Bäh.« Gleich darauf hielt er sich stöhnend die Rippen und sank zurück auf den Boden.

»Wolltest du mich vergewaltigen?«, presste Erwin heraus.

»Du warst tot«, sagte Schorsch, und Tränen der Freude traten ihm in die Augen. »Und ich hab dich wieder zurückgeholt.«

Erwin verzichtete auf eine Antwort, das Schnaufen alleine tat schon höllisch weh. Behutsam half Schorsch ihm auf. Er schaltete den Motor aus, hievte die Maschine hoch und bockte sie auf.

Erwin stützte sich mit einer Hand an einem Baum ab, er stand gebeugt wie ein alter Mann da, aufrichten konnte er sich beim besten Willen nicht.

»Soll ich's Auto holen?«, fragte Schorsch.

»Das dauert zu lang. Wir fahren zurück.«

»In deinem Zustand?«

»Muss ja, oder?« Erwin brachte beim Sprechen die Zähne nicht auseinander. »Aber erst holst das Flugzeug.«

»Was?«

»Du … holst … das … Flugzeug«, knirschte Erwin. Seine Hand krallte sich in die Rinde. »Ich … geh … hier … nich … ohne … Spitti … weg.«

Schweiß trat Erwin auf die Stirn, sein Gesicht war aschfahl. Schorsch befürchtete einen erneuten Kollaps.

»Ich geh ja schon. Meinst, ich kann dich allein lassen?«

Erwin wedelte Schorsch mit der Hand weg. Der dicke Polizist stolperte davon, in die Richtung, in die das Flugzeug zuletzt geflogen war. Erwin setzte sich auf den Boden, begutachtete seinen angebissenen Finger. Er war voller Blut und pochte wie verrückt. Die Stelle, an der seine Nase saß, brannte wie Höllenfeuer.

Ich brauche unbedingt eine Tollwutspritze, dachte Erwin, bevor er wieder ohnmächtig wurde.

Schorsch stapfte suchend durch den Wald und haderte mit seinem Schicksal. Warum war er nur so ein Versager? Warum konnte er nie was richtig machen? Wahrscheinlich lag es an seinen Eltern, es lag immer an den Eltern, wenn ein Kind gestört war. Er verfluchte seinen Vater für seine dominante Art, er verfluchte seine Mutter, weil sie ihn ständig wie ein Kleinkind behandelte, und er verfluchte sich, weil er sich nicht dagegen wehrte.

Er stutzte. Er machte noch ein paar Schritte, dann war er sicher. Vor ihm lag eine abgebrochene Tragfläche. In der Baumkrone darüber hing das Flugzeug. Beim genaueren Hinsehen stellte Schorsch fest, dass es mit der Schnauze in einer Art Hütte steckte.

Er hatte Hias' Versteck gefunden! Er alleine! Seine Idee war Gold wert gewesen. Er konnte doch mal etwas richtig machen.

Er fotografierte die Spitfire mit dem Handy, so dass auch die GPS-Daten mit übertragen wurden. Mit der Tragfläche unter dem Arm machte er sich auf den Rückweg zu Erwin. Bis er bei ihm war, hatte er sich tausendmal bei seinen Eltern entschuldigt und zehn Vaterunser gebetet. Er konnte manchmal wirklich ein ungerechter Kotzbrocken sein.

Giselas Handy bimmelte, auf dem Display Schorschs Gesicht. Atemlos berichtete er von der erfolgreichen Suche nach dem Baumhaus und dem Unglück mit dem Motorrad und dass Erwin ohnmächtig sei. Die Schlägerei erwähnte er nicht, das ging niemanden etwas an.
Eine halbe Stunde später waren Gisela, Richie und Lederer vor Ort, im Schlepptau Schwester Doris. Sie stellte bei Erwin leichte Erfrierungen, einen Nasenbeinbruch, eine Gehirnerschütterung, mehrere Hämatome und eine Bisswunde fest.
Niemand wollte wissen, was passiert war. Richie half Schwester Doris, Erwin in ihr Auto zu verfrachten, und Schorsch führte Gisela und Lederer zu dem Flugzeug. Alle drei schauten nach oben.
»Einer muss da hoch«, meinte Lederer.
»Ich denk, wir zwei sind nicht dafür gebaut«, meinte Gisela in Hinblick auf ihre und Schorschs Statur.
»Und wie soll man da hochkommen?«, fragte Schorsch.
»So, wie der Herr Berger da auch hochgekommen ist.« Lederer deutete auf ein grünes Seil, das fast unsichtbar über die Tannenäste lief. Es endete in einem hohlen Baum.
Lederer fischte das Seil heraus, zog daran. Wie auf Kommando entrollte sich eine Strickleiter und baumelte einladend herunter. Auch sie war grün, um nicht allzu leicht entdeckt zu werden.
»Krass«, staunte Schorsch. Er und Gisela hielten die Strickleiter fest, während Lederer geschickt die fünfzehn Meter hochkletterte.
Oben erwartete ihn ein grün gestrichener Bretterverschlag, der keinerlei Fenster, dafür aber ein Schlupfloch und einen Rauchabzug hatte. Das Innere maß etwa zwei

auf zwei Meter, und es war vollgestellt mit Reagenzgläsern, Erlenmeyerkolben, Glasbechern, Filtern, Bunsenbrennern. Unter dem Tisch stand eine Brennstoffzelle, wie sie manchmal in Caravans benutzt wurde. Sie war mit einer Propangasflasche verbunden.
So also hatte Matthias Berger Strom erzeugt. Und zwar absolut geräuschlos. Es musste eine ziemliche Plackerei gewesen sein, die zehn Kilogramm schwere Aluflasche hochzuschleppen.
Der Geruch der Chemikalien, die Hias verwendet hatte, hing noch in der Luft. Vermutlich hatten sich die Bretter damit vollgesogen. Lederer untersuchte die Kanister, die in einer Ecke standen. Jede seiner Bewegungen löste ein leises Klirren aus. Ein Kanister enthielt Farbverdünner, der andere Benzin. Dahinter stand ein kleiner Behälter. Lederer holte ihn hervor. Das Etikett war auf Russisch. Natürlich schoss ihm sofort das Bild der Stewardess durch den Kopf.

Natascha Bogdanowa betrat zur selben Zeit durch den Personalzugang des Münchner Flughafens wieder deutschen Boden. Als sie zwei Stunden später ihren Mini vor ihrer Wohnung parkte, warteten zu ihrer Überraschung Gisela und Lederer auf sie.
»Guten Tag«, begrüßte sie die beiden Polizisten.
»Tag.« Lederer strahlte eine Kühle aus, die an Körperverletzung grenzte. »Wir müssen mit Ihnen reden.«
»Am liebsten drinnen.« Gisela nickte zu dem Mietshaus, rieb sich die Hände. »Ist hier draußen doch ein bisschen frisch.«

Die Wohnung war für eine alleinstehende Frau sehr großzügig, Gisela schätzte sie auf über hundert Quadratmeter. Außerdem war sie sehr geschmackvoll eingerichtet. Hatten die Russin und Bürger denselben Innenarchitekten?
»Schön haben Sie's hier«, sagte sie. »Haben Sie das so eingerichtet?«
»Ja. Ich hab mal Innenarchitektur studiert.«
»Abgeschlossen?«
Natascha schüttelte den Kopf. Sie zündete sich eine Zigarette an.
»Es kam was dazwischen.« Kurz wurde ihr Blick stumpf. Bevor Gisela sich für den Grund interessieren konnte, zückte Lederer den kleinen Kunststoffbehälter.
»Können Sie mir das übersetzen?«
Natascha behielt den Rauch lange in der Lunge, ihre Augen huschten über das Etikett. Ihre Worte stiegen greulich ungerührt zwischen den roten Lippen hoch.
»Das ist ein Schmerzmittel, Codein.«
»Haben Sie diese Flasche schon mal gesehen?«
Natascha stieß ein kleines Lachen aus.
»Natürlich nicht. Nur weil es aus Russland ist, muss ich es kennen?« Sie schüttelte lachend den Kopf.
»Dürfte ich dann um Ihre Fingerabdrücke bitten?«
Natascha zuckte mit den Schultern. Sie drückte die Zigarette aus.
»Aber das macht sie.« Natascha deutete auf Gisela. »Von Ihnen will ich nicht angefasst werden.« Ihre kalte Abweisung wirkte wie der Schlag mit einem Eispickel. Gisela konnte sehen, wie Lederer kurz zusammenzuckte.
»Gerne«, erwiderte er nonchalant.

»Ich schau mal in meinem Kalender nach, wann ich Zeit habe«, sagte Natascha.
»Nicht nötig. Wir haben alles dabei.« Lederer legte den Aktenkoffer auf den Tisch, ließ ihn aufschnappen und holte die nötigen Formulare und Gerätschaften heraus.
»Ich lasse die Damen dann mal allein«, sagte er mit einem angedeuteten Diener. »Ich nehme an, Sie haben nichts dagegen, wenn ich mich in Ihre Küche zurückziehe?«
»Keineswegs. Solange Sie nichts klauen.«
Der Hauptkommissar hatte dafür nur ein müdes Lächeln übrig.
Gisela blieb etwas hilflos zurück. Sie hatte noch nie jemandem die Fingerabdrücke abgenommen. Bis vor kurzem hatte sie auch nicht geglaubt, dass das jemals nötig werden würde. Nichtsdestotrotz setzte sie eine amtliche Miene auf und nahm das Formular zur Hand.
»Wenn Sie mir das hier bitte ausfüllen würden.«
Natascha ließ sich am Wohnzimmertisch nieder und setzte ihre Daten ein. Währenddessen versuchte Gisela sich in Erinnerung zu rufen, was sie über erkennungsdienstliche Maßnahmen wusste. Ihr fiel überhaupt nichts ein.
»Hier.« Natascha reichte Gisela das Formular zurück. »Den Rest müssen Sie machen, oder?«
In Gisela schoss Panik durch die Wirbelsäule und machte sich im Kopf breit. Sie biss die Zähne zusammen, um den Schwindel in Schach zu halten. Sie nickte.
»Nachher. Jetzt nehmen wir erst mal die Abdrücke.«
Sie klappte das Stempelkissen auf.
»Haben Sie keinen Scanner?«, fragte Natascha.

»Ähm …« Gisela hatte keine Ahnung, wovon die Flugbegleiterin redete.
»Ich möchte mir ungern meine Hände schmutzig machen«, fuhr Natascha fort.
»Tut mir leid, wenn wir Ihnen da Unannehmlichkeiten machen, aber wir können gerne auf die Mordkommission fahren. Soll ich dem Kollegen Bescheid geben?«
Mit einem besonders fragenden Blick deutete sie über die Schulter zur Küche. Natascha zog eine schiefe Grimasse und schüttelte den Kopf.
»Also, bitte, dann fangen Sie mal an«, forderte Gisela sie auf.
»Mit welchem Finger?«
Gisela sah auf dem Formular mehrere Zellen mit Zahlenkombinationen, die ihr nichts sagten. Fünf oben, fünf unten, das mussten die freien Flächen für die Finger sein. 1 / 5 r musste für den rechten Daumen stehen.
»Mit dem Daumen.«
Sie deutete auf das erste Feld.
»Und wie?«, fragte Natascha.
»Jetzt erzählen Sie mir bloß nicht, Sie haben das noch nie gemacht oder zumindest gesehen.«
»Nein. Ob Sie's glauben oder nicht, das ist eine neue Erfahrung für mich.«
»Arbeiten Sie oder quatschen Sie nur?«, kam Lederers Stimme aus der Küche.
»Das müssen Sie schon uns überlassen«, feuerte Gisela zurück.
Verschwörerisch beugte sie sich vor. »Das hab ich gefressen, wenn es immer nach seiner Nase gehen muss.«
Sie versuchte eine Vertrauensbasis herzustellen, in ihren

Augen die einzige Möglichkeit, jemanden zum Sprechen zu bringen. Natascha kräuselte nur die Nase, drückte ihren Daumen ohne weitere Fragen ins Stempelkissen und dann auf das Feld 1 / 5 r.

»Ich glaub ja, dass der Lederer rassistisch ist«, flüsterte Gisela. Sie machte weiter auf doofe Dorfpolizistin. »Ich mein, es gibt ja noch mehr Russen in Niederbayern, oder?«

»Ein paar«, erwiderte Natascha.

»Was schätzen Sie? Wie viele?«

»Keine Ahnung.«

»Die haben doch bestimmt auch so eine Gemeinde, so wie die Polen. Ich mein, die sind ja ein sehr geselliges Volk, die suchen schon den Kontakt zu den anderen Landsleuten, oder?«

»Ja, sicher.«

»Haben Sie zu denen Kontakt?«

»Ich bin keine Russin, ich bin nur in Russland geboren. Ich hab einen deutschen Pass, und ich kann weniger Russisch als die Merkel.«

»Mir gegenüber müssen Sie sich nicht verteidigen, ich versteh Sie vollkommen.«

Natascha reagierte darauf nicht. Sie hielt ihre schmutzigen Finger hoch.

»Können Sie mir die Tür zum Bad aufmachen?«

»Logisch«, sagte Gisela. Innerlich seufzte sie, mit ihrer Masche war sie nicht weit gekommen. Wahrscheinlich war Natascha eine Frau, die jedem Beamten gegenüber reserviert war. Man wusste ja von den Russen, wie die so waren.

Die Badezimmertür hatte einen Drehgriff, weshalb Natascha sie nicht selbst öffnen wollte. Reinlichkeit war eine ihrer Tugenden.

»Warten Sie, ich dreh Ihnen das Wasser auf«, sagte Gisela schnell. Sie betrat das marineblaue Badezimmer. Ihr Blick glitt über die Einrichtung. Auf einer Spiegelkommode stand eine Sandschale, in der zwei Räucherstäbchen steckten. Es waren dieselben, die Pfarrer Meisner benutzte.

Das Wasser lief. »So, bitte schön.«

»Danke.«

Gisela huschte zur Küche. Lederer stand am Fenster und schaute in den Garten. Er schien die Vögel rund um einen Meisenknödel zu beobachten.

»Die war beim Hias«, flüsterte Gisela. Lederer drehte sich fragend zu ihr um. »An dem Abend, an dem er umgebracht worden ist.«

»Wie kommen Sie darauf?«

Gisela erzählte von den Räucherstäbchen. Im Badezimmer wurde das Wasser abgedreht, Natascha würde jeden Moment zurückkommen.

»Was machen wir jetzt mit der?«, fragte sie.

Lederer überlegte einen Augenblick.

»Nichts.«

Gisela war enttäuscht. Der harte Superbulle wollte eine Verdächtige nicht in die Mangel nehmen? Natascha Bogdanowa war wahrscheinlich die Letzte, die Hias lebend gesehen hatte. Vielleicht war sie sogar in den Mord verwickelt.

»So wie die drauf ist, wird die nichts sagen«, erklärte Lederer leise. »Wir müssen schon mit etwas mehr als einem Fläschchen Codein kommen.«

Die Schritte Nataschas waren zu hören.
»Wir müssen weiter graben.«
»Ja, und wo, bitte schön?« Gisela spürte leise Verzweiflung in sich aufkeimen. »Wir haben doch nix.«
Sie bekam keine Antwort mehr. Natascha tauchte in der Küche auf.
»Sind wir fertig?«, fragte sie.
»Ja.« Lederer schob sich an Natascha vorbei, sie ignorierten einander.
Gisela stand unschlüssig da, doch Nataschas harter Blick erstickte jegliche Initiative, mit der jungen Frau zu reden.

Weil Lederer sich dem Ursprung des Codeinfläschchens widmen wollte, kehrte Gisela alleine nach Niedernussdorf zurück. Ihr Gefühl sagte ihr, dass sie an Natascha dranbleiben sollte. Alles deutete darauf hin, dass sie mehr wusste, als sie preisgab. Aber wie diese harte Nuss knacken? Gisela war ratlos.
Sie besuchte den lädierten Erwin zu Hause. Das brachte sie auf andere Gedanken. Und die waren beim Anblick seines geschwollenen, violettblau verfärbten Gesichts wahrlich mütterlich.
Schorsch stand am Herd und kochte zusammen mit Richie eine Karottenkürbissuppe mit Ingwer. Richie hatte irgendwo gelesen, dass die das Abheilen von Schwellungen beschleunigte.
Erwin gefiel seine Rolle als Patient. Endlich kümmerte man sich mal um ihn, und die Schmerzen waren erträglich, dafür hatten die Pillen von Schwester Doris gesorgt. Alles erschien ihm weich und gedämpft.

»Wir gehen heute Abend gemeinsam in die Disko«, sagte Gisela zu Richie.
»Kommt der Straubinger jetzt womöglich doch mit?« Er klang wie ein bösartiger Hund.
»Nein. Er denkt nicht, dass er dabei sein muss, ein pickliges Bürschchen festzunehmen.«
»Diese Bürschchen sind skrupelloser, als du meinst.« Schorsch probierte aus dem Topf. »Ich versteh die jungen Leute heutzutage nicht. Vor was haben die eigentlich noch Respekt?«
»Du kannst nicht alle über einen Kamm scheren, Schorsch, das wär zu einfach«, sagte Gisela.
»Und dass die Bude beim Flatratesaufen rammelvoll ist? Das gab's früher nicht«, moserte Richie.
»Da vergisst wenigstens die Welt draußen.« Gisela gluckste. »Meine Güte, jetzt kling ich schon wie 'n Psychologe.«
»Hast schon recht.« Erwins Worte quollen wie zähfließende Lava heraus. »Drogen machen die Schmerzen weg.«
Er grinste grenzdebil, die Augenlider auf halbmast. »Wer will schon, dass es weh tut.« Er stierte zu Schorsch. »Außer dir natürlich. Du hast bestimmt deinen Spaß gehabt.«
Anklagend hielt er seinen eingebundenen Zeigefinger hoch, klappte ihn weg und ließ den Mittelfinger hochschnappen.
Schorsch zog eine säuerliche Miene.
»Jetzt sei nicht so nachtragend«, schimpfte Gisela.
Erwin lehnte sich zurück, schloss die Augen.
»Hey, du kannst jetzt nicht schlafen, gibt gleich Essen«, sagte Richie.

Erwin winkte müde ab. »Später.«
»Du musst essen, sonst kratzt du ab.« Richie machte sich ernsthafte Sorgen um seinen Freund. Schorsch zuckte bei dieser Prognose zusammen.
»Jetzt fang du nicht auch noch an«, sagte Gisela.
Schorsch füllte einen Suppenteller voll, reichte ihn Richie.
»Hier. Das stärkt für heute Abend.«
Richie hob sein Helles hoch. »Das reicht als Stärkung.«
»Ich möcht nicht, dass du besoffen in der Tenne auftauchst«, ermahnte Gisela ihn. »Wir haben schon Probleme genug.«
»Keine Sorge. Ich glüh nur vor«, sagte Richie mit einem breiten Grinsen.
Probleme gab es schon am Einlass der Disko, als Gisela und Richie gegen 21 Uhr ankamen.
»Wir sind keine Ü40-Party«, meinte der übernächtigte Typ an der Kasse, nachdem er Gisela von oben bis unten gemustert hatte. Ihr fehlten die Worte, mit so einer abweisenden Reaktion hatte sie nicht gerechnet.
»Hey, wir gehören zusammen«, warf Richie ein, »und zusammen sind wir unter achtzig. Also?«
Der übernächtigte Typ fertigte ein paar junge Gäste ab.
»Tut mir leid, aber Oldies machen nur die Stimmung kaputt.«
»Holen Sie mir doch bitte einen der beiden Geschäftsführer«, sagte Gisela ruhig.
»Glauben Sie, das ändert was?«, entgegnete der Typ und zeigte seine im Schneidezahn eingelassenen Diamanten beim Haifischlächeln. »Die haben die Regel doch aufgestellt.«

Sein überlegenes Grinsen verschwand, als Udo wenig später Gisela und Richie durchwinkte – sie mussten nicht einmal Eintritt zahlen.
»Machen Sie aber bitte keinen Wirbel«, war das Einzige, worum der Dicke die beiden Polizisten bat.
»Wir werden den jungen Mann ganz unauffällig mitnehmen«, beruhigte Gisela ihn.
Die Bude war gesteckt voll. Die jungen Menschen standen dicht an dicht, dass man meinte, sie würden aneinanderkleben, und ein Durchkommen bis zur Theke war aussichtslos.
»Wir sind eh nicht zum Saufen hier«, sagte Gisela.
»Ich sauf nicht, ich stille meinen Durst«, berichtigte Richie sie.
»Schau lieber, ob der Silvia schon da ist.«
»Wie soll ich das denn machen?«, fragte Richie und deutete ratlos auf die Menge. Eine Hand landete krachend auf seiner Schulter. DJ XTC stand vor ihm, in der Hand ein Glas mit einer durchsichtigen Flüssigkeit.
»Na, alles senkrecht, Alter?«
»Ja. Bei dir?«, fragte Richie zurück. Der Lautstärkepegel war bereits so enorm, dass eine Unterhaltung nur schreiend möglich war.
»Alles cool. Wann soll ich unterschreiben?«
Richie klappte den Mund zu. Schnell deutete er auf Gisela.
»Das ist meine Chefin, die hat das letzte Wort.«
Ziegenbärtchen wendete sich Gisela zu, musterte sie.
»Ihr Plattenfuzzis seid immer für eine Überraschung gut«, brüllte er.
Gisela bemühte sich, ihre Verwirrung nicht durchscheinen zu lassen. »So sind wir eben«, brüllte sie nur.

Ziegenbärtchen deutete zum Pult.
»Ich muss, sonst bleibt die Mucke tot.« Er zwinkerte Richie zu. »Heut bring ich dich so zum Abstürzen, dass du mich sofort einpacken und mitnehmen willst.«
Richie lächelte unverbindlich.
»Was war das denn?«, fragte Gisela.
Richie holte Luft, aber ihm wurde klar, dass sie nie im Leben für eine zufriedenstellende Antwort reichen würde.
»Erzähl ich dir später«, schrie er. »Ich schau mich mal um.«
Richie zwängte sich durch die Leiber davon, und Gisela ließ den Blick schweifen. Und stoppte. Zwei Milchbubis mit gläsernen Augen grinsten ihr zu, der eine scheute nicht davor zurück, sich mit der Zunge verführerisch über die Lippen zu fahren. Sie wusste nicht, ob die Jungs flirteten oder sich einen Scherz erlaubten.
Sie wendete sich ab und versuchte, Blickkontakt mit einem der Sumobrüder hinter der Bar aufzunehmen. Sie hatte plötzlich eine trockene Kehle. Udo und Tobi hatten ihre Augen überall, und wenige Sekunden später wurde Gisela ein Glas Wasser durchgereicht. Wieder spürte sie die neugierigen Blicke, meinte ein Kichern zu hören. Sie war mit Abstand der älteste Gast, und allmählich fühlte sie sich wirklich unwohl.
Sie suchte nach Richie. Der war leider eher unterdurchschnittlich groß und in der Menge nicht auszumachen.
Giselas Unwohlsein verstärkte sich, als sie ein weiteres Augenpaar auf sich gerichtet sah. Der Junge hing an der äußersten Ecke der Bar, eine Pudelmütze tief ins Gesicht gezogen, im Halbdunkel blitzten nur seine Augen hin

und wieder im Licht eines Strahlers auf. Sie starrten Gisela durchdringend an. Der Junge wirkte in seiner Unverfrorenheit wie ein Tier, das keine Scham kennt und einem bis auf den Grund der Seele schaut. Aber ein Tier wäre nicht so hasserfüllt. Gisela war wie versteinert. Sie spürte den Hass körperlich.

Sie musste wissen, was der Junge gegen sie hatte. Mit dem leeren Glas in der Hand schob und drückte sie sich wie durch eine gigantische Woge vorwärts. Immer wieder versperrten ihr die Tanzenden den Weg, leiteten sie um, und als sie nach gefühlten Stunden am Ende der Bar angelangt war, stand dort ein Pärchen. Der Junge mit der Pudelmütze war verschwunden.

Sie drehte sich im Kreis, hielt Ausschau nach ihm. Plötzlich stand Richie mit glänzenden Augen vor ihr.

»Ich hab ihn gesehen«, brüllte er.

»Wen?«

»Na, Silvia.«

»Wo?«

»Er ist grad zum Klo.« Richie deutete schräg nach hinten, wo ein grünes Leuchtschild den Weg zu den Toiletten wies.

»Aber er ist da nicht allein hin.« Richie grinste. »Hatte 'n Mädel dabei. Wird wohl 'ne Zeit brauchen, bis er wieder rauskommt.«

»Ich denk, das ist kein Frauenschwarm?«

Richie zuckte mit den Schultern. »Ich sag nur, was ich gesehen hab.«

»Dann lass uns mal rübergehen. Ich befürchte, bis wir uns durchgeschlagen haben, ist der schon wieder weg.«

Das Glück war auf ihrer Seite. Gerade als sie den Durch-

gang zu den Toiletten betraten, kreuzten Silvia und ein rastagelocktes Mädchen ihren Weg.
»Hey, Mann, so sieht man sich wieder«, begrüßte Richie den Jungen freudig. Silvia runzelte ratlos die Stirn.
»Na, gestern. Du hast mir was zum Trinken gebracht. Dann bin ich voll abgestürzt.«
Ein Leuchten überzog Silvias Gesicht.
»Ah ja, stimmt.« Er schob seine Brille hoch.
»Können wir kurz mit dir reden?« Richies Tonfall machte klar, dass es nur eine Antwort darauf gab.
Silvia blinzelte nervös. »Seid ihr Bullen?«
»Ich geh schon mal vor«, sagte das Mädchen mit den Rastalocken und drückte sich an den Polizisten vorbei. Gisela schaute ihr nach. Kurz bevor sie abbog, blickte das Mädchen über die Schulter zurück. Die Blicke der beiden Frauen begegneten sich.
»Am besten reden wir draußen miteinander«, sagte Richie zu Silvia. Der suchte wie eine in die Enge getriebene Ratte nach einer Fluchtmöglichkeit. Vor ihm die Polizisten, links die beiden Toiletten und im Rücken eine gesicherte Nottür. Keine Chance.
»Ich hab nichts gemacht«, sagte der Junge schwach.
»Na, dann musst du ja keine Angst haben«, meinte Gisela. Mit eingezogenem Kopf folgte Silvia Gisela nach draußen, Richie bildete das Schlusslicht. Vor der Tenne zog der Junge fröstelnd die Arme um den Körper und zog Rotz hoch.
»Du weißt sicher, um was es geht«, begann Gisela freundlich. Der schmalbrüstige Junge tat ihr leid, er wirkte wie ein frierendes Hundebaby. Sie ermahnte sich, keine Gefühlsregung zuzulassen. Wenn er wirklich Dro-

gen in Richies Drink gemixt hatte, verdiente er kein Mitgefühl.
»Und versuch es erst gar nicht mit Ausreden«, fügte sie streng hinzu.
»Ich hab nichts gemacht, ehrlich.« Silvia wimmerte fast. »Ich wollt das gar nicht, echt.«
»Wer wollt es denn dann? Das Sandmännchen?«, fragte Richie. »Mir ging's echt sauschlecht, das war kein Spaß mehr, Freundchen.«
Silvia zitterte, dass die Zähne klapperten. Ob vor Kälte oder aus Angst war ungewiss.
»Wer wollt es denn dann?«, wiederholte Gisela.
Silvias Adamsapfel hüpfte rauf und runter, die Brille rutschte auf die Nasenspitze.
»Wer?«, setzte Gisela nach.
»Bob.«
Große Fragezeichen.
»Na, Bob Marley«, erklärte Silvia, was zu noch größeren Fragezeichen auf den Mienen der Polizisten führte.
»Also, die … die Roberta«, stotterte der Junge. »Die von der Apotheke. Drüben in Grünharding. Die von vorhin.«
»Die mit den verfilzten Haaren?«, fragte Gisela.
»Das sind Rastazöpfe«, sagte Silvia.
»Kann das die sein, die auf Schorsch losgegangen ist?«, fragte Richie Gisela.
Die machte ein ratloses Gesicht.
»Und Roberta hat die Drogen in das Getränk gemischt?«, fragte sie Silvia.
»Das macht die ab und zu. So zum Spaß.«
»Und was ist das für Zeug?«, bellte Richie gefährlich leise.

Silvia zuckte mit den Schultern. »Keine Ahnung. Ich frag da nicht.«
Gisela und Richie wechselten einen Blick.
»Dann werden wir mit ihr reden müssen«, sagte Gisela.
»Muss das sein?« Der Junge schlotterte richtig. Diesmal vor Angst, da war sich Gisela sicher.
»Die findet das bestimmt nicht gut, dass ich was gesagt hab.«
»Damit musst du leben«, knurrte Richie.
»Die kann echt ausflippen, kein Scheiß.«
Die großen Augen hinter den Brillengläsern machten Gisela hellhörig. »Inwiefern?«
»Die ... die haut dann zu wie wild, die ist da wie 'n Tier.«
Gisela musste an Schorschs Erlebnis denken. Sie war sich jetzt sicher, dass Roberta das Mädchen gewesen war, das ihn niedergeschlagen hatte.
»Ist sie so, weil sie auf Drogen ist?«
»Gott, nein, ich möcht nicht wissen, wie die ist, wenn sie auf Drogen ist.« Er lachte bedrückt auf. »Dabei war die in der Schule immer so 'ne Ruhige.« Verlegen schaute er weg und rückte die Brille hoch.
Gisela hatte nur mit halbem Ohr zugehört. Sie fragte sich, ob Roberta etwas mit den Morden zu tun haben könnte. Sie wollte es nicht glauben, das Mädchen war relativ zierlich, allerdings konnten Menschen durch einen Adrenalinschub ungeheure Kräfte entwickeln.
Vor ihr tauchte das Bild der zerfetzten Kehlen auf, des Blutes; die unheimliche Todesstille hallte immer noch nach.
Roberta musste her. Sie schickte Richie noch einmal in die Disko, um das Mädchen zu holen. In der Zwischen-

zeit durfte Silvia sich in Giselas Wagen setzen, um sich aufzuwärmen.
Richie schlug feuchte Wärme entgegen, die an ein Dampfbad erinnerte. Seine Augen gewöhnten sich rasch an das Dämmerlicht, und es dauerte keine zwei Minuten, dann hatte er Roberta in der Nähe des DJs entdeckt. Sie wendete ihm den Rücken zu und wippte im Takt der Musik.
Ziegenbärtchen bemerkte Richie. Er winkte ihm zu, sagte etwas zu Roberta und richtete ihre Aufmerksamkeit auf den Polizisten. Sie erstarrte wie ein Reh im Scheinwerferlicht. Richie stieß grob einige Gäste zur Seite, um Tempo aufzunehmen. Roberta spurtete los. Im Gegensatz zu Richie kannte sie keinerlei Gnade mit den menschlichen Hindernissen. Sie schlug, schubste und prügelte sich eine Schneise zu den Toiletten.
Als Richie dort endlich anlangte und ohne zu zögern auf die Damentoilette stürmte, war sie bereits durch ein Fenster entwischt. Richie wich der schwingenden Handtasche einer erschrockenen Studentin aus, hüpfte auf den Klodeckel unter dem Fenster und stürzte sich mutig durch die schmale Öffnung ins Freie. Er knallte kopfüber auf die Motorhaube eines VW Golfs, der unter dem Fenster stand. Die Karosserie hatte bereits Dellen von Robertas Kampfstiefeln. Sie selbst hetzte über den Parkplatz zu einer Wiese, die zum Wald führte.
Richie nahm die Verfolgung auf. Er behielt das Mädchen konstant im Visier, versuchte, möglichst kurze, aber kräftige Schritte zu machen. Es war Jahrzehnte her, dass Richie gelaufen war. Selbst bei den Bundesjugendspielen hatte er mehr Wert auf Bequemlichkeit als auf den Sieg

gelegt. Nie war er an seine körperlichen Grenzen gegangen.
Heute hatte er mehr Ehrgeiz. Das Mädchen hatte Schorsch blöd aussehen lassen, das sollte ihm nicht passieren. Mit jedem zurückgelegten Meter aber schrumpfte seine Lunge mehr zusammen, bis er das Gefühl hatte, dass keine Luft mehr hineinpasste. Er musste sich zwingen, regelmäßig zu atmen und die schwerer werdenden Beine zu ignorieren. Der Abstand zu Roberta wurde leider nicht kleiner. Und der Wald war nur noch etwa fünfzig Meter entfernt. Richie beschloss, eine List anzuwenden.
»Polizei! Stehen bleiben, oder ich schieße!«, keuchte er. Roberta rannte weiter. Kein Wunder, selbst für seine Ohren waren die Sätze fast unhörbar gewesen.
Roberta war wenige Meter vor dem Waldrand, als ein Schuss die kalte Stille zerriss. Er war ganz nah. Richie duckte sich instinktiv. Roberta stolperte in Panik, fiel der Länge nach hin. Sie rappelte sich auf, hetzte auf allen vieren weiter.
Wieder ein Schuss. Roberta legte sich flach auf den Boden, streckte die Arme weit von sich.
»Nicht schießen! Bitte nicht schießen!«, japste sie.
Richie erreichte sie. Er wollte ihr sagen, dass sie festgenommen wäre, aber nur ein hässliches Pfeifen drang aus seiner Kehle. Er stützte seine Hände auf den Knien ab, trotzte einem Schwächeanfall und bemerkte auf der Wiese eine Bewegung.
Gisela kam angetrabt, in der Hand ihre Pistole. Sie hatte die Warnschüsse abgegeben, um Richie zu helfen. Seine Beine zitterten, gaben nach, er ließ sich neben Roberta in das silbrig gefrorene Gras fallen und betete, dass er

nicht an Atemnot sterben würde. Er drehte den Kopf und begegnete dem Blick des Mädchens, das ihn mit großen Augen anschaute.
Richie hob warnend den Zeigefinger, sammelte all seine verbliebene Kraft.
»Bleib bloß liegen«, drohte er mit rasselnder Stimme.
Zum Glück übernahm Gisela den Rest. Er selbst wäre nicht mehr in der Lage gewesen, sich zu erheben.

Zurück auf der Dienststelle, hockte Roberta mit hängendem Kopf auf der Bank. Die Rastazöpfe verdeckten ihr Gesicht. Ihr Handgelenk war mit einer Handschelle an die Armlehne gefesselt.
Richie saß an seinem Schreibtisch, kaute auf einem Bleistift herum und passte auf das Mädchen auf. Seine Backen waren dunkelrot, der Rest des Gesichts kalkweiß.
Die Tür zu Giselas Büro öffnete sich, und Silvia kam heraus. Mit unsicherem Blick zu Roberta schüttelte er Gisela zum Abschied die Hand.
»Und wenn du weiter wegwillst, abmelden nicht vergessen, sonst muss ich dich mit Haftbefehl suchen lassen«, sagte Gisela.
»Ich muss auf die Berufsschule in Straubing«, fragte er wacklig.
»Das passt schon«, beruhigte sie ihn.
Silvia nickte dankbar, schob die Brille hoch und huschte zur Tür raus, bevor Roberta ihn mit ihrem Blick vernichten konnte. Aber das Mädchen rührte sich keinen Millimeter. Nur an den leichten Bewegungen der Zöpfe erkannte man, dass sie atmete.

»So, du wärst dran«, richtete Gisela sich an sie.
Kein Mucks. Gisela trat an das Mädchen heran.
»Roberta? Kommst du bitte in mein Büro?«
Nicht der Hauch einer Bewegung. Richie biss auf den Bleistift, dass das Holz knirschte. Er machte sich sprungbereit, sollte Roberta einen Angriff wagen.
»Roberta?« Giselas Stimme war weich. »Soll ich deine Eltern anrufen? Dass sie herkommen und bei dir sind?«
Die Zöpfe schwenkten hin und her, als das Mädchen den Kopf schüttelte.
»Ich muss deine Aussage aufnehmen, erst dann darfst du gehen. Wenn du nicht mit mir redest, muss ich dich in die Zelle sperren, und der Untersuchungsrichter wird morgen prüfen, ob du in U-Haft musst. Das ist dann wie richtiges Gefängnis. Daheim ist's schöner.«
»Woher wollen Sie das wissen?«, erklang Robertas Stimme heiser. Sie hob den Kopf. Ihre Augen waren stumpf, die Lippen spröde wie Ackerschollen.
»Das denk ich mir.«
Roberta stieß einen Lacher aus, drehte ihren Kopf weg, überlegte.
»Wie is'n das in U-Haft? Is' da ruhig?«
Gisela war überrascht.
»Ruhig ist es im Gefängnis nie. Außerdem musst du dich an die Regeln halten. Aufstehen um sechs Uhr mit Lebendkontrolle …«
Roberta fuhr herum, ungläubiger Blick.
»Sechs Uhr?«
»Ja. Jeden Tag.«
Das Mädchen nickte auf die Handschelle. »Machen Sie auf, ich red.«

Gisela bat Richie, Lederer zu informieren, dann begab sie sich mit dem Mädchen in ihr Büro. Sie deutete auf den Besucherstuhl.
»Setz dich, bitte. Magst was trinken?«
»Red Bull mit Cola.«
»Kannst Wasser haben, wahlweise mit oder ohne Sprudel.«
»Dann nichts.«
Gisela setzte sich. Sie hatte einen DIN-A4-Block vor sich liegen, auf dem sie zuvor Silvias Aussage aufgenommen hatte.
»Also. Name?«
»Roberta Stangl.«
»Ohne e?«
Roberta nickte. »Mit e konnten sich meine Eltern nicht leisten.«
Sie klang nicht zynisch oder deprimiert, sie sagte das in einem Ton, als würde es der Wahrheit entsprechen. Ganz nüchtern und sachlich, monoton.
Gisela musterte Roberta. Die Augen waren ohne Leben. Sie war gerade mal achtzehn Jahre alt und ein Zombie.
Nach der Aufnahme der Personalien schaltete Gisela das Aufnahmegerät ein. »Dein Freund hat ausgesagt, dass du eine Tablette in das Getränk meines Kollegen getan hast.«
»Der Silvia ist nicht mein Freund.«
»Sondern?«
»Ein Freund. Aber so wie Sie's gesagt haben, könnte man meinen, er ist *der* Freund.«
»Er ist ein netter Kerl.«
»Er ist ein Arschkriecher.«

Das Mädchen war ein einziges Minenfeld.
»Aber das mit der Tablette stimmt?«
Roberta nickte.
»Woher hast du die?«
Schweigen. Sie schürzte die Lippen, betrachtete ihre schwarzlackierten Fingernägel.
»War die aus deinem Bestand? Aus den Beuteln, die du letzte Nacht meinem Kollegen entrissen hast, nachdem du ihn niedergeschlagen hast? Das müssen wir übrigens auch noch aufnehmen.«
Ein leises Lächeln huschte über das Gesicht des Mädchens.
»Hat's sehr weh getan?«
Gisela schaute sie fragend an. »Die Schläge?«
»Ja.«
Das Lächeln wurde breiter. »Eigentlich soll man das ja nicht tun, aber das … das ist dann so … schön. Als würd man an 'nem heißen Tag ins kalte Wasser springen.«
Gisela rief sich dieses Bild vor Augen, brachte es aber nicht in Einklang mit der Gewalt, von der sie gerade redeten.
»Ist die Tablette aus einem der Beutel?«
Roberta nickte.
»Was war das für eine Droge?«
»Ein Upper.«
»Aufputschmittel?«
Roberta nickte. »Mit 'nem extra Kick, wenn Sie verstehen.«
»Nein, tu ich nicht.«
»Sonderanfertigung. Kriegt man nicht am Kiosk.«
»Sondern? Wo kriegt man die dann?«

Roberta schnalzte mit der Zunge. »Die hat mir der Hias geschenkt.«
»Matthias Berger?«
»Ja.«
»Geschenkt? Mein Kollege meint, das wären insgesamt sicher über fünfzig Tabletten gewesen. Die müssen doch einiges wert sein, so was kriegt man nicht einfach geschenkt, oder?«
»Geschenkt ist vielleicht das falsche Wort. Getauscht trifft's eher.«
»Gegen was?«
Roberta rieb sich den Schritt und grinste. »Damit.«
Die Kälte in ihrer Stimme erschreckte Gisela. Sich vorzustellen, wie Hias und Roberta Sex hatten, schockierte sie. Sie räusperte den Kloß im Hals weg.
»Warst du oft beim Hias?«
Roberta zuckte mit den Schultern. »Immer wenn ich was gebraucht hab. Erst hab ich was eingeschmissen, dann haben wir getauscht, und dann war für ein paar Wochen Ruhe.«
»Wie warst du, wenn du was eingeschmissen hast?«
Robertas Blick wanderte zur Neonröhre an der Decke. Das leise Summen begleitete ihr Nachdenken.
»Unbesiegbar. Da war ich das stärkste Mädchen der Welt.«
»Stark wie ein Bär?«
»Stärker.«
Ihre Stimme bekam etwas Verträumtes, als würde sie über eine Märchenfigur reden.
»Das ist so, als hätt ich die ganze Welt gemacht, und ich entscheid über alles.«

»Auch über Leben und Tod?«
»Über alles bedeutet das ja wohl, oder?«
Gisela nickte.
»Warst du am letzten Samstag auch beim Hias?«
»Keine Ahnung. Ich mach keinen Termin, wenn ich mir das Zeug hol. Ich geh einfach vorbei. Der ist doch eh immer zu Hause. Außer er kocht das Zeug.«
»Weißt du, wo er das macht?«
»Angeblich im Himmel.« Roberta kicherte wie ein Schulmädchen. »Hab ich ihm aber nicht geglaubt.«
»Hattet ihr da Streit? Als ihr euch das letzte Mal gesehen habt.«
Roberta runzelte die Stirn. »Woher wissen Sie das?«
Gisela schluckte ihre Überraschung runter.
»Wir haben Indizien«, sagte sie. »Um was ging's in dem Streit?«
»Er wollt wegziehen. Hat sich irgend so 'ne Russin eingefangen, mit der wollt er nach Moskau ziehen.« Sie tippte sich an die Stirn. »Wie doof ist das denn? Da is' ständig arschkalt, und verstehen tuste auch nichts.«
Sie schniefte. »Aber sie hat da irgendwelche Freunde, die ihm wegen dem Zeug helfen wollten.«
»Inwiefern?«
»Inwiefern was?«
»Wie wollten die ihm helfen?«
»Keine Ahnung. Ich war bloß stinksauer, dass er mich auf'm Trocknen sitzenlassen wollte.«
»Und bist ausgerastet?«
Roberta zuckte verlegen mit den Schultern. »Bisschen vielleicht.«
»Hast du ihn in den Kofferraum gesperrt?«

Robertas Blick weitete sich vor Verwunderung. »Was bitte?«
»Hast du Hias in den Kofferraum seines Autos gesperrt?«
Roberta schaute durch Gisela hindurch, als sie sich zu erinnern versuchte. Ihre Augenbrauen zogen sich zusammen.
»Ich glaub nicht. Ich glaub, ich hab rumgeschrien und ihm ein paar gescheuert.«
»Aber du weißt es nicht sicher?«
»Hey, das Zeug brennt dir das Gehirn weg, da kuckst du durch 'n umgedrehtes Fernrohr.«
»Du weißt, was dem Hias und seinen Tieren passiert ist?«
Roberta nickte. Gisela betrachtete sie aufmerksam.
Das Mädchen riss die Augen auf. »Wollen Sie sagen, ich hätt die abgeschlachtet?«
»Du erinnerst dich nicht dran. Hast du selbst gesagt.«
Roberta lachte unsicher auf. »Das wär hart.«
Sie schaute Gisela mit schiefgelegtem Kopf an. »Würden Sie mir das zutrauen?«
Gisela hatte auf diese Frage keine Antwort. Aber nach den vorliegenden Hinweisen musste sie das Mädchen für fähig halten, einen grausamen Mord begangen zu haben. Zwei grausame Morde.
»Kennst du Friedrich Bürger?«
Roberta überlegte kurz, schob die Unterlippe vor, schüttelte den Kopf.
»Wer is'n das?«
»Das zweite Mordopfer, der Rinderbauer.«
»Es ist noch jemand umgebracht worden?« Sie war ehrlich überrascht.

»Hast du nichts davon gewusst? Das muss sich doch rumgesprochen haben«, sagte Gisela.
»Für uns gibt's Wichtigeres, als ob ein Bauer stirbt.« Roberta seufzte. »Manchmal ist das wie 'ne Parallelwelt, verstehen Sie? Da gibt's irgendwie keinen Kontakt, das ist …«
Müde brach sie ab, als wäre eine Erklärung einem Erwachsenen gegenüber reine Zeitverschwendung.
»Du behauptest also, Friedrich Bürger nicht gekannt zu haben?«
»Genau.«
Als Polizistin durfte sie nicht ausschließen, dass Roberta log, als Mensch tat sie es. Zu offen war der Blick des Mädchens, zu entspannt ihre Körperhaltung, zu fest ihre Stimme. In den beiden Mordfällen aber musste man vom selben Täter ausgehen.
»Wer von deinen Freunden nimmt noch diese Droge?«
»Ich häng niemanden hin«, murmelte Roberta und dachte sichtlich an Silvia.
»Findest du es nicht schlimm, dass der Mörder möglicherweise davonkommt?«
»Von meinen Freunden ist keiner ein Mörder.«
»Wie kannst du das wissen? Du weißt ja nicht mal selber, ob du den Hias umgebracht hast oder nicht.«
Roberta starrte Gisela lange an. Schließlich nickte sie leicht.
»Sie haben recht.« Ihre Zunge leckte über die spröden Lippen. »Kann ich was zum Trinken haben? Leitungswasser tut's auch.«
Sie trank das volle Wasserglas in mehreren gierigen Schlucken aus. Ein paar Tropfen rannen ihr Kinn hinab

und zerplatzten auf der schwarzen Jeans. Mit einem wohligen Laut stellte sie das Glas auf den Tisch.
»Ich kann mir eigentlich nur von einem Menschen vorstellen, dass er jemanden umbringt.« Ihre Augen brannten. »Die Angie.«
»Angie?«
»Angelika«, sagte Roberta. »Wir waren zusammen auf der Berufsschule, sind echt jeden Tag zusammengehangen. Aber die letzte Zeit, da ist die echt zum Arschloch geworden.«
»Wie heißt diese Angelika noch?«
»Aber die hat nie Drogen genommen, dafür ist die viel zu feige.«
»Das kann mir Angelika gerne selber erzählen.«
Gisela schaute Roberta fragend an, der Kugelschreiber schwebte über einem Notizzettel.
»Angelika Brunner. Ihre Mutter ist Frisiererin.«
Gisela stockte, unfähig, den Namen aufzuschreiben. Sie erinnerte sich an das Mädchen, das mit dem frischen Nasenpiercing nach Hause gekommen war und sich mit der Mutter darüber gestritten hatte.
»Hallo?« Roberta beugte sich leicht vor, um in Giselas Gesicht zu sehen. »Is' was?«
Gisela kam zu sich, schrieb den Namen auf. Es klopfte, und Richie steckte seinen Kopf herein.
»Er wär da.«
Gisela schaute ihn fragend an.
»Der Straubinger«, sagte er.
»Wir kommen gleich.«
Richie verzog sich. Gisela betrachtete den Namen auf dem Zettel, dann hob sie ihren Blick.

»Willst du mir noch etwas sagen?«
Roberta zuckte mit den Schultern.
»Dann lass ich dich nach Hause fahren.«
»Muss das sein?« Roberta lächelte schmal. »Können Sie mich nicht wieder zur Tenne zurückbringen? Ich hab meinen Eintritt noch gar nicht versoffen.« Sie lachte rauh und herzlich.
Gisela musste unwillkürlich lächeln. »Das kann ich nur in Absprache mit dem Herrn von der Mordkommission machen«, sagte sie.
»Dauert das lang?«
Gisela nahm das Aufnahmegerät. »Das werden wir gleich sehen.«
Gisela spielte Lederer die Aussage Robertas vor. Richie saß daneben und hörte mit steinerner Miene zu. Am Ende der Aufnahme schaltete Gisela das Gerät ab und schaute den Hauptkommissar fragend an. Der erwiderte den Blick.
»Glauben Sie ihr?«
Gisela nickte.
Lederer überlegte. »Schön. Sie fahren sie zur Disko«, sagte er zu Richie.
Dem klappte der Mund auf. »Ist nicht Ihr Ernst, oder?«
»Ich pflege keine Scherze zu machen«, erwiderte Lederer kühl. »Ich verlasse mich voll und ganz auf das Urteil Ihrer Vorgesetzten.«
»Die hat mich gestern fast umgebracht«, protestierte Richie.
»Sie hat deinen Kreislauf etwas überfordert«, sagte Gisela. »Und das hast du die letzten Jahre selber oft genug gemacht.«

»Ja, aber freiwillig«, erwiderte Richie. »Und überhaupt, ich lass mich von der Kleinmädchenfresse nicht täuschen. Die hat's faustdick hinter den Ohren.« Er senkte die Stimme. »Und ich halt sie durchaus für einen Mord fähig.«

»Zu einem Mord«, verbesserte Lederer.

Richie blinzelte irritiert.

»Zum Glück haben Sie in dieser Angelegenheit nichts zu sagen, Herr Kollege, ich kann mir schon vorstellen, was dann hier los wäre.«

Richie atmete schwerer.

»Sie bringen das Mädchen zur Tanzveranstaltung zurück, und dann ist Ihr Dienst für heute beendet«, setzte Lederer hinzu. Sein Schnauzer zuckte kurz, wie ein Peitschenhieb, mit dem den Worten Nachdruck verliehen werden sollte.

Richie erhob sich schwerfällig und holte Roberta aus Giselas Büro. Lederer musterte sie ganz genau, bevor sie mit Richie die Dienststelle verließ.

»Sie haben recht, Frau Kollegin«, sagte er und wendete sich Gisela zu, »dieses Mädchen ist keine Mörderin.«

»Das haben Sie in den paar Sekunden gesehen?« Gisela war baff.

»Sie ist zu klein. Laut Obduktionsbericht müsste der Täter zwischen eins fünfundsiebzig und eins achtzig sein.«

»Das sagen Sie mir erst jetzt?«

»Natürlich. Es hat ja bisher keine Rolle gespielt.«

»Die Russin dürft etwa so groß sein, oder? Da hätten Sie's mir ja sagen können.«

Giselas Ton wurde ranzig, Lederers Blick stutzig.

»Ja. Entschuldigen Sie, so was wird nicht wieder vorkommen«, sagte er schließlich. »Ich … ich bin Zusammenarbeit nicht gewohnt, muss ich zu meiner Entschuldigung sagen.«

»Gibt's sonst noch was, das ich wissen müsste?«

Seine Stirn rutschte in Falten, er brummte nachdenklich. »Nein, ich denke, Sie sind auf dem aktuellsten Stand.«

»Denken Sie.« Gisela war mehr als skeptisch.

»Unterstellen Sie mir etwa, dass ich Ihnen Informationen vorenthalte?«

»Nach all dem, wie Sie mich bisher behandelt haben? Ja.«

»Haben Sie nicht den Eindruck gewonnen, dass ich mich im zwischenmenschlichen Miteinander gebessert habe?«

Gisela war überrascht. Er schien es ernst zu meinen, wie sie an seinem fragenden Blick und dem nervösen Zucken seiner Schnurrbartspitzen erkannte. Es war, als ließe er die Maske fallen, mit der er sie bisher auf Abstand gehalten hatte.

»Mei, ein bisschen vielleicht«, sagte sie achselzuckend. »Aber da gibt's noch viel zu tun.«

Lederer lächelte erleichtert, als hätte er von der Lehrerin statt des erwarteten Ungenügend ein Ausreichend bekommen. Freudig streckte er ihr die Hand entgegen.

»Karl.«

Gisela war so verdutzt, dass sie zunächst gar nicht reagierte und dann einen schrillen Lacher ausstieß. Verunsichert zog Lederer seine Hand zurück.

Sofort fasste Gisela sich wieder. »'tschuldigung, normalerweise überrascht mich ja nichts mehr im Leben, aber das eben …« Sie bot Lederer die Hand an. »Gisela.«

Lederer schlug ein.

»Müssen wir jetzt noch Brüderschaft trinken?«, fragte Gisela. »Dann aber nicht hier, weil, ich hab nur Wasser.«
»Im Wilden Bock?«
»Dafür haben wir keine Zeit, oder?«, fragte Gisela. »Wichtiger wär, wir würden die Angelika befragen.«
»Und wonach willst du sie befragen?«
»Na, wegen der Drogen und ob sie den Hias kannte«, antwortete Gisela. »Ich hab sie einmal gesehen, es könnt schon sein, dass die zwischen eins fünfundsiebzig und eins achtzig ist.«
»Es ist trotzdem übertriebener Aktionismus, zu dieser späten Stunde bei dem Mädchen aufzukreuzen. Wir brauchen mehr Hinweise als nur die Aussage einer Freundin. Und sie läuft uns nicht weg, oder?«
Gisela zuckte mit den Schultern. »Vielleicht ist sie schon weg.«
»Also gut, als leitender Ermittlungsbeamter und damit weisungsbefugt, befehle ich dir, mit mir jetzt im Wilden Bock einen Schnaps auf unsere neue Duzfreundschaft zu trinken. Jeglicher Widerspruch wird umgehend der vorgesetzten Dienststelle gemeldet.«
Gisela kam aus dem Staunen gar nicht mehr raus. Das war nicht der verklemmte, überkorrekte Hauptkommissar, den sie kannte. Kurz mutmaßte sie, dass er Drogen genommen hatte, wischte den Gedanken aber sofort beiseite. Er wirkte absolut normal, seine Pupillen waren klein und seine Reaktionen in Einklang mit seinen Worten. Die Offenheit ihr gegenüber verlieh ihm einen ganz neuen und eigenen Charme. Gisela gab nach und begleitete ihn zum Wirtshaus.
Während die beiden das Sie endgültig wegschwemmten,

lud Richie Roberta bei der Disko ab. Die ganze Fahrt über hatte keiner der beiden ein Wort gesagt. Beim Aussteigen knurrte Richie sie an.

»Magst dich nicht wenigstens entschuldigen?«

Sie schaute ihn mit großen Augen an. »Wegen was?«

Richie fehlten die Worte.

»Ist ja nichts passiert«, sagte Roberta leichthin und entschwand in die Disko.

Richie bekam Kopfschmerzen. Er spürte diese Respektlosigkeit körperlich, wie einen Faustschlag ins Gesicht. Er wusste nicht, wie er mit diesem Gefühl der Ohnmacht und Demütigung umgehen sollte.

Erwin. Er musste mit seinem Freund reden. Hoffentlich war der bei Bewusstsein und ansprechbar.

Erwin saß mit Schorsch vor dem Fernseher und guckte Dirty Harry. Seine Augen glänzten schon wieder lebenslustig, die Gesichtsfarbe war durchgängig rosa, und ab und zu entwischte ihm ein Kichern, besonders an der Stelle, an der Clint Eastwood einem der Gangster die Magnum unter die Nase hielt und kurz davor war, mit einem lässigen Spruch abzudrücken. So sollte Polizeiarbeit sein, da waren sich Erwin und Schorsch einig.

Richie quetschte sich die letzten Minuten des Films mit auf die abgewetzte Cordcouch, und danach erzählte er von Roberta und deren ungebührlichem Verhalten.

»Weißt, wie das klingt?«, fragte Schorsch. »Das klingt so, als würd sie den Saubären decken.«

Erwin und Richie wechselten einen amüsierten Blick. Natürlich entging Schorsch das nicht. Aufgeregt sprang er auf und tigerte vor der Couch auf und ab. An seinen Fingern zählte er alle Punkte für seine These ab.

»Sie ist ein Junkie, die lügen notorisch und haben keinerlei Skrupel. Sie hat zugegeben, dass sie den Hias kannte, und«, er betonte das kleine Wörtchen mit ansteigender Stimme, »sie war in der Tatnacht bei ihm. Das bedeutet, sie hat kein Alibi. Punkt vier, sie ist zu klein für den Mord, das kann doch nur heißen, dass der Saubär den Hias und die Schweine umgebracht hat, sie ihn aber schützt.«

»Und warum?«, wagte Erwin einzuwerfen.

Schorsch fasste sich an den Kopf, verwundert, dass sein Kollege den Zusammenhang nicht sah. »Na, weil sie missbraucht wird.«

Der Satz hallte wie ein Donnerschlag durch das kleine Wohnzimmer und versteinerte Erwin und Richie.

»Der Saubär ist ihr Ausdruck von Aggressivität, er tut, was sie will, weil sie selbst dazu nicht in der Lage ist. Er gibt ihr die Macht, die sie zu Hause schon lange nicht mehr hat«, führte Schorsch weiter aus. Sein Gesicht glühte wie ein Tauchsieder.

»Ich kann froh sein, dass sie ihn nicht gerufen hat, als sie auf mich losgegangen ist«, hauchte er. »Sonst wär's aus mit mir gewesen.«

»Der Saubär wär dann so was wie ein Symbol, oder?«, fragte Erwin.

Richie rutschte von der Couch, um sich ein Bier aus der Küche zu holen.

»Ja, genau«, antwortete Schorsch.

»Dann wär der aber nicht echt, oder?«

»Wieso nicht?«

»Weil der ja nur was symbolisiert, und so was gibt's doch in echt gar nicht.«

Schorsch wedelte ungeduldig mit den Händen.

»Du verstehst das nicht. Hast du schon mal was von Manifestationen gehört?«

»Logisch.« Erwin drückte die Brust raus, obwohl ihm das Wort nur dunkel was sagte.

»Dann weißt du auch, dass sich bisweilen das Geistige in Form von Materie zeigt«, sagte Schorsch.

»So wie Hochgeistiges in Form von Schnaps«, ließ sich Richie von der Küchentür her vernehmen und hob seine Bierflasche prostend hoch.

»Krieg ich auch eins?«, fragte Erwin. »Ach, wart, ich hol's mir selber. Bin ja nicht im Krankenhaus.«

»Eher in der Irrenanstalt«, sagte Richie mit Blick auf Schorsch.

»Mit euch kann man echt nicht ernsthaft reden«, knurrte Schorsch.

»Weißt«, sagte Richie, »als ich hergekommen bin, da war ich richtig schlecht drauf, aber jetzt … jetzt geht's mir wieder super. Weil die Probleme, die ich hab, sind ja, verglichen mit deinen, Kinderkacke. Der Saubär ist kein Symbol, der ist echt.«

Erwin seufzte und stieß mit Richie an, um ihn an weiteren Ausführungen zu hindern. »Sauber, sag ich.«

Schorsch aber schnappte sich seine Jacke und stach den Zeigefinger wie ein Florett in Richtung der beiden Biertrinker.

»Ihr werdet euch noch umschauen. Zum Glück gibt's in diesem Ort noch Menschen, die nicht so borniert und engstirnig sind wie ihr.«

Er wirbelte herum und rauschte mit einem Türenknallen aus der Wohnung.
Die kalte Nachtluft trug nicht zur Linderung von Schorschs Hitzewallung bei, im Gegenteil, sie schien diese noch anzufachen. Es war fast unerträglich, Schorsch hatte das Gefühl, Feuer speien zu müssen.
Am Stammtisch im Wilden Bock fand er die Männer, die er suchte. Franz Kramer, Günther, Kasper, Rudi und Kurt saßen bei der letzten Maß zusammen und schimpften lautstark auf die da oben – das abendliche Standardprogramm.
Schorsch wurde mit großem Hallo begrüßt. Kurz durchjagte ihn ein heißer Blitz, als er Gisela mit Lederer zusammensitzen sah, doch bevor er darüber nachdenken konnte, ob er besser gehen sollte, zog Franz Kramer seinen Sohn leutselig auf einen Stuhl. Spätestens die dritte Maß pinselte die Welt des Metzgers rosarot und machte alle Menschen zu seinen besten Freunden. Sogar seinen Sohn.
Schorsch erzählte den Stammtischlern von Roberta und ihrem aggressiven Saubären. Er stieß zu seiner Freude auf allgemeines Nicken und einhellige Zustimmung. Niemand äußerte auch nur einen Funken Zweifel an der Theorie. In ihren überhopften Gehirnen war alles möglich, und so wurde kurzerhand entschieden, dem Saubären endgültig den Garaus zu machen.
Lederer hin, Lederer her, das ging nur unter Bewaffnung. Zum Glück hatten die Stammtischler nicht sämtliche Gewehre abgeliefert. Schorsch hatte den grandiosen Einfall, das Rastamädchen unter Beobachtung zu stellen, früher oder später würde sie die Jäger zum Saubären führen.

Alle hielten das für eine überlegenswerte Idee, alle, bis auf Franz Kramer. Als dominanter Vater lehnte er grundsätzlich jeden Vorschlag seines Sohnes ab. Dazu kam, dass er mit Blick auf die zähen Ermittlungen so schnell wie möglich ein Ergebnis vorweisen wollte.

»Wir nehmen uns die Kleine vor«, raunte er.

»Wie meinst du denn das?«, fragte Schorsch.

»So, wie ich's gesagt hab. Und wir machen das besser ohne dich.« Franz Kramer legte seine schwere Hand auf Schorschs Schulter. »Wir dürfen dich da nicht reinziehen.« Er klang fürsorglich. Schorsch wischte die Hand weg.

»Ich hab deinen blöden Vorschlag gehört, damit hast du mich da schon reingezogen. Wenn ihr dem Mädchen was antut, kann und darf ich nicht wegschauen.« Die Wut trieb Schorsch Tränen in die Augen.

»Wir tun der doch nichts«, empörte sich Franz Kramer, »für was hältst du uns denn?«

»Wir sind doch keine Viecher«, lallte der knorrige Kasper. Sein Freund Günther beugte sich vor, hüllte Schorsch in eine Alkoholwolke ein.

»Sollen wir dasitzen und nichts machen? Und von denen da«, er deutete auf den Nischentisch, an dem Gisela und Lederer saßen, »lassen wir uns gar nichts vorschreiben.«

»Wir sind immer noch wir«, bekräftigte Rudi. Dem zustimmenden Brummen in der Runde folgten kräftige Züge aus den Bierkrügen.

Schorsch war verzweifelt. »Ihr seid doch alle stockbesoffen, da kann doch nichts Gescheites dabei rauskommen.«

»Sag noch einmal, dass ich betrunken bin, dann fängst dir eine«, schimpfte Franz Kramer.

Rudi demonstrierte seinen Zustand, indem er die Spitzen der Zeigefinger aufeinanderlegte. Sie verfehlten einander nur knapp.

»Da, schau.« Triumphierend hob er die Hände, nachdem die Fingerspitzen nach mehreren Versuchen endlich aufeinandergetroffen waren. Wie Radiergummis bogen sich die obersten Glieder nach innen.

»Ich kann das nicht zulassen.« Schorsch wollte sich erheben. Sein Vater hinderte ihn daran.

»Du bist an erster Stelle mein Sohn, erst danach Polizist.« Sein warnender Blick machte Schorsch klar, dass er für den Rest seines Lebens Schwierigkeiten zu erwarten hätte, sollte er jetzt aufstehen oder womöglich gar zu Gisela gehen und petzen. Schorsch setzte sich seufzend wieder, winkte dem Wirt.

»Ich krieg auch eine«, sagte er und deutete auf die Maßkrüge der Stammtischler.

Günther grinste breit, zeigte seine nikotingelben Zähne. »So gefällst du mir.« Er wendete sich an Franz Kramer. »Du hast echt Glück mit deinem Bub.«

»Gute Gene und gute Erziehung, mehr braucht's nicht«, antwortete Franz Kramer zufrieden.

Gisela und Lederer hatten die verschwörerische Situation am Stammtisch beobachtet, ohne zu wissen, um was es ging. Schorschs ausweichender Blick nährte in Gisela jedoch den Verdacht, dass die Heimlichtuerei mit dem Fall zu tun hatte. Ihre Vermutung verstärkte sich, als die

Stammtischler auf einen Schlag zahlten und zusammen aus dem Wirtshaus wankten. Noch nie hatte Gisela erlebt, dass alle gleichzeitig nach Hause gegangen waren. Einer oder zwei waren immer sitzen geblieben, bis der Wirt zusperrte. Nur Schorsch blieb vor seiner Maß sitzen.

»Was ist?«, fragte Lederer, als er Giselas Miene sah.

»Irgendwas kocht da«, sagte sie. »Mir gefällt das gar nicht.«

»Dann lass uns mal mit deinem Mitarbeiter reden«, meinte Lederer und wollte sich erheben. Gisela war schneller, sie drückte den Hauptkommissar zurück auf den Stuhl.

»Ich mach das schon.«

Sie durchquerte den Raum und setzte sich zu Schorsch. Er setzte den Maßkrug an die Lippen, tat einen tiefen Schluck.

»Was war denn mit dem Stammtisch?«

Schorsch setzte ab, wischte sich den Mund, machte ein verständnisloses Gesicht.

»Was meinst?«

»Schorsch, bitte.« Ihr müder Ton erstickte jegliche schauspielerische Ambition seinerseits im Keim.

»Ich weiß es nicht«, sagte er matt. Die Antwort brachte ihm ein vorwurfsvolles Schweigen Giselas ein. Schorsch seufzte.

»Die wollen dem Saubären an den Kragen.«

Gisela war verwundert, dass dieses Thema wieder auflebte. »Und wie?«

»Die denken, das Rastamädchen und er hängen zusammen. Irgendwie.«

»Wie kommen die denn auf so einen Schmarrn«, grollte Gisela.

Schorsch zuckte mit den Schultern, nippte verlegen an seinem Bier.
»Wissen die, wo die ist?«, fragte Gisela.
Schorsch ließ sich Zeit mit dem Absetzen. »Ich glaub schon«, murmelte er.
Gisela hätte ihn am liebsten geohrfeigt. Stattdessen sprang sie auf und eilte zu Lederer zurück, mit dem sie schnell das Wirtshaus verließ. Schorsch rutschte auf dem Stuhl hin und her, sah sich um. Es waren nur noch wenige Niedernussdorfer im Wilden Bock, aber alle starrten ihn und das Fettnäpfchen an seinem Fuß an. Schließlich hielt er es nicht mehr aus und hetzte Gisela und Lederer hinterher.
Die beiden stiegen gerade in Giselas Wagen.
»Wart. Ich komm mit«, rief Schorsch.
»Nein, tun Sie nicht«, entgegnete Lederer.
Schorsch stoppte, als wäre er gegen eine Mauer gelaufen. Hilflos schaute er zu Gisela.
»Der Karl hat recht, das geht nicht. Du hast schon zu viel verbockt.«
»Karl?« Schorsch runzelte die Stirn. »Weiß der Ludwig, dass ihr euch duzt und miteinander was trinkt?«
Sein patziger Ton entsprach dem eines trotzigen Kindes.
»Willst du noch mehr Scheiße bauen?«, zischte sie ihn an. »Schorsch, sieh einfach ein, dass das heute nicht dein Tag ist, und geh ins Bett. Niemand nimmt dir das übel.«
»Doch. Der da.« Schorsch deutete anklagend auf Lederer. »Seit der da ist, läuft hier alles schief.«
»Versuchen Sie nicht, mir den Schwarzen Peter zuzuschieben, guter Mann, hier lief schon vorher so einiges schief.« Er wendete sich an Gisela. »Was keinesfalls dein Verschulden ist.«

»Ein bisschen schon«, gestand Gisela ein. »Ich hab schließlich die Verantwortung, und der muss ich mich auch stellen.«
Schorsch traute seinen Ohren kaum.
»Wir reden morgen darüber«, sagte Gisela zu ihm.
Beim Wegfahren stand Schorsch mit hängendem Kopf vor dem Wirthaus, und Gisela verspürte Mitleid mit ihm. Sie schalt sich, zu hart gewesen zu sein. Die zwei Obstler und das vertraute Gespräch mit Lederer hatten sie ungerecht werden lassen.
Schorschs Frage klang in ihr nach, was Ludwig wohl davon halten würde. Wenn man hinter die Fassade blicken durfte, war Lederer ein famoser Kerl. Er hatte Selbstbewusstsein, fachlich war er ein Ass, und ohne den Schnauzer wäre er wahrscheinlich sogar attraktiv. An den menschlichen Qualitäten würde man arbeiten müssen, aber die ersten positiven Ansätze machten Hoffnung.
Sie erschrak über ihre Gedanken. Sie hörte sich an, als wolle sie aus Lederer ihren Traummann machen, dabei hatte sie ihren Traummann mit Ludwig doch längst gefunden. Wenn auch das Feuer die letzten Jahre etwas abgekühlt war, die beständige Wärme, die sie bei ihm spürte, war wie ein bullernder Ofen an einem frostklaren Wintertag.
»Schade, dass unser Abend so zu Ende geht«, sagte Lederer in dem Augenblick.
Giselas Hände verkrampften sich um das Lenkrad.
»Mhm«, brummte sie.
Er lächelte sie an.
»Vielleicht können wir das ja später fortsetzen.« Er warf

einen Blick auf sein Roleximitat. »Mit den paar Alkoholisierten sollten wir schnell fertig sein.«

»Mhm.«

»Ist was?«

Gisela starrte auf die Straße vor sich, schüttelte den Kopf. »Mh-mh.«

Sie spürte Lederers prüfenden Blick auf ihrer Haut. Es war, als hätte sie keine Jacke an, keine Hose. Nichts. Sie versuchte, tiefer in den Fahrersitz zu rutschen. Sie wollte sich klein machen, am liebsten wäre sie unsichtbar gewesen.

Dieses Gefühl hatte sie zuletzt gehabt, als Ludwig sie auf dem Feuerwehrball vor siebzehn Jahren zum Tanzen aufgefordert hatte. Auch damals war sie kein Teenager mehr gewesen, damals war sie Mitte dreißig und hatte gedacht, die Zeit der weichen Knie und Schmetterlinge im Bauch wäre lange vorbei. Ludwig hatte die Schmetterlinge wieder zum Fliegen gebracht, und dieser verdammte Hauptkommissar verursachte weiche Knie.

»Müssen wir nicht da lang?«, fragte Lederer und deutete auf eine Abzweigung, an der Gisela gerade vorbeirauschte.

»Nein, das wär ein Umweg«, sagte sie mit rauher Stimme. Sie fuhr mit unverminderter Geschwindigkeit weiter, um Lederer den Eindruck zu vermitteln, sie wüsste, was sie tat. Sie atmete ein paarmal tief durch, um das flaue Gefühl im Bauch zu vertreiben.

»Geht's dir nicht gut?«, erkundigte Lederer sich besorgt.

Gisela zwang sich zu einem unverbindlichen Lächeln.

»Alles in Ordnung, mir liegt nur das Essen ein bisschen im Magen.«

»Welches Essen?«

Natürlich, welches Essen. Zu mehr als zwei Obstlern waren sie im Wilden Bock gar nicht gekommen.

»Also, das von heute Mittag.« Sie erinnerte sich an den Besuch bei Erwin. »Die Suppe.«

Lederer musterte sie schweigend. Gisela war froh, dass es dunkel war.

Da, die Kreuzung. Sie riss das Lenkrad herum, um nicht noch einmal den richtigen Weg zu verpassen. Lederer wurde von dem Manöver so überrascht, dass er gegen sie kippte. Sie spürte sein angenehmes Körpergewicht, roch sein herbes Parfüm und den derben Geruch des Ledermantels.

»'tschuldigung«, sagte er, als der Wagen wieder geradeaus fuhr und er selbst aufrecht im Sitz saß.

»Ich muss mich entschuldigen, aber heut schaut alles ganz anders aus«, stammelte sie. Diese Unsicherheit erntete einen erneuten eindringlichen Blick des Hauptkommissars.

Sie sprang fast aus dem Auto, als sie fünf Minuten später vor der Disko hielt. Ohne auf Lederer zu warten, stürzte sie sich auf den kaugummikauenden Typen an der Kasse.

»Ist das Mädchen mit den Rastazöpfen noch da?«

»Die ist vorhin mit ein paar Opis weg«, meinte der Typ.

»Weg? Wohin?«, fragte Gisela alarmiert.

»Hab sie nicht gefragt, bin ja nicht von der Polizei.«

»Aber wir«, sagte Lederer und wippte vor dem Typ auf den Zehenspitzen. »Haben Sie den Fahrzeugtyp oder das Nummernschild?«

Der Typ vergaß beim Anblick des Retrokommissars glatt das Kaugummikauen.

»Nein. Sie sind aber alle in die Richtung gelaufen.« Er deutete über die Straße Richtung Wald.

»Alle?«, fragte Gisela.

»Das Mädchen vorneweg, der Kleinste ein paar Meter dahinter, die Grufties zum Schluss.«

»Haben Sie die Polizei verständigt?«, erkundigte sich Lederer.

»Nein. Wieso?«

»Ist Ihnen vielleicht der Gedanke gekommen, dass das Mädchen in Gefahr ist, wenn es vor mehreren Männern davonläuft?«

»Dann hätt sie ja um Hilfe geschrien, oder? Und die Opis halten das eh nicht lange durch.«

»Wann genau war das?«, wollte Gisela wissen. Die Ungeduld machte sie unwirsch.

»Hab nicht auf die Uhr gesehen. Ich bin zum Arbeiten hier.«

Gisela und Lederer wechselten einen Blick. Was sollten sie tun? Gisela zog den Reißverschluss ihrer Jacke hoch.

»Ich schau mal«, sagte sie entschieden.

»Das bringt doch nichts, wer weiß, wo die sind.«

»Ich muss, ich kann nicht nichts tun.«

Ohne eine Antwort abzuwarten, marschierte sie strammen Schrittes davon. Es war ein Akt der Verzweiflung. Sie hätte das Mädchen dabehalten sollen. Oder zumindest nach Hause bringen müssen. Dort wäre sie in Sicherheit gewesen.

Wut auf die betrunkenen Stammtischler erfasste sie wie eine Welle. Sie hätten diese Idioten am Vortag nicht so leicht davonkommen lassen sollen. Lederer hätte denen wegen der Waffen richtig einheizen sollen, dann wär das jetzt nicht passiert. Hätte, sollte. Ihre Hände ballten sich zu Fäusten in den warmen Jackentaschen. Sie betrat den Wald.

»Roberta!« Ihre Stimme wurde von den dunklen Bäumen verschluckt. Sie lauschte, aber ein flüchtiges Rascheln irgendwo in den Büschen war die einzige Antwort.

»Schreien bringt nichts«, ertönte es hinter ihr. Gisela zuckte zusammen.

Lederer schloss auf. »Selbst wenn sie es gehört hat, wird sie nicht antworten. Nicht, wenn sie auf der Flucht ist.«

»Irgendwo muss sie doch sein.« Sie realisierte die Hoffnungslosigkeit dieses Satzes.

»Vielleicht zu Hause«, sagte Lederer. »Hast du ihre Adresse?«

»Ja.«

»Dann fahren wir jetzt dorthin.«

»Und wenn sie da nicht ist?«

»Erfahren wir vielleicht, wo sie sein könnte. Oder wir bekommen eine andere hilfreiche Information. Hier im Wald bleiben all unsere Fragen auf jeden Fall unbeantwortet.«

Gisela war froh, dass Lederer das Ruder übernahm, sie fühlte sich von der Situation gnadenlos überfordert.

Die Fahrt zu Robertas Adresse dauerte knappe zwanzig Minuten. Es war ein Reihenhaus inmitten anderer Reihenhäuser in Grünharding, die in den siebziger Jahren gebaut und seitdem nie renoviert worden waren. Die ehemals weißen Fassaden schimmerten im fahlen Licht

der Bogenlaternen gräulich, Moos und Flechten breiteten sich überall aus, die hölzernen Fensterrahmen waren rissig und blätterten ab.
Alles war dunkel, niemand schien wach zu sein. Ohne zu zögern, drückte Lederer den Klingelknopf. Nach dem zweiten Läuten ging hinter einem Fenster das Licht an. Der kleine gelbe Punkt hinter dem Spion wurde dunkel, als jemand durchguckte. Lederer hielt seinen Dienstausweis hoch.
Das Schloss schnappte, und ein wirrer Haarschopf tauchte im Türspalt auf. Darunter ein verquollenes Männergesicht mit dicken Tränensäcken und roten Augen.
»Hat sie wieder Scheiß gebaut?«, krächzte der etwa fünfzigjährige Mann und hustete schleimig.
»Ist sie nicht da?«, drängte sich Gisela vor.
»Kann sein. Gehört hab ich jedenfalls nichts.«
»Dürfen wir nachsehen?«, fragte Lederer.
Der Mann ließ die beiden Polizisten ein. Er trug einen schlabbrigen Schlafanzug, der im Schritt einen gelblichen Fleck aufwies. In der Wohnung roch es nach Schweiß, Rauch und abgestandener Luft.
»Ganz hinten rechts«, sagte der Mann und deutete den schmalen Flur hinunter. Er wurde noch schmaler, weil überall Klamotten herumlagen und sich Kartons stapelten. Die Wände waren schwarz gestrichen, an ihnen waren Kerzenhalter, und von der Decke hingen altmodische Kristallleuchter. Gisela fühlte sich wie bei der Addams Family.
Selbst Robertas Zimmertür war schwarz gestrichen. Dadurch hob sich der weiß darauf gepinselte Totenschädel fast plastisch ab.

Der Mann riss die Tür auf, knipste das Licht an. Das Zimmer hatte die Größe einer Abstellkammer und wurde von einem weinroten Samtvorhang dominiert, der als Raumteiler fungierte.
Der Mann schob den Vorhang beiseite. Dahinter kam ein Futon zum Vorschein, auf dem allerlei monströse Puppen und Tiere lagen, selbstgebastelte Fantasiefiguren, die einem Alptraum zu entstammen schienen. Es gab Barbiepuppen mit mehreren angeklebten Armen und einem Faschingsvampirgebiss als Vagina. Ein aufblasbares Krokodil trug eine rote Perücke mit Zöpfen, um den Körper waren Chinaböller geschnallt, am Schwanzende hing der verweste Kopf einer Ratte. In einer Ecke entdeckte Gisela einen Bären mit einem Schweinekopf. In einer Tatze hielt er einen Stock, aus dessen Ende Rasierklingen wie Finger wuchsen.
»Sehr kreativ«, merkte Lederer trocken an.
»Können wir auf sie warten?«, fragte Gisela, ohne die Augen von der Saubärenpuppe zu nehmen.
Der Mann kratzte sich im Schritt. »Von mir aus. Wollen Sie einen Kaffee?«
Der aromatische Duft aus der Kaffeemaschine verdrängte die unangenehmen Gerüche. Lederer und Gisela saßen auf IKEA-Stühlen um einen IKEA-Küchentisch und tranken Kaffee aus IKEA-Tassen. Der Mann rauchte, ohne auch nur einen Gedanken daran zu verschwenden, das dreckige Fenster zu öffnen. Neben der Kaffeemaschine hing eine Mikrowelle, deren Fenster dunkel verschmiert war. Der Herd war blitzeblank sauber, so dass Gisela vermutete, er würde nicht benutzt. Gekocht wurde anscheinend nur in der Mikrowelle.

»Wollen Sie was essen?«, bot der Mann an, als er Giselas Blick bemerkte. »Dauert keine fünf Minuten.«
Gisela lehnte dankend ab.
»Könnten Sie Ihre Tochter bitte anrufen.«
Der Mann lächelte verlegen. »Ich hab ihre Nummer nicht.« Giselas erstaunter Blick zwang ihn zu einer Erklärung. »Wir verstehen uns nicht so gut.«
»Sie haben vorhin angedeutet, dass Ihre Tochter schon öfter in Schwierigkeiten war?«, fragte Lederer.
»Öfter? Regelmäßig«, grunzte der Mann. »Die hat sich überhaupt nicht mehr im Griff.«
»Wieso das?«, hakte Lederer nach.
Der Mann zuckte mit den Schultern, aschte in die kunstvoll gefertigte Porzellanschale, die sicher für andere Zwecke gedacht war.
»Pubertät halt.«
»Sie ist achtzehn, da dürfte die Pubertät schon vorbei sein.«
Der Mann lachte auf.
»In der Pubertät hat's angefangen, dass sie verkorkst wurde.« Er tippte sich an die Stirn. »Seitdem hat sich da oben einiges verschoben.«
»Und ihre Mutter?«, fragte Gisela.
»Abgehauen. Hat's mit mir nicht mehr ausgehalten.« Er drückte die Kippe aus, Traurigkeit schwang in seiner Stimme mit. »Taug halt nichts. Dass Bobby noch nicht abgehauen ist, wundert mich sowieso.« Er kramte die nächste Zigarette aus der Packung.
»Was wollen Sie eigentlich von ihr?« Das Rote in seinen Augen war etwas zurückgegangen, sein Blick wirkte klar.

»Sie haben sicher von den beiden Morden in den letzten Tagen gehört«, begann Gisela zögernd. Lederer erhob keinen Einwand, so fuhr sie fort. »Wir befürchten, dass sie in dem Zusammenhang in Schwierigkeiten geraten könnte.«
Der Mann vergaß, seine Zigarette anzuzünden.
»Bobby?« Entsetzen brachte seine Hände zum Zittern.
»Sie hat nichts damit zu tun«, beruhigte Gisela ihn schnell.
»Aber sie weiß mehr, als ihr lieb ist«, fügte Lederer hinzu. Der Mann nahm die Zigarette aus dem Mund, behielt sie in der Hand.
»Was heißt das?« Seine Stimme war rauh wie Sandpapier.
»Wissen Sie, was Ihre Tochter die letzten zwei Wochen gemacht hat?«, fragte Lederer, ohne auf die Besorgnis des Mannes einzugehen. Gisela fühlte sich unwohl, sie hätte dem Vater gern reinen Wein eingeschenkt, aber Lederer musste wissen, was er tat.
»Sie … sie hat gearbeitet, ist zur Schule, am Mittwoch, ich … sie erzählt mir nicht immer alles«, stammelte der Mann. »Heut hab ich sie noch gar nicht gesehen.«
»Diese Figuren in ihrem Zimmer«, sagte Gisela. »Was hat es damit auf sich?«
»Bobby sagt immer, sie macht sich die Welt so, wie sie ihr gefällt.« Er zündete sich jetzt doch die Zigarette an. »Ich wollt den Müll schon wegschmeißen, da hätten Sie sie aber sehen sollen, hat mir fast die Augen ausgekratzt.«
»Wie lange hat sie schon diesen Bären mit dem Schweinekopf?« Giselas Frage rief bei Lederer ein Stirnrunzeln hervor.

Der Mann schob die Augenbrauen zusammen, zuckte mit den Schultern. »Keine Ahnung. Ich geh normalerweise nicht in ihr Zimmer.«

»Sie haben reichlich wenig Kontakt zu Ihrer Tochter«, sagte Lederer. »Hat sie denn jemanden, mit dem sie redet, sich trifft? Einen Freund vielleicht?«

»Sie hatte mal einen, aber mit dem hat sie vor einiger Zeit Schluss gemacht.«

»Haben Sie da einen Namen?«, fragte Lederer.

»Jonas, glaub ich, oder nein, Jonathan.«

»Brunner?« Gisela wartete gespannt.

Der Mann zuckte mit den Schultern. »Kann sein. Sie hat ihn mir nie richtig vorgestellt.«

»Kennst du ihn?«, fragte Lederer. Gisela nickte.

»Könnte Ihre Tochter bei ihm sein?«, fragte sie.

»Nein. Kann ich mir nicht vorstellen, so, wie's zwischen denen gekracht hat. Da war die Trennung zwischen meiner Frau und mir ein Christkindlmarkt dagegen. Und wenn bei Roberta jemand ausgeschissen hat, dann bis zur Steinzeit und zurück.«

»Jemand anderes?« Lederer wurde ungeduldig, das konnte Gisela an seinem wippenden Fuß sehen.

»Die Schwester von Jonathan, die war oft hier über Nacht.« Der Mann dachte angestrengt nach. »Sonst wüsste ich niemanden.«

»Sollen wir bei dem Jonathan vorbeischauen?«

Lederer schüttelte den Kopf.

»Rein auf Verdacht würde ich niemanden aus dem Schlaf reißen. Und deiner Erzählung nach sind Angelika und Roberta auch keine Freundinnen mehr.«

»Wieso das?« Der Mann schaute Lederer und Gisela fra-

gend an. Keiner der beiden wusste, ob sie ihm die Wahrheit sagen sollten. Gisela entschied sich dafür.
»Roberta handelt mit Drogen, und wir haben sie heute Abend dazu befragt. Da hat sie uns von ihrem Streit mit Angelika erzählt.«
Der Mund des Mannes stand offen, Rauch quoll daraus hervor. Kurz hatte Gisela Angst, der Schock hätte einen Gehirnschlag ausgelöst.
»Ach so.« Bewegung kehrte in den Körper des Mannes zurück. Er drückte die Zigarette in der Schale aus. »Ich hab mich schon gewundert, wieso sie vorgestern so auf Angelika geschimpft hat.«
»Haben Sie eigentlich richtig zugehört, guter Mann?« Lederer war fassungslos. »Ihre Tochter dealt.«
»Das ist doch normal. Die raucht schon Gras, seitdem die vierzehn war. Aber was soll man machen.« Er fingerte die letzte Zigarette aus der Packung, zerknüllte die Schachtel und warf sie in den offenen Altpapiereimer in der gegenüberliegenden Ecke. Merkwürdigerweise war die Küche im Gegensatz zum Flur und Robertas Zimmer ein aufgeräumter Ort, fast, als wäre er neutrales Kriegsgebiet.
»Es geht dabei nicht um Gras«, merkte Gisela an. »Wir reden hier von Designerdrogen.«
»Was für Zeug?«
Bevor sie zu einer Erklärung ansetzen konnte, bemerkte Gisela einen Schatten vor dem Fenster. Die Küchenlampe verhinderte, dass der massige Umriss mehr als nur ein Schemen war. Aber selbst ohne viel Fantasie handelte es sich der Form und Größe nach um einen Saukopf. Lederer folgte Giselas Augen. Sein direkter Blick verschreckte die Gestalt, und der Umriss verschwand.

Gisela sprang auf und jagte aus der Küche. Lederer folgte ihr. Der Mann blieb verdattert zurück, zündete sich dann kopfschüttelnd die Zigarette an.

Gisela schoss aus dem Reihenhaus, Lederer ihr dicht auf den Fersen. Die Gestalt mit dem Saukopf war nirgends zu sehen. Leichter Schneefall hatte eingesetzt und bedeckte die Gegend mit dünnem Puder.

Gisela rannte um das letzte Eckhaus. Hinter den Häusern lag die nächste Zeile renovierungsbedürftiger Blöcke, dazwischen eine Straße. Im Puderschnee entdeckte Gisela Fußspuren, Rillen von Stiefeln, gepaart mit Pfotenabdrücken. Sie führten zum anderen Ende der Straße, zur Kreuzung, an der ein orange blinkendes Warnlicht auf einen Zebrastreifen aufmerksam machte.

Die Gestalt mit dem Saukopf hatte die Kreuzung schräg überquert und war flink über den Zaun eines kleinen Einfamilienhauses gesprungen. Die Fußspuren durchschnitten den Garten, setzten sich auf der anderen Seite des Zaunes fort. Dort befand sich eine Baustelle, auf der ein Kran aufgestellt war. Hier entstand ein Mehrfamilienhaus auf neu ausgewiesenem Baugrund, wie ein Schild wissen ließ. Der Rohbau stand, es fehlten Dach und Fenster.

Gisela versuchte, die Spuren im spärlichen Licht der Bogenlampen nicht aus den Augen zu verlieren. Sie überquerte die Baustelle, doch irgendwann waren die Spuren in der Dunkelheit nicht mehr auszumachen. Gisela fluchte leise. Lederer tauchte neben ihr auf, fischte seine Mag-Lite aus der Manteltasche.

»Du solltest dir endlich mal so was zulegen«, grinste Lederer.
»Nur wenn ich weiß, dass ich noch öfter blöd durch die Nacht laufen muss«, japste sie.
Der Strahl der Taschenlampe offenbarte weitere Spuren. Sie verschwanden in dem Rohbau. Lederer zog seine Pistole, bedeutete Gisela zurückzubleiben. Sie schüttelte den Kopf, hielt sich dicht hinter Lederer. Sie war in Zivil unterwegs und hatte ihre Waffe im Tresor gelassen. Auf dem Weg in den zugigen Bau hob sie eine Eisenstange auf und hielt sie schlagbereit wie einen Baseballschläger. Obwohl sie sich bemühten, leise zu sein, hallten ihre Schritte von den nackten Betonwänden wider. Hier lag kein Schnee, die Dachsparren waren mit einer Plastikplane bedeckt, ebenso die Öffnungen für die Fenster. Hin und wieder schnalzten die Abdeckungen, wenn eine Windbö versuchte, in das Gebäude einzudringen.
»Einer muss hier am Eingang bleiben«, flüsterte Lederer. »Falls es rauswill.«
Mit einer Gänsehaut nahm Gisela zur Kenntnis, dass Lederer von der Gestalt wie von einem Tier sprach. Eine Kältewelle schwappte durch ihren Körper, trotzdem nickte sie tapfer. Lederer bot ihr seine Pistole an, aber sie lehnte mit einer dankenden Handbewegung ab.
Er ließ sie allein. Seine Schritte wurden leiser und leiser, bis sie nicht mehr zu hören waren. Nur das Licht der Taschenlampe blitzte zwischen den Ritzen auf. Als er sich in das nächste Stockwerk hinaufbewegte, verschwand auch das.
Gisela fühlte sich so mutterseelenallein wie noch nie. Ihre Augen versuchten vergeblich, die Dunkelheit zu

durchbohren. Das sporadische Schnalzen der Plastikplanen zerrte an ihren Nerven.
Sie hörte ein Tapsen in der Nähe. Die Eisenstange fühlte sich plötzlich federleicht an. Vielleicht sollte sie sich nach einer anderen Waffe umsehen. Sie ärgerte sich, nicht Lederers Pistole genommen zu haben.
Eine Bewegung lenkte ihre Aufmerksamkeit auf die Treppe, die in den Keller führte. Die Stufen waren mit mehreren Brettern abgedeckt, dort konnte unmöglich ein Tier von der Größe des Saubären hinuntergeschlüpft sein, ohne die Bretter zu verschieben. Und doch, die tapsenden Geräusche kamen aus der Richtung. Ein leises Hecheln legte sich darüber. Eine Art Winseln.
Gisela machte ein paar zögerliche Schritte rückwärts, bis sie die Wand im Rücken spürte. Sie atmete ganz flach mit offenem Mund, um jedes Geräusch aufzunehmen. Das Winseln machte einem kehligen Knurren Platz. Aus dem Schatten löste sich ein Tier. Sie holte aus, bereit ihr Leben mit der Eisenstange zu verteidigen.
Überrascht hielt sie inne. Ein Westfalenterrier trottete auf sie zu. Er glotzte sie aus wässrigen Augen unsicher an. Sie ließ die Stange sinken.
»Du bist der Wastl, oder?«
Der Hund wedelte erfreut mit dem Schwanz, als er seinen Namen hörte. Gisela ging in die Hocke, streichelte den Hund.
»Sag einmal, wo kommst du denn her?« Sie war erleichtert, Gesellschaft zu haben. »Bist bestimmt froh, wenn du wieder nach Hause darfst.«
Ein Schrei. Gisela und Wastl zuckten zusammen. Ein zweiter Schrei folgte, der in eine Art Gurgeln überging.

Ein Rums, als hätte jemand auf einen Boxsack geschlagen. Stille.
Die Geräusche waren aus einem der oberen Stockwerke gekommen. Gisela tastete nach der Eisenstange.
»Karl!«
Nur das Knattern der Plastikplane antwortete.
»Karl!« Lauter. Ihre Stimme hallte hohl von den nackten Wänden wider.
Ein Röcheln. Sie ahnte, was das bedeutete. Der Schock fuhr ihr durch alle Glieder. Die Angst um sich selbst verflüchtigte sich auf einen Schlag, sie dachte nicht mehr nach, sondern hetzte mit der Eisenstange in der Hand die Betontreppe hinauf ins nächste Stockwerk. Wastl schaute ihr verdutzt nach, winselte.
Im ersten Stock erwartete Gisela ein Durcheinander aus Holzbalken, Plastikrohren und Stromkabeln. Sie lugte vorsichtig um die Ecke. Der Lichtstrahl der Taschenlampe erhellte eine Ecke im Hintergrund. Eine Silhouette zeichnete sich davor ab, jemand lag auf dem Boden, den Umrissen nach war es Lederer.
Ohne die dämmrige Umgebung aus dem Auge zu lassen, huschte Gisela zu dem Hauptkommissar. Eine dunkle Pfütze glänzte im Licht. Sie breitete sich langsam neben dem Kopf des Straubingers aus.
Gisela ging neben ihm auf die Knie. Lederers Kehle war aufgerissen und blutüberströmt. Der pulsierende Strom zeigte, dass die Schlagader verletzt war.
Die Eisenstange fiel scheppernd auf den Betonboden. Gisela drückte mit mehreren Fingern gegen die Wunde, fummelte gleichzeitig mit der anderen Hand nach dem Handy in ihrer Jackentasche.

Ein Geräusch hinter ihr. Giselas Kopf ruckte herum. Etwa drei Meter entfernt trat die Gestalt mit dem Saukopf hinter einem Bretterstapel hervor. Giselas Herz setzte für einen Moment aus. Ihr Blick wurde von der krallenartigen Waffe in der Hand des Untiers angezogen. Das rasselnde Schnaufen klang wie ein Diesel im Leerlauf; gleich würde er den ersten Gang einlegen und Gisela überfahren.

Sie war unfähig, die rasenden Gedanken zu etwas Sinnvollem zusammenzusetzen.

Unter den Augenhöhlen des Saukopfes waren zwei dunkle Punkte zu sehen. Es waren die Augen des Menschen unter dem Tierschädel. Sie glitzerten bedrohlich im Schein der Taschenlampe.

»Wer bist du?« Es war nicht mehr als ein Schuss ins Blaue, die verzweifelte Hoffnung, dass das Untier sich zu erkennen geben würde.

Die krallenartige Waffe zitterte leicht. Gisela linste zu der Eisenstange, die neben Lederers Beinen lag. Sie durfte die Wunde nicht loslassen, aber wenn der Saubär angriff, würde sie sich zur Wehr setzen müssen. Tot war sie für niemanden von Nutzen.

Der Saubär verlagerte das Gewicht von einem Fuß auf den anderen, Giselas Muskeln spannten sich an. Sie machte sich bereit.

Tapsen näherte sich, Wastl tauchte hinter dem Saubären auf. Er winselte. Das Untier drehte sich zu dem Terrier um. Eine Art Seufzen drang aus dem Schweinekopf.

Ohne sich weiter um Gisela zu kümmern, entfernte sich der Saubär nach unten. Der Terrier folgte ihm gehorsam. Die Schritte und das Tapsen waren nach wenigen Sekunden verklungen.

Gisela wartete einen Augenblick, bis sie sicher war, alleine zu sein. Sie zog das Handy aus der Jackentasche und drückte den Notruf. Sie gab ihren Standort und die Art der Verletzung durch, dabei blieb sie ruhig und gefasst. Trotzdem war sie tief im Inneren erschüttert, und kleine Nachbeben riefen in Abständen eisige Gänsehaut hervor. Sie drückte die Kurzwahl für Schorsch. Es klingelte einmal, dann meldete sich ihr Mitarbeiter.

»Gisela?«

»Ich brauch deine Hilfe, Schorsch«, entgegnete Gisela.

Sie berichtete ihm von dem Besuch bei Robertas Vater und der Situation im Rohbau. Schorsch wollte ihr sofort zu Hilfe eilen, aber Gisela bat ihn, zu Brunners zu fahren und das Haus zu observieren. Sie hatte den Verdacht, dass entweder Jonathan oder Angelika die Gestalt mit dem Schweinekopf war. Schorsch sollte nicht klingeln, nur warten, und falls der Junge oder das Mädchen auftauchte, Gisela Bescheid geben.

In der Ferne hörte sie das Martinshorn eines Krankenwagens.

Gisela begleitete den bewusstlosen Hauptkommissar ins Grünhardinger Krankenhaus, wo er sofort operiert wurde. Drei Stunden später lag er auf der Intensivstation, er war außer Lebensgefahr.

Im Morgengrauen kehrte Gisela nach Niedernussdorf zurück. Ihre Gedanken drehten sich einzig und allein um Lederer und ihre Angst um ihn. Sie war schon immer sehr empathisch, aber dieses Mal war es mehr. Sie fragte sich unwillkürlich, ob sie genauso oder stärker

empfunden hätte, wenn Ludwig an Lederers Stelle gewesen wäre. Schnell rief sie sich zur Vernunft. Wie lächerlich war das denn, dass sich der Straubinger vor ihren geliebten Ludwig drängen könnte.
Sie atmete tief durch. Es gab jetzt wirklich Wichtigeres als die Frage, was sie für Lederer empfand. Sie rief Schorsch an. Der klang hellwach, obwohl es kurz nach fünf Uhr morgens war.
Im Haus von Anne Brunner brannte noch kein Licht, und weder Jonathan noch Angelika waren aufgetaucht. Die Frage, ob er abgelöst werden wolle, wehrte er vehement ab. Gisela hatte das Gefühl, er war froh, einen Beitrag zu den Ermittlungen leisten zu können.
Ludwig saß bereits in der Küche und trank Kaffee, als Gisela nach Hause kam.
»Bist du schon auf?«, fragte sie erstaunt.
»Hab nicht mehr schlafen können. Du bist mir abgegangen«, meinte er mit prüfendem Blick. Er bemerkte die Blutspuren an ihrer Kleidung. Seine Augen wurden groß.
»Meine Güte, was ist denn mit dir passiert?«
»Wir hatten einen Einsatz.« Sie schaute an sich hinunter, bemerkte das getrocknete Blut unter ihren Fingernägeln. »Ich geh erst mal duschen«, meinte sie.
Ludwig war aufgestanden. »Brauchst du irgendwas?«
Er nahm sie in die Arme. Sie lehnte sich an ihn an, sog seinen Duft ein, den vertrauten Geruch, der ihr immer Halt und ein Gefühl von zu Hause gegeben hatte. Erleichtert stellte sie fest, dass das auch diesmal der Fall war. Sie erzählte ihm alles, verschwieg ihm jedoch die Spur, die Lederer auf ihrem Herzen hinterlassen hatte.

Frisch geduscht schlüpfte sie in eine neue Uniform. Ludwig bat sie, sich hinzulegen und etwas zu schlafen, aber die Ereignisse der vergangenen Nacht ließen sie nicht zur Ruhe kommen.
Sie fuhr zu Schorsch. Der hockte im Streifenwagen und fror wie ein Schneider. Er war so überstürzt aufgebrochen, dass er keine Vorsorge gegen die Kälte getroffen hatte. Seine Lippen waren blau, seine Zähne klapperten, als er berichtete, dass die Brunner-Kinder nicht aufgetaucht waren. Auch jetzt, um halb sieben, war hinter den Fenstern keine Bewegung zu erkennen.
Gisela überlegte, ob sie es wagen sollte, bei Anne Brunner hineinzumarschieren und ihren Verdacht zu äußern. Das Bild Lederers auf der Intensivstation schoss ihr in den Kopf und entschied die Frage.
Auf ihr energisches Klingeln öffnete Anne mit zerknautschtem Gesicht. Sie wurde beim Anblick von Gisela und Schorsch blitzartig hellwach.
»Dürfen wir reinkommen?«, fragte Gisela mit bemühter Freundlichkeit.
Anne gab die Tür nicht frei.
»Warum?«
»Wir müssen mit Ihrem Sohn reden.«
»Jonathan? Der ist nicht da, der übernachtet bei einem Freund.«
»Aha. Und wie heißt der Freund?«
»Daniel. Der wohnt in München. Heut Abend wollt er aber wieder hier sein.«
»München? Wann ist er da hingefahren?«
»Am Freitag Abend.« Anne schlang die Arme um ihren Körper. »Wieso? Was ist denn?« Ihre Stimme zitterte.

Gisela überlegte. Natürlich konnte Jonathan in München sein, wenn sein Freund das bestätigte, hatte er für die vergangene Nacht ein Alibi. Andererseits konnte man mit dem Auto in zwei Stunden nach Niedernussdorf fahren, sich einen Schweinekopf aufsetzen und einem Hauptkommissar die Kehle aufreißen.

Ein leises Tapsen durchquerte ihren Gedankengang. Wastl tauchte zu Roswithas Füßen auf. Er schaute Gisela mit feucht-braunen Augen an.

»Jetzt ist der immer noch da«, fluchte Roswitha. »Angie!«, schrie sie über die Schulter in die Wohnung. »Angie!«

»Gehört der Hund Ihrer Tochter?«, fragte Gisela mit brüchiger Stimme.

»Nein. Der ist ihr zugelaufen, und seitdem werden wir den nicht mehr los.« Sie machte ein paar Schritte zurück ins Haus. »Angie, verdammt noch mal!«

»Das ist der vom Günther«, raunte Schorsch Gisela zu. Sie hatte kein Ohr dafür. Ohne Einladung betrat sie die Wohnung. Anne registrierte das nervös.

»Bitte, ich … ich kann Jonathan anrufen, wenn Sie ihn unbedingt sprechen wollen.«

»Ich würde mich jetzt lieber mit Ihrer Tochter unterhalten«, erwiderte Gisela.

Angelika war nicht in ihrem Zimmer. Das Fenster stand offen, der Novemberwind spielte mit dem Vorhang. Von dem Mädchen weit und breit keine Spur. Das Bett war benutzt und noch warm, sie musste von der Baustelle nach Hause gegangen und gerade erst aus dem Haus geflohen sein.

»Haben Sie eine Vorstellung, wo sie hingelaufen sein könnte?«

»Ich … ich versteh das nicht«, stammelte Anne kopfschüttelnd.
Gisela und Schorsch sahen sich in dem Zimmer um. Alles wirkte sehr mädchenhaft, ganz anders als bei Roberta. Hier herrschten helle Farben vor, es gab Poster von Boygroups an der Wand, auf einem Regal standen mehrere Schneekugeln mit unterschiedlichen Motiven. Von der Decke baumelte eine Papierlampe. Unter dem Bett fand Gisela Winterstiefel, deren Sohle die gleichen Rillen aufwies wie die Spuren, denen sie nachts gefolgt war. Der Baustaub auf dem Leder bestärkte sie in ihrer Vermutung. Gisela hielt die Stiefel hoch.
»Die müssen wir mitnehmen, für die Untersuchung im Labor.«
Schorsch deutete auf Wastl. »Und den auch, der kommt zurück nach Hause.«
Anne hatte die Durchsuchung des Zimmers mit wachsender Unruhe verfolgt. Jetzt brachte sie nur ein Nicken zusammen. Der Verdacht, dass ihre Tochter etwas mit den beiden Morden zu tun haben könnte, schnürte ihr die Brust zu. Ihre Bewegungen wirkten fahrig.
»Brauchen Sie einen Arzt?«, fragte Gisela. Anne schaute sie aus schimmernden Augen verständnislos an. »Mein Kollege bleibt bei Ihnen.«
»Nein, das … das ist nicht nötig«, lehnte Anne mit schwacher Stimme ab.
»Sie sollten uns informieren, falls Angelika nach Hause kommt. Wenn sie sich der Befragung entzieht, macht sie alles nur noch schlimmer.« Sie nahm Anne an den Schultern, lenkte ihren Blick auf sich. »Haben Sie verstanden, Frau Brunner?«

Anne straffte sich, nickte.
»Das ist sicher ein Irrtum«, sagte sie. Sie hoffte, Gisela würde diese Aussage bekräftigen.
»Zumindest wird sich einiges klären, wenn sie mit uns redet«, antwortete Gisela mitleidig. Die Hinweise waren zu eindeutig, um eine beruhigendere Antwort geben zu können.

Zurück auf der Dienststelle, informierte Schorsch Erwin und Richie, während Gisela im Krankenhaus anrief und sich nach Lederers Zustand erkundigte. Der Hauptkommissar war wieder bei Bewusstsein, die Narkosewirkung aber noch nicht ganz verflogen. Er sprach langsam, und seine Gedanken konnten dem Informationsfluss nur mühsam folgen. Gisela wollte wissen, wie sie weiter vorgehen sollte, ob sie einen Haftbefehl beantragen sollte, um eine Fahndung einzuleiten, oder ob sie Lederers Team herzitieren sollte, damit es sie bei der Suche nach dem Mädchen unterstützte.
»Du machst das schon«, quetschte Lederer müde heraus, bevor die zuständige Krankenschwester das Gespräch für ihn beendete. Er brauche Ruhe, vor allem aber auch seine Stimmbänder, die durch die Verwundung und die Operation stark in Mitleidenschaft gezogen worden waren.
Gisela ging alle Optionen durch, entschied sich schließlich für die kleinste Lösung. Sie würde mit ihren Männern ausschwärmen und nach Angelika suchen, sämtliche Freunde abklappern. Gisela ging davon aus, dass sich das Mädchen bei einem von ihnen versteckte. Anne

Brunner schien kooperativ, ihr lag sehr daran, dass Angelika so schnell wie möglich gefunden wurde.
Gisela, Richie und sogar der lädierte Erwin machten sich mit ihrer Namensliste auf den Weg. Nur Schorsch bat um Aufschub, um bei seinen Eltern vorbeizuschauen und sich nach der durchwachten Nacht zu stärken.
»Was hast du denn gestern getrieben?«, fragte seine Mutter, als ihr Sohn müde in die Metzgerei kam.
»Das darf ich euch nicht sagen, das ist geheim.«
»Meinst, wir sind Waschweiber?« Franz Kramers senkrechte Stirnfalte zwischen den Augenbrauen war ein ernsthaftes Warnzeichen für einen bevorstehenden Wutausbruch.
»Nein, aber es ist halt dienstlich.« Schorsch wand sich, seine Finger waren wie verschweißt miteinander.
»Jetzt red schon«, forderte Franz Kramer.
Wie immer konnte Schorsch dem Druck seines Vaters nicht lange standhalten. Als er seinen Bericht beendet hatte, war selbst die Mutter sprachlos. Sie bekreuzigte sich.
»Und diese Angelika soll die Männer und die Viecher ganz allein umgebracht haben?«, keuchte Franz Kramer.
Schorsch nickte.
Ohne ein weiteres Wort verließ sein Vater den Laden. Schorsch wurde bang im Herzen, er wusste, dass er wieder einmal einen Fehler gemacht hatte. Er hätte die Klappe halten und seine Eltern mit dem Verweis auf seine Schweigepflicht abweisen sollen. Ihm blieb wohl oder übel nichts anderes übrig, als Gisela zu informieren, dass sein Vater erneut den Mob aufhetzen wollte, um Angelika ausfindig zu machen.

Gisela machte Schorschs Anruf nur müde. Sie hatte nicht mehr die Kraft, sich aufzuregen, und zum ersten Mal schlich sich der Gedanke in ihren Kopf, alles hinzuschmeißen und sich nur noch um den Wegmeyerhof zu kümmern.
Sie würde Hühner züchten, eine Solaranlage auf dem unbenutzten Feld hinter dem Hof aufstellen, selbstgestrickte Schals und Handschuhe verkaufen und glücklich und zufrieden alt werden.
»Kann ich dir helfen?«, hörte sie eine Stimme neben sich. Ludwig setzte sich in Parka und mit Pudelmütze neben sie auf die Parkbank, auf der sie sich zum Telefonieren niedergelassen hatte.
»Wie hast du mich denn gefunden?«, fragte sie erstaunt. Er lächelte leicht.
»So groß ist Niedernussdorf auch wieder nicht. Und ich bin die Gegend abgefahren, weil du heut Morgen so einen komischen Eindruck gemacht hast. So hab ich dich noch nie erlebt.«
Gisela spielte mit dem Handy in ihrer Hand.
»Mir geht das alles an die Nieren«, sagte sie leise. Ludwigs Hand nahm die ihre, massierte sie sanft.
»Du bist nicht allein.«
Dankbar sah sie ihn an.
»Ich weiß nicht mehr, was ich machen soll. Ich hab Angelikas Freunde angerufen, Erwin hat einige sogar persönlich aufgesucht, da, wo keiner rangegangen ist. Nichts. Und dann ruft mich auch noch Schorsch an, dass die Bürgerwehr unterwegs ist, um das Mädchen zu jagen.« Gisela fiel in sich zusammen, wie ein Ballon, aus dem die letzte Luft entwich.

»Wo könnte sie denn noch hin sein?«, fragte Ludwig. »Ich mein, vielleicht hat sie irgendwo ein Versteck.«
Gisela schüttelte den Kopf.
»Ich hab an das Baumhaus gedacht, aber da war Richie schon. Und bei der Höhle auch.«
»Beim Hias auf dem Hof?«
Gisela schaute Ludwig verwundert an.
»Wieso sollte die da hin sein?«
Ludwig zuckte mit den Schultern.
»Wieso nicht? Hast du nicht mal gesagt, man muss alle Möglichkeiten im Auge behalten, solange nicht sämtliche Umstände geklärt sind.«
»Das war nicht ich, das war der Lederer.«
»Oh.« Ludwigs Miene gefror, wurde im nächsten Moment wieder weich. »Na ja, vielleicht hat er ja einmal recht gehabt.« Er stand auf, Giselas Hand immer noch in seiner.
»Komm, da fahren wir jetzt hin. Schaden kann's nicht, oder?«
Gisela erhob sich seufzend. »Nein. Schaden kann's nicht.«
Auge in Auge standen sie sich gegenüber. Er drückte ihr einen Kuss auf die Lippen und wandte sich zum Auto.
»Ludwig.«
Er drehte sich zu ihr um. »Ja?«
Giselas Herz klopfte bis zum Hals.
»Ich liebe dich. Was immer passiert, vergiss das nicht.«
Die Sonne ging in seinem Gesicht auf.
»Ich liebe dich auch. Und ich glaub nicht, dass man das vergessen kann. So, und jetzt fahren wir zum Berger.«
Gisela erstarrte.

»Zum Bürger«, murmelte sie. »Der hat einen Raum … mein Gott, ich Depp.« Sie klatschte sich die flache Hand gegen die Stirn.

Franz Kramers Lieferwagen bog auf den Hof von Friedrich Bürger ein. Günther, Kurt, Rudi und Kasper kletterten aus dem Laderaum. Alle waren sie bewaffnet. Günther hatte Wastl an der Leine.

»Wie kommst du drauf, dass die hier ist?«, fragte Kasper den Metzger.

»Irgendwo müssen wir ja anfangen. Und beim letzten Mal hat der Schorsch jemanden im Haus gesehen, das könnt sie doch gewesen sein. Also fangen wir da an.«

Er bedeutete Günther, mit seinem Hund im Haus die Spur aufzunehmen. Ohne viel Federlesen brach Rudi mit einem Brecheisen die Vordertür auf, die Meute trat ein. Der Terrier wollte nicht, er zog an der Leine in die entgegengesetzte Richtung und wollte zur Scheune. Günther zerrte ihn ins Haus.

»Hat er schon wieder Schiss?«, lachte Kurt. »Wird Zeit, dass du ihn einschläfern lässt, mit dem ist nicht mehr so viel los.«

»Der hatte letztes Mal keinen Schiss, der ist dem Saubären nach«, schnauzte Günther zurück. Auf seine Familie und seinen Hund ließ er nichts kommen.

»Das war nicht der Saubär, das war das Mädchen«, korrigierte ihn Franz Kramer. »Deswegen soll er auch hier rein, der hat ihren Geruch in der Nase.«

Günther zog Wastl wie einen Handkarren hinter sich her ins Haus.

»Jetzt komm, Wastl, such, such den Saubären.« Widerwillig tappte der Terrier den Flur entlang und schnupperte an jeder offenen Tür, linste in das dahinterliegende Zimmer und zog weiter. Die Männer folgten ihm aufmerksam. Plötzlich blieb Wastl wie angewurzelt stehen, sein Schwanz richtete sich wie ein Pfeifenreiniger auf, die Barthaare zitterten, sein Blick war auf die Kellertür gerichtet. Die Männer legten die Schusswaffen an, zielten auf die Tür.

Ein leises Kratzen war dahinter zu hören. Wastl bellte, wedelte mit dem Schwanz. Franz Kramer streckte die Hand nach der Klinke aus, drückte die Tür auf. Ein kleiner Schatten schoss heraus. Rudi und Kasper drückten gleichzeitig ab. Die eine Kugel riss ein Loch in die Kellertür, die andere prallte vom Steinboden ab und pfiff den Männern als Querschläger um die Ohren, bevor sie neben Franz Kramer in die Wand einschlug.

Der Schatten jagte zur Haustür. Es war Seppl, der Rauhhaardackel. Wastl nutzte die Gunst der Stunde, um sich loszureißen und seinem Freund bellend hinterherzulaufen.

»Wastl!«, schrie Günther ihm nach. Die Hunde verschwanden.

»Wastl!« Günther stürzte aus dem Haus und rannte gegen eine Mauer. Gisela und Ludwig standen im Hof.

»Diesmal kommt ihr nicht so billig davon wie letztes Mal«, sagte Gisela und deutete auf das Gewehr in Günthers Hand. Hinter dem erschienen die restlichen Stammtischbrüder. Franz Kramer drängte sich nach vorne, baute sich ohne Angst vor Gisela auf.

»Ihr habt versagt, Gisela, das musst du selber zugeben.

Ihr habt Hinweise gehabt und die Verdächtigen sind euch immer wieder entkommen.«

»Du sagst es, es sind Verdächtige und keine überführten Täter. Und selbst wenn jemand einer Tat überführt wird, haben eure Waffen da nichts verloren.«

»Du brauchst keine Angst haben, dass wir jemanden umbringen. Wir wollen uns nur wehren, falls wir angegriffen werden.«

»Wer soll euch denn angreifen? Ein fünfzehnjähriges Mädchen? Habt ihr davor Schiss?«

»Wir haben ja gesehen, was mit dem Hias und dem Bürger passiert ist. Wenn die eine Waffe gehabt hätten, wär's vielleicht nicht so weit gekommen«, verteidigte sich Kasper.

»Das kann keiner sagen. Du nicht und ich nicht«, erwiderte Gisela. »Ich weiß nur, wer eine Waffe zur Hand nimmt, wird sie auch benutzen. Und in eurem Fall ist das besonders schwerwiegend, weil ihr schon einmal ermahnt worden seid. Aber anscheinend seid ihr resistent gegen jegliche Vernunft, und deshalb seid ihr alle vorläufig festgenommen.«

Verblüfftes Schweigen antwortete ihr, das in allgemeinem Gelächter explodierte.

»Du klingst schon wie der Straubinger«, gluckste Franz Kramer. »Bisher hat's dich doch auch nicht gestört, wenn wir unser Sach' gemacht haben.«

»Da ging's auch um kein Menschenleben. Also, Waffen her, und dann steigt ihr schön brav ins Auto«. Sie nickte zu dem Lieferwagen.

Die Männer erkannten, dass Gisela es ernst meinte. Ihr Gelächter verstummte. Ludwig trat vor Franz Kramer hin.

»Gib her«, forderte er und hielt die offene Hand hin, damit der Metzger ihm das Gewehr geben konnte. Der dachte nicht daran. Er schielte an Ludwig vorbei zu Gisela.
»Was machst denn, wenn wir uns nicht ergeben?«
Ludwig verpasste Franz Kramer einen Schwinger, der ihn zu Boden schickte. Er nahm dem verdutzten Metzger das Gewehr ab.
»Wenn die Gisela sagt, her mit dem Gewehr, dann redest du nicht lang rum, ist das klar?« Er richtete seine Worte an die anderen Männer. »Ist das bei euch allen angekommen?«
Betreten sahen sich die Stammtischler an. Rudi wollte etwas erwidern, sein Mund blieb tonlos halb offen stehen, seine Augen weiteten sich. Er hob wie in Zeitlupe seine Schrotflinte, zielte Richtung Scheune.
Alle folgten dem Lauf der Flinte. Gisela hielt unwillkürlich den Atem an. Im offenen Tor der Scheune stand der Saubär. Er war weit weniger erschreckend als erwartet, im Gegenteil, er wirkte fast jämmerlich im Tageslicht. Die Farbe des überdimensionalen Schweinekopfes war an manchen Stellen abgeschabt, und darunter zeigte sich das Pappmaché. Der Bärenmantel war an vielen Stellen zerschlissen und löchrig. Unter dem bodenlangen Mantel lugten niedliche Zehen hervor. Menschenzehen. Das einzig Bedrohliche an dieser Gestalt war die krallenartige Waffe. Sie wirkte in der kleinen Hand geradezu monströs. Links und rechts des Saubären standen Seppl und Wastl und wedelten mit dem Schwanz.
Die anderen Stammtischler legten ebenfalls auf das Untier an. Das metallene, kalte Klicken trieb Gisela in die Schusslinie zwischen den Männern und dem Saubären.

»Spinnt ihr?«

»Geh weg, Gisela«, knurrte Günther.

»Einen Scheißdreck mach ich. Ich lass bestimmt nicht zu, dass hier noch jemand umgebracht wird.« Sie stellte sich breitbeinig hin, um ihre Entschlossenheit zu demonstrieren.

Aus den Augenwinkeln sah sie Ludwig Franz Kramers Gewehr heben. Sein Blick war auf die Scheune gerichtet. Gisela drehte sich um. Der Saubär marschierte auf sie zu. Unter dem Pappmachékopf kamen grollende Laute hervor. Die beiden Hunde folgten dem Untier.

»Angelika, bleib stehen. Bitte. Du bringst dich unnötig in Gefahr.«

Der Saubär marschierte weiter. Ludwig nahm das Untier ins Visier.

»Ludwig, nicht!«, schrie Gisela. Sie fühlte sich wie in einem Alptraum, über den sie keinerlei Kontrolle hatte. Sie und den Saubären trennten nur noch zehn Meter.

»Gisela, geh weg!« Das war Franz Kramers Stimme, die ihr kreischend wie eine Kreissäge ins Gehirn drang. Gisela ignorierte ihn. Ihr Blick war fest auf den Saukopf gerichtet.

Angelikas Augen blitzten aus den Gucklöchern. Nur noch fünf Meter, das Mädchen wurde schneller, die Hand mit der selbstgebauten Waffe hob sich seitlich. Gisela konnte deutlich die vier Zinken einer Unkrautgabel erkennen, deren Stiel verlängert worden war, damit sie wie ein Beil gepackt werden konnte. Die Zinken waren nicht mehr gerundet, sondern zu scharfen Stahlfingern abgeschliffen worden. Sie blitzten in der Novembersonne kurz auf, dann schossen sie zielsicher auf Giselas Kehle zu.

Ein Schuss krachte. Das Mädchen wurde von den Beinen gerissen und zur Seite geschleudert. Sie plumpste zu Boden, wie ein Schwein, das von einem Schlachtschussapparat getroffen war. Der Bärenmantel rauchte an der Stelle, an der die Kugel eingedrungen war.
Ludwig senkte das Gewehr. Er war blass, schockiert, sein hilfloser Blick traf den von Gisela. Sie war entsetzt über seine Tat, gleichzeitig wusste sie, dass er nicht anders hatte handeln können. Wer würde schon einen geliebten Menschen einfach sterben lassen?
Der Saubär gab einen ächzenden Ton von sich. Langsam stemmte er sich hoch. Der Pappmachékopf war auf einer Seite von dem Sturz zerfetzt, Teile von Angelikas Gesicht waren sichtbar. Der Mantel färbte sich dort, wo der Stoff das Blut aufsaugte, dunkel. Wankend kam das Mädchen auf die Beine. Sie hielt immer noch die Waffe in der Hand. Ihre Pupillen war so weit, dass die Augen schwarz wirkten. Taumelnd machte sie einen Schritt auf Gisela zu. Sie blieb schwer atmend vor ihr stehen, stierte sie aus dem einen Auge, das freilag, ohne jede Gefühlsregung an. Alle hielten den Atem an, selbst die beiden Hunde gaben keinen Mucks von sich.
Sie stand etwas gebeugt, der Schmerz zwang sie fast in die Knie. Gisela streckte die Hand nach der Waffe aus.
»Gib mir das, dann fahren wir nach Hause«, sagte sie ruhig.
Angelika schaute auf die Stahlfinger, runzelte verwundert die Stirn. Sekunden vergingen, ohne dass sich jemand bewegte. Mit einem leisen Ächzen reichte sie Gisela schließlich die Waffe. Die gab sie sofort an Ludwig weiter.

Die Männer vor dem Haus ließen ihre Gewehre sinken. Beklommen verfolgten sie, wie Gisela das Mädchen auf dem Weg zum Auto stützte. Sie setzte sich mit ihr auf die Rückbank, während Ludwig sich hinter das Lenkrad klemmte. Angelika lehnte sich müde gegen Gisela, die sie mütterlich im Arm hielt.

»Ich hab mich immer gefragt, wie das ist, wenn man stirbt.« Das Mädchen lächelte. »Irgendwie komisch, weil es tut weh, aber dann auch nicht.«

Ludwig telefonierte mit dem Krankenhaus in Grünharding und kündigte ihre Ankunft in einer halben Stunde an. Gisela hoffte und betete, dass Angelika so lange durchhielt. Sie spürte ein unregelmäßiges Zucken in dem Mädchenkörper, als würde die Lebensenergie stoßweise die Hülle verlassen.

»Und ich hab mir gedacht, wenn ich die Pillen nehm, dann find ich das raus, weil Bobby hat gesagt, man glaubt beim ersten Mal, man stirbt.«

Sie seufzte, öffnete die Augen beim Reden nicht mehr. Ihr Gesicht war weiß wie Schnee. Die Stimme wurde leiser, zeitweise war sie kaum mehr zu hören.

»Am Anfang hab ich auch mal gedacht, ich sterb, aber dann bin ich wütend geworden, weiß auch nicht, warum. Dann ist alles erst rot geworden, dann schwarz. Als es mir wieder bessergegangen ist, hab ich nichts mehr gewusst. Man vergisst alles, auch den ganzen Scheiß.«

Tränen quollen unter ihren Augenlidern hervor.

»Ich wollt das nicht, aber irgendwie konnt ich auch nicht mehr aufhören. Es war so ein geiles Gefühl, aber irgendwie doch schrecklich.«

Sie atmete nur noch ganz flach. Ludwig schaute über

den Rückspiegel nach hinten. Er biss sich auf die Lippe, und auch er betete darum, dass sie überlebte. Er würde es sich sein Leben lang nicht verzeihen, einen Menschen getötet zu haben.

»Das ganze Leben ist irgendwie geil und schrecklich, finden Sie nicht auch?«, hauchte Angelika. »Wer hat sich das nur ausgedacht?«

Ludwig legte eine Vollbremsung hin, dass Gisela Mühe hatte, sich und Angelika auf dem Sitz zu halten. Ludwig sprang aus dem Wagen und rannte zu dem Krankenwagen, der in einer Parkbucht neben der Landstraße stand. Zwei Sanitäter machten dort Mittag.

Gisela konnte nicht anders, sie musste lachen. Es war die Erleichterung und das Staunen über dieses Wunder. Wer hatte sich das nur ausgedacht. Das Leben war geil und schrecklich zugleich. Zwei Minuten später lag Angelika im Krankenwagen am Tropf mit der isotonischen Kochsalzlösung, und über eine Maske wurde sie mit Sauerstoff versorgt.

Ludwig und Gisela folgten dem rasenden Krankenwagen, ohne ein Wort zu sagen. Irgendwann nahm Giselas blutverschmierte Hand die von Ludwig und ließ sie bis zum Eintreffen im Krankenhaus nicht mehr los.

Die Notoperation dauerte mehrere Stunden, und am Abend war klar, dass Angelika den Einschuss überleben würde. Anne Brunner weinte sich die Seele aus dem Leib, und sie umarmte Gisela und Ludwig, der ebenfalls wie ein Schlosshund heulte.

Diese Nacht wollte sich Gisela gar nicht mehr aus Ludwigs Armen lösen. Beide lagen bis weit nach Mitternacht wach und verarbeiteten die Ereignisse flüsternd, so als

ob noch jemand im Haus wäre, der nicht gestört werden dürfe. Es schaffte eine Intimität, die Gisela seit geraumer Zeit vermisst hatte. Sie fühlte sich Ludwig so nahe wie schon lange nicht mehr. Irgendwann schwiegen sie, die Müdigkeit legte sich wie eine warme Decke über sie.
»Du, ich muss dir noch was wegen dem Lederer sagen«, murmelte sie im Halbschlaf.
»Musst du nicht«, antwortete er ebenso schläfrig.
»Ich will aber«, setzte sie nach.
»Ich aber nicht.« Er küsste ihre Stirn, drückte sie noch einmal ganz fest an sich. »Gute Nacht.«
»Gute Nacht.« Gisela kuschelte sich ein, und wenig später waren beide eingeschlafen.

Für ihren Bericht suchte Gisela ein paar Tage später Anne Brunner auf. Anne hatte Urlaub genommen und hockte mit verheulten Augen in ihrer Küche. Jonathan war auf dem Arbeitsamt, im Hintergrund dudelte das Radio, damit sie sich nicht ganz verlassen fühlte.
»Ich versteh das nicht. Ich versteh das alles nicht«, heulte sie. »Es kann nicht sein, dass sie das war. Die könnte nie einen Menschen umbringen und einen ganzen Stall voller Viecher. Sie ist doch noch ein Kind.«
»Laut Labor bewirken die Inhaltsstoffe der Tabletten einen Adrenalinausstoß, der ungeahnte Kräfte freisetzt.«
»Aber jemanden ermorden«, schrie Anne auf.
»Das moralische Wertesystem ist total blockiert, und dazu kommt, dass man sich nicht mehr an das erinnert, was man im Rausch gemacht hat«, fuhr Gisela fort.
»Heißt das, sie ist geistesgestört?«

»Das habe ich nicht zu beurteilen, das wird ein Gutachter tun«, erklärte Gisela.
Anne schneuzte sich.
»Ich glaub das alles nicht«, murmelte sie mehr zu sich.
»Haben Sie mit Ihrer Tochter geredet?«
»Ja, heut Morgen war ich bei ihr, aber sie sagt nichts. Sind wahrscheinlich die Schmerzmittel, sie ... sie wirkt so ganz anders, gar nicht wie ...«, sie schluchzte haltlos, »... wie meine Tochter.«
»Ich meine, haben Sie früher mit ihr geredet?«, fragte Gisela vorsichtig. Anne schaute sie verwundert an.
»Natürlich. Ständig.«
»Als Mutter?«
Annes Tränenfluss stoppte. Sie putzte sich die Nase.
»Ja, wie denn sonst?«
»Wie eine Freundin«, sagte Gisela.
»Kommen Sie mir jetzt bloß nicht mit dieser Psychonummer«, fuhr Anne auf. »Sie hatte Freundinnen genug, da muss ich nicht auch noch eine spielen.«
»Sie hatte offensichtlich nur eine Freundin, und mit der hat sie sich zerstritten, weil sie Jonathan eine von den Tabletten gegeben hat.«
Anne klappte der Mund auf. »Woher wollen Sie das wissen?«
»Ich war gestern im Krankenhaus, sie hat's mir erzählt.«
Anne zerfledderte nachdenklich ihr Papiertaschentuch, biss sich auf die Lippe, schüttelte den Kopf.
»Das kann nicht sein, das bildet sie sich ein, das hätt ich gemerkt. Der Jonathan nimmt so was nicht.« Sie schaute Gisela fest an. »Das ... das dürfen Sie so nicht aufschreiben.«

»Ich habe es aufgeschrieben, so wie ich Ihre Aussage und die Ihres Sohnes aufschreiben werde.« Gisela atmete tief durch. »Erst dann werden wir sehen, ob und wo sich Widersprüche ergeben.«
»Sie sind da auf der völlig falschen Spur«, wehrte sich Anne verzweifelt. »Sie müssen das noch mal überprüfen.«
»Das werden wir«, beruhigte Gisela die vollkommen aufgelöste Friseuse. »Eine Frage habe ich noch: Haben Sie gewusst, dass der Hias Drogen gekocht hat?«
Anne erstarrte, lachte hysterisch auf. »Was wollen Sie denn damit andeuten?«
Gisela fixierte Anne. »Es interessiert mich. Rein privat. Ich werd das nicht in meinen Bericht aufnehmen.«
Anne schaute auf die Papierflocken, die überall auf dem Tisch verstreut waren. Sie schob sie mit einer Hand zusammen, als wären es die Überreste ihres Lebens.
»Ich hab nichts falsch gemacht«, flüsterte sie. »Und jetzt gehen Sie bitte.«

Zwei Wochen später besuchte Karl Lederer Niedernussdorf. Sein Hals steckte steif in einem Verband, seine Stimme war noch heiser, aber seine Gesichtsfarbe rosig, sein Schnauzer gepflegt und sein Mantel speckig wie eh und je.
Er kam zur Dienststelle, wo Schorsch, Richie und Erwin gerade eine Runde Monopoly spielten. Die Tage nach der Verhaftung Angelikas hatten ganz im Zeichen des ungeheuerlichen Skandals gestanden, das ganze Dorf hatte über die verwahrloste Jugend, die Gewaltbereitschaft

und den Einfluss der Drogen geredet. Im Zuge dessen bekamen auch Hias und Friedrich Bürger posthum ihr Fett ab. Auf der einen Seite war es ein Glück, dass diese Teufel tot waren, auf der anderen Seite wartete die gerechte Strafe auf die Mörderin.

Nach einer Woche waren sich alle einig, dass die ganze Angelegenheit noch mal gut ausgegangen war. Und die Stammtischler konnten mit den angedrohten Geldbußen für den illegalen Waffenbesitz ganz gut leben. Für die Niedernussdorfer war der Alltag wieder eingekehrt, auch für Giselas Männer. Die drei beäugten den Hauptkommissar misstrauisch, als er sich nach Gisela erkundigte.

»Die Chefin hat sich voll korrekt verhalten, der brauchen Sie nicht ans Bein pinkeln«, sagte Richie mit feindseligem Blick.

»Das mag schon sein, tut jetzt aber nichts zur Sache«, antwortete Lederer. »Ich möchte nur gerne wissen, wo sie ist?«

»Und wieso?«, fragte Schorsch.

»Es handelt sich dabei um eine Privatangelegenheit.«

»Gibt's bei Ihnen so was überhaupt? Was Privates?« Erwin checkte den Straubinger prüfend ab. Er vermutete Schlimmes hinter der freundlichen Fassade. Wahrscheinlich eine Dienstaufsichtsbeschwerde, wenn nicht gar ein internes Ermittlungsverfahren. Gegen alle. Kooperieren durfte man in so einem Fall keineswegs.

Lederer spürte den Widerwillen, der ihm entgegenschlug. Er atmete tief durch, suchte seine Mitte und bemühte sich weiter um einen freundlichen Ton.

»Ich muss mich Ihnen gegenüber nicht erklären, meine

Herren. Es stimmt mich nur sehr traurig, dass ich auf eine einfache Frage keine Antwort bekomme.«
»Wieso rufen Sie sie nicht an?«, fragte Schorsch.
»Das habe ich bereits versucht, sie ist aber weder auf dem Festnetz noch auf dem Mobiltelefon zu erreichen. Und zu Hause ist sie auch nicht.«
Schorsch, Erwin und Richie schauten sich gespielt verwundert an.
»Ja, dann will sie vielleicht nicht gestört werden«, mutmaßte Erwin laut.
»Wollen Sie einen Termin vereinbaren?« Richie griff eilfertig zu Stift und Block.
Lederer mahlte mit dem Kiefer. Er schmiss sich eine Schmerztablette ein, die er eigentlich erst in einer Stunde hätte nehmen sollen.
»Das sind aber keine Drogen, oder?«, erkundigte sich Schorsch neugierig. »Weil, wir sind da jetzt senbilisert.«
»Sensistilisiert heißt das«, verbesserte ihn Erwin.
Richie seufzte, warf einen wissenden Blick zu Lederer.
»Hauptschüler«, meinte er abschätzig. Er hob den Kuli.
»Haben Sie einen Wunschtermin?«
»Wie wär's mit Weihnachten«, knurrte Lederer.
»Da haben wir zu«, erwiderte Richie, ohne mit der Wimper zu zucken.
Die Blicke der beiden Männer prallten aufeinander. Lederers Hals brannte höllisch, er meinte, Feuer spucken zu können. Hinter sich hörte er die Tür aufgehen.
»Ja, was. Das ist ja eine Überraschung.« Gisela strahlte Lederer an und löschte die Hitze in seinem Hals innerhalb eines Sekundenbruchteils. »Was machst du denn hier?«

»Ich … ich wollt mit dir reden«, krächzte Lederer.
»Du«, merkte Erwin mit hochgezogenen Augenbrauen an.
»Na, dann gehen wir am besten in mein Büro.« Sie deutete auf die offene Tür zum Nebenraum.
»Ich wollte mich bei dir bedanken«, sagte Lederer, kaum dass sie alleine waren. »Dafür, dass du mir das Leben gerettet hast.«
Gisela machte eine wegwerfende Handbewegung.
»Passt schon. Geht's wieder einigermaßen?«
Lederer nickte.
»Gut«, sagte sie. Sie wich seinem Blick aus. Ihre Fingernägel könnten wieder mal eine Maniküre vertragen.
»Du warst nach der Operation noch bei mir, hat man mir gesagt.«
»Ja. Ich mein, ich hab ja nicht gewusst, wen ich anrufen sollte.« Sie runzelte fragend die Stirn. »Gibt's da jemanden?«
»Nein«, sagte Lederer knapp.
»Ah.« Gisela überlegte, welche Farbe sie ihren Fingernägeln gönnen sollte. Ludwig würde dunkelrot gefallen.
»Wär schön, wenn's da jemanden gäb, oder?«, fragte sie wie nebenbei.
»Wenn du auf diese Russin anspielst, ja, die hab ich fürs Erste einkassiert. Sie hat das Codein aus Russland reingeschmuggelt. Ich denk nicht, dass unsere Beziehung eine Zukunft hätte.«
»Ah, schad«, merkte Gisela kurz an.
»Machst du dir etwa Sorgen um mein Privatleben?«
»Mei, was heißt Sorgen, ich hab's halt gern, wenn's Leuten, die ich mag, gutgeht.«